Collection Fiction

DU MÊME AUTEUR

La Fractale des raviolis, Alma Éditeur, 2014 (Folio, 2015)
La Variante chilienne, Alma Éditeur, 2015 (Folio, 2017)
La Baleine thébaïde, Alma Éditeur, 2017 (Folio, 2018)
Habemus piratam, Alma Éditeur, 2018
Le Cerbère blanc, Éditions Stock, 2020

RAUFAST, Pierre. *Les Embrouillaminis*

ISBN : 978-2373051063
Dépôt légal : 1re édition, mai 2021

Couverture : Elena Vieillard
www.elenavieillard.fr

Les Éditions Aux forges de Vulcain bénéficient pour leur diffusion et leur commercialisation d'un partenariat avec les éditions Anne Carrière.

Les Éditions Aux forges de Vulcain
1 rue de la Montagne
77600 Bussy-Saint-Martin
www.auxforgesdevulcain.fr

Les Embrouillaminis

Pierre Raufast

Les Éditions Aux forges de Vulcain

Pour tous ceux nés sous le signe de
la Balance, victimes d'aboulie.

« Je renonce à vouloir démêler
l'embrouillamini chronologique
de mes souvenirs d'enfance. »

BLAISE CENDRARS, *Bourlinguer*

Chapitre 1

Nous habitions au numéro *10* de la rue. Mon père, professeur d'histoire-géographie, était né à Toulon. Ma mère, d'origine madrilène, enseignait l'espagnol.

Je n'ai jamais trop compris comment ils s'étaient rencontrés. Quand je leur posais la question, ils se regardaient d'un air complice et me sortaient toujours une version différente. Une fois, ils étaient les deux nouveaux professeurs du lycée de la vallée de Chantebrie, l'autre fois, c'était à des cours de danse, une fois même, ils affirmèrent avoir fait connaissance à Madrid, dans un café où ma mère était serveuse.

Enfant, cette ribambelle d'histoires me plaisait et était devenue un jeu récurrent entre nous. Les dimanches soir de mélancolie, je réclamais à ma mère une nouvelle variante que j'épinglais quelque part dans le coin de mon cœur. Mais, en grandissant, j'arrivai à la conclusion qu'eux-mêmes ne se souvenaient plus de la vraie version, ou en avaient honte. Sinon, pourquoi tant de mystères ?

Un jour, bien des années plus tard, agacée par mon insistance, ma mère me répondit d'un ton froid que je ne lui connaissais pas : « Mais, au fond, Lorenzo, quelle importance ? Ce qui compte, c'est qu'un jour nous nous sommes rencontrés, que nous nous sommes aimés, et que tu sois né, non ? »

Ainsi réduisait-elle mon existence à la rencontre entre un ovule et un spermatozoïde. Les faits lui donnaient raison, mais j'eusse apprécié un conte plus étoffé, plus romanesque. Une vie ne se résume pas au tronc sec du dernier hiver, sans mémoire des feuilles du passé.

J'acquiesçai malgré tout ; ils avaient le droit d'avoir leur petit secret, mais longtemps cette phrase me hanta. Elle sous-entendait que nos vies se résumaient en quelques points de passage obligés. J'entendais ma mère décrire ainsi nos destinées : « Je suis née, je me suis mariée avec ton père, tu es né. Tu te marieras, tu auras un enfant, un jour je mourrai, puis viendra ton tour. » Deux existences condensées en moins de trente mots. Certes, les trous restent à combler mais, au fond, quelle importance, mon chéri ? Le principal est dit. Voici l'extrait sec. Triste synopsis minimaliste d'une vie qui gomme les rencontres annexes, les petites réussites sans lendemain, les voies sans issue, les infimes détails, les aléas sans conséquence. L'inquiétude du printemps 1986, cette bouteille qui réconcilia deux amis, la tuile envolée par cette nuit de fort mistral : tout ce qui fait le sel de nos petites vies. Seules les âmes fortes peuvent être ainsi comptables de leur vie.

Mais l'heure n'est plus à la philosophie ; il est temps de commencer ce récit par un de mes plus vieux souvenirs.

Nous habitions au numéro 10 de la rue, dans un lotissement de maisons mitoyennes à deux étages. Là-haut, les chambres. Au rez-de-chaussée, le salon, la cuisine et un bureau. Chaque maison avait son jardinet constitué d'une terre jaune de remblai où seuls quelques aromates habitués aux sols arides poussaient. Ma mère, cette magicienne, avait tout de même réussi à faire jaillir un mélange de fleurs champêtres le long du grillage délimitant notre jardin.

Les premières années, la maison mitoyenne était habitée par un vieux monsieur que l'on ne voyait jamais. Je n'ai pas vraiment de souvenirs de lui. Bien des années plus tard, mes parents m'apprirent qu'il avait été un écrivain assez connu dans les années 1950, mais que ses livres étaient désormais introuvables. Son œuvre maîtresse avait été une saga familiale en sept volumes sur l'histoire de la vallée. Qui se souvient de tout cela aujourd'hui ? Existe-t-il un paradis pour les personnages de fiction oubliés ? Une sorte de Champs Élysées où flotteraient les âmes vertueuses faites de lettres et de sueur ? À moins que nos bibliothèques ne soient qu'un vaste cimetière où reposent éternellement ces chimères littéraires.

Il mourut dans la plus grande discrétion et son fils mit sa demi-maison en vente. J'avais sept ans, et je me souviens que je fantasmais sur les futurs propriétaires. J'espérais une famille avec un garçon de mon âge avec qui je pourrais jouer aux cow-boys et aux Indiens. Et si c'était une fille ? Une chipie avec laquelle je serais obligé d'aller à l'école en lui tenant la main ? Je fronçais les sourcils : et si c'était un grand qui me volerait mes jouets ? Ou, au contraire, une mamie très gentille qui m'offrirait des bonbons ? Tout était possible, ce qui rendait l'attente encore plus délicieuse.

Aussi, en ce jour d'avril, quand cette voiture se gara en face du portail, j'étais collé contre la vitre, à observer le destin du monde. Deux personnes en descendirent, les visites commençaient.

Cela remonte à loin et, quand j'évoque ce passé, une brume enrobe mes souvenirs, l'essentiel est là, mais les détails m'échappent. Je ne me souviens plus du temps qu'il faisait ce matin-là.

Je crois me souvenir qu'il faisait beau. Dans ce cas, rendez-vous au **chapitre 2, page 13.**

Mais je me trompe certainement. Comment pourrais-je m'en souvenir ? Si ça se trouve, il pleuvait. Rendez-vous au **chapitre 3, page 23.**

Chapitre 2

Il faisait grand beau temps. Je m'en souviens, car la pelouse était verte et déjà drue pour la saison. Il ne manquait plus qu'un voisin de mon âge pour la transformer en mini-terrain de foot. En bordure du jardin, les bourgeons commençaient à pointer leur nez. Le soleil tapait sur les larges portes vitrées, ce qui donnait au salon une clarté incroyable. La veille, j'avais attrapé un nouveau papillon. C'était ma grande passion du moment. Je les cueillais délicatement par les ailes et les plongeais dans un bocal où se trouvait un coton imprégné de chloroforme. Une fois « endormis » (le mot pudique que mes parents utilisaient à la place de « morts »), je les scotchais dans un grand cahier à spirales.

Impatient, je sortis voir de plus près ce premier visiteur. J'avais pris ma collection sous le bras, comme le font les enfants, pressés de montrer leurs trésors aux nouveaux venus.

C'était une dame sans âge, grande, sèche, tout de noir vêtue. Elle me vit et se figea. Elle se retourna vers le propriétaire et dit, comme si je n'existais pas :

« J'aime bien le calme ; j'espère que les voisins n'ont pas d'enfants bruyants ?

— Rassurez-vous, dit le monsieur sans me regarder. C'est un couple d'enseignants tout à fait charmant, et ils n'ont qu'un seul enfant, qui est déjà au primaire. Mon père n'a jamais eu à se plaindre. C'est une famille très discrète. »

La dame fit la moue et pénétra dans la maison. J'entendis le claquement de ses talons sur le carrelage, puis la porte se referma.

Elle fut agréablement surprise par la luminosité du séjour. Elle imagina instantanément l'emplacement de son canapé, de son immense bibliothèque et de ses plantes vertes. L'étage lui convint aussi parfaitement : de quoi arranger une chambre d'amis et aménager un bureau où elle pourrait étudier ses dossiers. Madame A. était avocate et passait une grande partie de ses nuits à travailler ses plaidoiries. Elle ferma les yeux et évalua le silence des lieux. Visiblement satisfaite, elle posa deux ou trois questions d'usage et annonça qu'elle achetait la maison au prix demandé.

Je les vis remonter dans la voiture, sans un coup d'œil ni un au revoir pour ma petite personne. Je restai encore quelques minutes, mon grand cahier sous le bras, à regarder s'éloigner la voiture. Je n'avais jamais imaginé un tel scénario. Pour moi, il y avait toujours un enfant, gentil ou méchant, qui alimentait ma vision manichéenne du monde. C'était oublier que les adultes, aussi, peuvent être cruels.

Pendant toute mon enfance, madame A. fut une voisine détestable. À chaque fois que j'invitais des copains à la maison, elle se plaignait à mes parents :

trop de bruits, trop d'agitation. Pour mes neuf ans, nous étions huit garçons et ma mère se disputa avec elle. C'était un mercredi après-midi ; nous avions improvisé un match de foot dans le jardin et la voisine était sortie furieuse. Elle préparait la défense d'une adolescente et nos cris compromettaient son sort. À l'entendre, nous serions tous responsables de sa condamnation à perpétuité. Ma mère avait argumenté ; des garçons de neuf ans ont besoin de bouger. L'avocate avait énuméré froidement les différents recours possibles face à cette situation qu'elle jugeait intolérable.

Au dîner, ma mère avait fustigé cette « vieille fille aigrie qui ne comprend rien aux enfants et à la vie ». Mon père, révolutionnaire dans ses tracts et utopiste de comptoir, ne bougea pas le petit doigt. Que faire face à une représentante du droit ? Mes parents renoncèrent à organiser d'autres anniversaires à la maison. Par extension, ils n'acceptèrent plus d'inviter des amis les mercredis ou les week-ends. Armée de son Dalloz, le Code civil rouge qu'elle brandissait en guise d'épée de Damoclès, elle devint un épouvantail à copains.

Roi sans amis dans son royaume : mes camarades se moquaient de moi. Lorenzo, pourquoi ne peut-on pas venir chez toi ? Tes parents sont-ils trop pauvres pour nous payer un goûter ? As-tu honte de ta chambre ? Je ne suis pas ton copain, tu n'as pas envie que je vienne ? Si tu ne m'invites pas, je ne t'invite pas.

Je tenais cette sorcière pour responsable de mon sort. À cause d'elle, j'appris la cruauté des enfants. Petit à petit, mes camarades de classe s'éloignèrent de moi. Me restaient mes papillons, mes jouets et mes livres, dans lesquels je m'immergeais avec délectation. Solitaire, je me créais des univers improbables où ma voisine subissait les dix plaies d'Égypte et bien plus encore.

Quand madame A. croisait mes parents, elle me vilipendait abondamment. Elle m'accusait d'avoir saccagé ses lauriers, d'avoir mis de la boue sur son paillasson, de ne pas être suffisamment poli avec la boulangère, et prédisait à mes parents la plus noire destinée pour moi : « Ce garnement finira en prison ! » Sur les lauriers et bien d'autres bêtises, elle avait raison, mais elle ne pouvait empêcher un enfant, esseulé par sa faute, de jouer les Zorro vengeurs. Quelque part, elle était responsable de mon indiscipline et de ma croisade. Le pâté de maisons était mon terrain de combat, le champ d'expérimentation de mes histoires imaginées dans mon lit. Notre grillage, la frontière entre le territoire des gentils et celui des méchants.

Heureusement, mes parents contrebalançaient cette ambiance délétère. Ils me nourrissaient de lectures et de jeux de société. Mon père, insatiable anarchiste éclairé, en profitait pour me parler des problèmes sociaux qui gangrenaient notre époque. Les parties de Monopoly étaient ponctuées de réflexions sur les bulles spéculatives. Il m'expliquait avec des mots très simples des concepts aussi compliqués que la liberté et le capitalisme. Il illustrait l'attrait pervers des dictatures au moyen de jeux de société.

De son côté, ma mère me parlait régulièrement espagnol, et grâce à elle je commençai ma sixième avec un niveau avancé. Elle me conseillait des livres et je fus un lecteur précoce, le chouchou de la bibliothécaire. C'était mon lot de consolation.

J'arrivai au lycée avec une solide culture générale. Bilingue, je lisais Gabriel García Márquez ou Jorge Luis Borges dans le texte. Je connaissais par cœur des tirades de *Don Quichotte*, ce qui impressionnait favorablement les filles de ma classe. Mais mon livre préféré restait *Dune*, un roman de science-fiction écrit par Frank Herbert. Il y avait dans cette épopée de l'Épice une dimension militaire et économique qui me fascinait. C'était un univers entier en six romans, dans lequel je me noyais avec volupté des soirées entières.

Curieux de tout, quand on me demandait ce que je voulais faire plus tard, j'envisageai à peu près toutes les filières possibles sauf le droit. La figure de l'avocat, personnifiée par ma sinistre voisine, me rebutait.

Avec l'âge, j'appris à relativiser son comportement et m'en amusait. Avec plusieurs années de retard, je me vengeais de sa phonophobie en lui téléphonant en plein milieu de la nuit ou en déposant dans sa boîte aux lettres différentes fientes d'animaux ramassées spécialement pour elle. Je me souviens d'un jour où elle avait fait le tour du quartier avec une boîte en carton remplie de merde de chien. Elle montrait à tous les parents les abominations dont elle était victime, ne sachant pas s'il s'agissait d'une vengeance liée à un récent procès ou d'une blague potache d'un voisin. Finalement, ce n'était qu'une pauvre femme vivant dans un continuel climat d'insécurité et de stress. Ses nuits à potasser les dossiers la rendaient encore plus fatiguée, encore plus irascible. Quand je partais le matin, je la voyais tirer discrètement les rideaux pour contrôler les allées et venues dans la rue. Elle devenait paranoïaque.

Pendant les années lycée, mon père entra dans sa phase « uchronie ». La droite avait gagné les élections et, avec la cohabitation, les années socialistes n'étaient plus que l'ombre d'elles-mêmes. À table, il aimait refaire l'histoire à partir d'hypothèses politiques fictives. Il lançait des débats stériles : « Et si Mitterrand avait été élu dès 1974 ? Vous vous rendez compte de là où on en serait aujourd'hui ? », ou bien : « Et si la crise de Cuba avait abouti à une troisième guerre mondiale ? »

Ma mère levait les yeux au ciel. « Si ma tante en avait, ça serait mon oncle ! » Cette expression me faisait rire, mais mon père gardait son sérieux. Avec l'âge il devenait une sorte de militant virtuel, délaissant les événements politiques actuels pour s'intéresser à ceux qui auraient pu se produire. Ma mère lui reprochait de vivre au subjonctif, dans des mondes parallèles qu'il modelait. Il la reprenait en levant l'index bien haut : « Parallèles, mais justes et égalitaires. » Mon père aurait dû être écrivain pour façonner son monde d'encre et de feuilles.

L'année du baccalauréat, je n'avais toujours pas la moindre idée du métier que je voulais exercer. Je m'intéressais à tout, donc à rien en particulier.

Ma mère me conseilla d'intégrer une école de commerce. Là-bas, je continuerais les mathématiques, la finance, l'histoire économique, les langues vivantes ; une bonne filière pour repousser de quelques années mon choix d'orientation.

Je suivis sa recommandation et passai deux difficiles années en classe préparatoire, où mes seules pauses consistaient à lire et relire inlassablement les six tomes de *Dune*. En 1993, j'intégrai une école de commerce en région parisienne et me retrouvai avec une faune bien différente de celle que j'imaginais. Il y avait pas mal de requins, des jeunes gens, souvent issus de milieux favorisés, qui n'avaient qu'une seule ambition : dominer le monde. Être les rois de la finance, reprendre des entreprises, fermer les usines en France pour les rouvrir en Chine, inventer des besoins futiles, jouer sur nos peurs primaires, développer le consumérisme pour mieux vendre, encore et encore. L'objectif n'était pas de devenir riche, mais d'être le plus riche.

Moi qui adorais le réalisme magique de la littérature sud-américaine, moi qui vénérais l'idéalisme dérisoire de don Quichotte, je me retrouvai d'un coup dans le grand bain du pragmatisme financier. Produire plus pour s'enrichir davantage. Quand je racontais tout cela à mon père, il jubilait. Enfin, je lui donnais raison et prouvais la décadence de notre civilisation : « L'argent pourrit tout, il faudrait revenir à des valeurs humanistes plus fondamentales. Si en 1945, Churchill n'avait pas... » Ma mère levait les yeux au ciel et changeait de pièce.

Mais, même dans une fourmilière, on trouve toujours des exceptions, des fourmis à cinq pattes. Claire, une petite brune pétillante, partageait peu ou prou ma vision du monde. Bretonne, elle avait grandi dans un village où les hommes étaient marins ou éleveurs de cochons. Elle aimait bien les crêpes au chocolat, le vin blanc, les recueils de poésie, l'écologie, les discussions autour d'une tisane, les caresses de mes doigts dans son dos. Plus tard, elle voulait travailler aux ressources humaines pour aider les gens à s'épanouir. Elle pensait que le monde de l'entreprise était déjà bien trop cruel et qu'il fallait rajouter une pincée d'humanité dans les rouages. Contrairement à mon père, elle ne refusait pas le système en bloc ; comme don Quichotte, elle espérait toujours trouver un gramme de compassion dans une place boursière. J'aimais sa sensibilité autant que son corps et nous savourions ce délicieux début de relation, plein d'élans amoureux et d'illusions. Je l'appelais « ma princesse ».

En cours, je m'asseyais souvent un ou deux rangs derrière elle, pour le plaisir de la regarder. Ignorant tout du cours soporifique, je laissais mon esprit s'égarer et me demandais sans cesse comment notre relation évoluerait. Où et avec qui serai-je dans dix ans ? Avec elle ? Avec une autre ? Serons-nous mariés ? Aurons-nous un jour des enfants ? Un ? Deux ? Trois ? J'aimais entrevoir tous ces futurs possibles. Finalement, j'avais hérité de mon père cette passion pour les mondes hypothétiques. J'étais le cancre de Prévert qui alimente ses rêveries par l'oiseau de son cœur.

En 1995, je découvris le jeu vidéo *Dune II*. J'achetai à cette occasion mon premier ordinateur, pour retrouver les héros de ma saga préférée. Je passais des nuits à jouer, à faire fructifier mes stocks d'Épice et à me créer une double vie numérique. Cet univers virtuel m'éloignait de la froide réalité de mon école. Pourtant ce monde fantastique rempli de meurtriers, d'arrivistes et de coup bas n'était pas meilleur que le monde réel, mais j'avais l'impression d'avoir un réel pouvoir sur lui, une meilleure emprise sur les choses.

En dernière année, je me spécialisai en simulation financière, seule option possible pour échapper à la folie esclavagiste de l'économie moderne. Protégé derrière mon ordinateur, je modélisais le monde boursier et imaginais les évolutions à venir. J'étais curieusement moins intéressé par l'appât du gain que par cette promesse numérique de prédire les choses. Je ne vendrais pas l'Épice, mais prédirais les volumes. Je serais le nouveau Nostradamus en costume-cravate.

En cours, nous apprenions à jouer avec les paramètres, à répondre aux questions des mercenaires. Quelque part, cela me plaçait au-dessus d'eux : « Le cours de l'action va-t-il chuter ? » ; « Si la société perd un gros contrat, quel en sera l'impact boursier ? » : « Et si la banque centrale remonte son taux directeur ? » Je jonglais avec les hypothèses et domptais à mon tour le subjonctif paternel. Je voulais modéliser le monde, canaliser les si pour mieux les comprendre, rendre prévisible le risque aléatoire.

Dans un autre monde, j'aurais pu devenir météorologue pour prédire le temps du lendemain, les ouragans et les cyclones.

J'expliquais à Claire ma passion : « Le mot *si* n'a que deux lettres : il serait dommage de se laisser mener par le bout du nez par un si petit mot. » Elle me répondait par des baisers et, une fois repu, je m'allongeais sur le dos et rêvais de maîtriser cette danse du chaos, ce tango imprévisible qui façonne le futur.

Ainsi s'illusionnent les jeunes diplômés.

Rendez-vous **au chapitre 4, page 36.**

CHAPITRE 3

Je crois me souvenir qu'il pleuvait depuis au moins une semaine. De ces giboulées de mars qui jouent les prolongations. La pelouse était dans un état catastrophique, l'herbe était soit trop haute, soit remplacée par une boue gorgée d'eau. Je me disais que si un voisin de mon âge arrivait, on ne pourrait pas jouer au foot avant l'été. Il n'était que 11 heures du matin, mais les nuages gris donnaient une ambiance crépusculaire – si bien que nous gardions les lampes allumées toute la journée pour augmenter la clarté.

Je mis mes bottes, mon imperméable à capuche et sortis en vitesse pour voir de plus près cette première visiteuse. C'était une dame sans âge, grande, sèche, tout de noir vêtue. Elle pencha son parapluie et m'observa avec méfiance. Elle se retourna vers le propriétaire et dit, comme si je n'existais pas :

« Je ne supporte pas le bruit. C'est bien dommage de voir que les voisins ont des gamins.

— Rassurez-vous, dit le monsieur en me regardant, c'est un couple d'enseignants tout à fait charmant et ils n'ont qu'un seul enfant. Mon père n'a jamais eu à se plaindre. C'est une famille très discrète. »

La dame fit la moue, me dévisagea et mit le pied dans une flaque formée au pied du perron. Son talon s'enfonça de quelques centimètres. Elle jura, j'éclatai de rire. Elle me lança un regard noir, ressortit sa chaussure toute maculée de boue et entra dans la maison sans même s'essuyer sur le paillasson. L'homme alluma le plafonnier et une lumière blafarde s'écrasa sur les murs vides. Elle secoua la tête.

« J'ai besoin de clarté. Je ne pourrais jamais vivre dans une telle caverne.

— Le temps n'est pas idéal. Normalement le séjour est très lumineux. Je vous propose de monter voir les chambres.

— Ce n'est pas la peine.

— Voulez-vous repasser quand il fera meilleur ? »

Elle lui décocha un regard agacé : « Je cherche une maison plus claire et surtout sans voisinage. Vous comprenez, je travaille beaucoup chez moi et j'ai besoin d'un calme absolu. » Il voulut dire que son père, lui aussi, avait besoin de silence quand il écrivait. Mais la femme avait l'air déterminée alors il haussa les épaules et la raccompagna vers la porte.

Une semaine plus tard, le fils revint accompagné par un homme d'une cinquantaine d'années. Il ne pleuvait plus et le visiteur commença par inspecter le jardin. Je courus dans le jardin pour me poster à quelques mètres du grillage. Il tourna la tête et m'apostropha.

« Alors jeune homme, comment tu t'appelles ?

— Lorenzo, monsieur.

— Et dis-moi, Lorenzo, comment est le jardin ? »

Je le regardai sans trop comprendre la question.

« Y a-t-il des insectes ? Des mantes religieuses ? Des papillons ? Est-ce qu'il y a beaucoup de vers de terre ? »

Le propriétaire voulut répondre, mais l'homme lui fit un clin d'œil. Je m'avançai d'un pas et marmonnai tout en tripotant mes mains :

« Des papillons, oui, et des fois il y a des sauterelles, monsieur.

— Des vertes ou des marron ? »

Je haussai les épaules. Il s'approcha de moi et s'accroupit.

« Ce n'est pas pareil, tu sais. Je parie qu'ici ce sont des criquets. Les sauterelles préfèrent la campagne, car elles sont omnivores. Les criquets sont herbivores, c'est parfait pour les petits jardins comme le tien. »

À cette époque, je collectionnais les papillons. Je les cueillais délicatement par les ailes et les plongeais dans un bocal où se trouvait un coton, imprégné de chloroforme par mon père. Une fois « endormis » (le mot pudique que mes parents utilisaient à la place de « morts »), je les scotchais dans un grand cahier à spirales.

« J'ai une grande collection de papillons dans un cahier, vous voulez la voir ? »

L'homme rit.

« Pas tout de suite, bonhomme. Je dois d'abord visiter la maison pour savoir si elle me plaît. »

Ils entrèrent dans la maison et je me mis à chercher des criquets dans l'herbe. Il était encore trop tôt dans la saison, mais je trouvai quand même un énorme escargot caché sous une feuille. Tout fier, je me campai devant le grillage pour exhiber ma merveille. Les deux hommes sortirent quelques minutes plus tard et se serrèrent la main. Je restai à les regarder, à l'écart, n'osant pas montrer ma trouvaille à l'inconnu. Ils parlèrent quelques minutes, puis se dirigèrent vers le portail. Au moment de partir, l'homme se tourna vers moi. « Je vais bientôt revenir, j'espère que tu me montreras ta collection de papillons. »

Sans un mot, je lui tendis mon escargot. Il le prit et l'observa. « Je vais le remettre dans l'herbe. Ce serait dommage que, ce soir, il ne puisse pas dormir chez son papa et sa maman. »

Voilà ma première rencontre avec monsieur B., ingénieur des Arts et Métiers, qui allait devenir mon mentor durant plusieurs années.

Monsieur B. travaillait à la centrale hydroélectrique de la vallée. Le week-end, quand il jardinait, et que je n'invitais pas de copains à la maison, je m'empressais de le rejoindre. On passait alors de longues heures à faire des expériences. Il m'apprit à mesurer la valeur de *pi* avec les troncs d'arbres et une simple ficelle. On construisit des mini-éoliennes avec des bouchons de liège et des dynamos de vélos. Il m'expliqua les rudiments de l'électronique en démontant de vieux appareils. Il m'aida à enrichir ma collection de papillons en m'emmenant promener dans les collines.

Je traversai l'école primaire d'un souffle exalté. Tout était prétexte aux mesures, aux expériences, au bricolage, à l'observation du monde. Je découvrais l'infini pour y déposer des mots d'enfant. Monsieur B., émerveillé, battait des mains et me racontait les étoiles.

Mes parents voyaient d'un bon œil l'influence de ce voisin, devenu un ami de la famille. Le samedi soir, il dînait avec nous et quand je montais me coucher, je les entendais jouer aux cartes et rire jusqu'à fort tard. Il était barbu, monsieur B., et j'ai en mémoire ce collier poivre et sel déformé par un sempiternel sourire.

Au collège, l'apprentissage devint plus théorique et il insista pour relire mes devoirs de mathématiques et m'enseigna des notions plus complexes. « La connaissance est liberté. Sors des quatre murs de la prison où le système veut t'enfermer. Ouvre toujours tes yeux et tes oreilles ! Sois un observateur attentif du monde. » Il me dévoila la beauté des équations différentielles bien avant l'heure. J'aimais mettre le monde en équation et m'étonner que cela colle parfaitement. Mes copains me regardaient, incrédules, préférer ces charabias à un après-midi de foot. Je délaissais un peu le français, un peu l'histoire-géo, ne gardais une moyenne excellente qu'en espagnol grâce à ma mère. C'est lui qui m'initia aux jeux vidéo, avec *Zork*, un jeu minimaliste où je me perdais mille fois dans de délicieuses ramifications narratives.

À cette époque, mon père était englué dans d'éternelles rengaines politiques. Il rabâchait sans cesse de vieilles histoires, refaisait le monde à sa façon en imaginant des issues possibles à des situations inventées. Monsieur B. s'en amusait : « Finalement, la politique ressemble aux sciences physiques : vous imaginez des mondes idéaux, vous explorez des variantes infinies de modèles économiques, sans jamais rien faire de concret. Vous êtes de vrais théoriciens ! » Ma mère éclatait de rire et mon père revêtait son sourire gêné.

Et puis un printemps, j'avais quatorze ans, monsieur B. nous annonça qu'il était muté dans une autre ville, à l'autre bout de la France, dans un autre univers. C'était une promotion, il y serait directeur d'une centrale hydraulique. « Mais pourquoi ne pas être directeur de celle de la vallée ? » Il m'expliqua que cela ne fonctionnait pas ainsi et que, pour pouvoir évoluer, il fallait bouger. « Augmenter l'entropie du système pour ne pas qu'il se relâche » : son clin d'œil humoristique ne suffit pas à me consoler. À l'âge où d'autres vivaient leur premier chagrin d'amour, j'expérimentai un grand vide, une tristesse de tout autre nature.

Ses anecdotes, ses expériences, ses sollicitations me manquèrent. Seul, il est beaucoup plus ardu de se motiver. Je perdis progressivement mon avance et m'intéressai mollement à d'autres choses. Mon père, plongé dans ses journaux politiques, ne levait le nez que pour me faire réciter mes leçons d'histoire-géographie, et encore, en rajoutant son grain de sel sur le dessous supposé des cartes. Ma mère profita de mes errances pour revenir à l'assaut avec ses romans espagnols. Je lus sans déplaisir *Don Quichotte,* mais n'insistais pas au-delà. La lecture comblait mon besoin d'imaginaire, mais n'arrivait pas à satisfaire ma soif de possibles, des hypothèses et des expériences qui les valident. Les romans n'ont qu'un seul fil conducteur ; ce n'est qu'une pelote narrative imaginée par l'écrivain et déroulée de façon linéaire par le lecteur. Une simple vision statique du monde, là où monsieur B. m'avait fait entrevoir la dynamique de systèmes bien plus complexes.

Pour combler ce vide, je m'investis dans les jeux vidéo. C'était l'époque des premières consoles de jeux. J'adorais l'idée de refaire dix, vingt, cinquante fois la même partie et de constater que les monstres optaient chaque fois pour des comportements différents. Chaque partie était unique tout en obéissant aux mêmes schémas. Voilà ce qu'il manquait aux livres ! En vérité, la composante aléatoire des monstres renouvelait le plaisir, mais n'apportait pas grand-chose au dénouement. Je finissais toujours par affronter le boss à la fin des premiers niveaux, puis je perdais systématiquement par manque de temps. Cela ne m'empêchait pas d'essayer encore et encore, tel Sisyphe poussant son rocher inlassablement au sommet de sa montagne.

J'initiais mon père à *Populous,* un jeu vidéo où nous incarnions un dieu chargé de l'évolution d'une civilisation. C'était l'occasion rêvée de mettre en pratique ses théories humanistes et anticapitalistes. Il n'en fut rien. Il se contenta de regarder, hébété, les petits personnages bouger au gré de mes mouvements de souris tout en répétant « C'est incroyable ce que l'on fait aujourd'hui ». Il m'incita à bâtir des républiques démocratiques qui n'avançaient pas. Nous étions encore à l'âge de pierre quand des dictatures armées nous envahissaient. Mon père s'agaça de cette vision voltairienne de l'homme et fustigea les producteurs américains du jeu.

À la place de monsieur B., un jeune couple et leur bébé s'installèrent dans la maison mitoyenne. Au début, j'entendais les pleurs de la petite fille la nuit. Puis la situation se normalisa et ce ne fut que des bonjours et bonsoirs polis quand on se croisait.

Pendant les années lycée, mon père se noya dans sa phase « uchronie ». Il aimait à refaire l'histoire à partir d'hypothèses politiques fictives. Il aimait lancer des débats stériles, du style : « Et si Mitterrand avait été élu dès 1974 ? Vous vous rendez compte de là où on en serait aujourd'hui ? », ou bien : « Et si la crise de Cuba avait abouti à une troisième guerre mondiale ? »

Ma mère levait les yeux au ciel. « Avec des si, on mettrait Paris en bouteille ! » Cette expression me faisait rire, mais mon père gardait son sérieux. Avec l'âge il devenait une sorte de militant virtuel, délaissant les événements politiques actuels pour s'intéresser à ceux qui auraient pu se produire. Ma mère lui reprochait de vivre au subjonctif, dans des mondes parallèles qu'il modelait. Il la reprenait en levant l'index bien haut : « Parallèles, mais justes et égalitaires. » Mon père aurait dû être écrivain pour façonner son monde d'encre et de feuilles.

En terminale, j'étais un élève normal, pas forcément excellent, mais pas ridicule non plus. J'avais gardé de mon compagnonnage avec monsieur B. un certain goût pour le questionnement, la curiosité et les sciences. Longtemps je me suis demandé quelle aurait été ma scolarité au lycée si monsieur B. n'était pas parti. Aurais-je gardé autant d'avance en mathématiques ? Aurais-je été en tête de classe ? Aurais-je passé moins de temps sur les jeux vidéo ? Nous avions gardé contact. Au début, je lui écrivais presque toutes les semaines pour lui expliquer mes avancées. Mais, les années passant, je ne prenais plus le temps. Trop de choses futiles à faire, pas assez de choses à raconter. J'enfilais excuse sur excuse pour limiter ma correspondance à une ou deux lettres par an.

Mon orientation se fit naturellement ; je m'inscris en classe préparatoire scientifique, comme un bon tiers de mes camarades. Cette idée me plaisait bien : je voulais développer des jeux vidéo, et devenir ingénieur était la voie royale pour décrocher un emploi dans ce secteur. Deux ans plus tard, j'intégrai, par le hasard du classement d'un concours, une école d'ingénieur en mécanique. Domaine a priori loin des jeux vidéo, mais mes parents me pressèrent d'accepter, ce que je fis.

Un peu paumé dans une filière que je n'avais pas choisie, je passais ma première année à décompresser. Beaucoup de bières, des soirées entre potes et des séances de cinéma. Je profitais d'une nouvelle liberté, loin de la vallée de Chantebrie. À cette époque, je passais des nuits entières sur le jeu vidéo *Dune II*, inspiré de mon roman préféré. Un jeu mélangeant aventures et stratégie dans lequel il fallait équilibrer les conquêtes militaires et économiques. Nous étions tout un groupe de passionnés et nous comparions l'avancée de nos quêtes.

Et puis un soir, lors d'une fête moins arrosée que les autres, je discutai avec Camille, une grande perche blonde qui avait atterri là par tacite validation parentale d'un brillant parcours scolaire. Comme moi, elle n'avait aucun attrait pour la mécanique, mais elle suivait les cours avec application, comme elle l'avait toujours fait. Elle s'acharnait à peaufiner ses devoirs, sachant très bien que jamais elle ne mettrait ces nouvelles compétences en application. Elle se destinait à la gestion de projet, terme vague qui couvrait un ensemble d'activités supposées moins techniques que les autres. Jouet du classement d'un concours national, elle s'adaptait tant bien que mal. Un demi-point en plus et elle aurait atterri dans une école de chimie. Un demi-point en moins, elle se serait retrouvée spécialisée en génie civil.

Pourtant, au lycée, Camille voulait devenir aide-soignante ; son rêve était d'aider les personnes âgées. Mais ses parents avaient jugé qu'avec ses résultats scolaires elle pouvait gagner davantage. Alors elle avait suivi une filière scientifique et passé le concours. De toute façon, à dix-huit ans, est-on vraiment capable de savoir ce que l'on veut ? C'était la thèse de son père. Il était expert-comptable, mais rabâchait sans arrêt qu'il aurait voulu faire marin. C'était davantage une posture qu'une véritable réflexion sur sa vie, car, dans ce cas-là, pourquoi n'avait-il pas écouté les aspirations de sa fille ?

Un soir de fin de première année, elle devint « ma princesse », surnom qui lui resta. En deuxième année, je déménageai dans son studio à quelques rues de l'école. Nous faisions l'amour régulièrement, avec cette prescience de savoir que ce n'était que le début d'une grande aventure. Le diplôme en poche, nous irions travailler en région parisienne comme la majorité des couples d'ingénieurs. Trois ans plus tard, nous nous marierions et aurions un ou deux enfants en fonction du logement que nous aurons pu nous payer. Dix ans plus tard, une chance sur deux d'être divorcés.

Dans n'importe quel jeu vidéo, j'aurais trouvé ce scénario trop linéaire, trop convenu. Mais c'était ma vie et je n'avais, comme la plupart des gens, aucun regard objectif dessus. Je découvrais pas à pas toutes les étapes d'un sentier mille fois foulé. Nos ancêtres ont beau avoir poli, vie après vie, les marches du destin, nous les gravissons en fiers conquérants, sourds à leurs conseils, aveugles à leur sort.

En troisième année, je choisis un stage à la centrale hydroélectrique de la vallée de Chantebrie afin de me rapprocher de mes parents. Le sujet était intéressant : modéliser la résistance mécanique des pales en rotation. Le premier jour, je demandai à mes nouveaux collègues s'ils avaient connu monsieur B. La plupart d'entre eux s'en souvenaient encore très bien. Dans la salle de repos, les dessins familiaux des employés étaient punaisés sur un grand tableau en liège. Au milieu, j'en reconnus deux que je lui avais offerts vers l'âge de dix ans. L'un représentait une fusée, une usine et un grand monsieur. L'autre, les trajectoires d'un papillon cherchant à éviter le filet d'un petit garçon. Ce fut comme deux petites aiguilles plantées dans mon cœur. C'était un peu grâce à lui que j'étais là, et pourtant cela faisait des années que je n'avais pas pris de ses nouvelles. Était-il toujours directeur ou était-il à la retraite ?

Je passai ces cinq mois à travailler sur ma modélisation. Les soirées, je continuais l'extraction de l'Épice dans *Dune*. J'étais désormais à un niveau avancé du jeu vidéo et ne pouvais plus m'arrêter.

La journée, je lançais mes modélisations numériques. Je les tordais dans tous les sens, jouais sur plusieurs scénarios : toute cette combinatoire des possibles me fascinait. À partir de quelle valeur les pales se brisent-elles ? À quelle vitesse minimale la turbine s'arrête ? J'exécutais un tas de combinaisons. J'aimais ces univers virtuels qui n'existaient que dans ma tête et prenaient vie dans cet ordinateur. J'étais devenu le dieu *Populous* de cette centrale. Je pouvais la faire exploser numériquement en un clic de souris. Les enchaînements de causes racines me fascinaient, tous ces arbres de décisions qui exploraient l'infinité potentielle d'un simple modèle.

Alors que ma vie semblait linéaire, préformatée, mon imagination et mon intellect naviguaient dans des myriades multicolores de mondes parallèles. J'avais trouvé ma voie : la simulation numérique et l'accès à des royaumes virtuels infinis.

Ainsi rêvent les jeunes ingénieurs.

J'eus soudainement envie de remercier monsieur B. de m'avoir orienté vers cette filière scientifique. Ce stage, à la centrale où il avait travaillé, était une superbe occasion de le faire. Rendez-vous **au chapitre 53, page 331.**

Puis je me dis qu'après son départ j'avais pas mal végété. Sans doute serait-il déçu de mon parcours scolaire, lui qui voyait de grandes choses en moi. Et puis, à quoi bon remuer le passé ? Je laissai tomber cette idée. Rendez-vous au **chapitre 4, page 36.**

Chapitre 4

Le *10* juin 1996, mes parents assistèrent à la cérémonie de remise de diplôme avec cette fierté non dissimulée de voir leur enfant correctement armé pour affronter la vie. Mon père, dans une retenue tout en pudeur, mélange d'une méfiance viscérale envers les élites et d'une satisfaction paternelle. Ma mère, tout en exubérance latine, me serrant dans ses bras et parlant à mon amie presque comme à une belle-fille.

Pour nous, l'avenir s'annonçait sous les meilleurs auspices. J'étais désormais sur les rails de la vie et je n'avais qu'à poursuivre mon petit bonhomme de chemin comme mes parents l'avaient fait vingt-cinq ans auparavant en épousant leur carrière de fonctionnaire. Nous allions chercher du travail en région parisienne et, une fois installés, rien ne pourrait nous faire dérailler.

Ne restait que la question du service militaire. En février de cette année, Jacques Chirac venait d'annoncer la professionnalisation des armées, mais les garçons nés avant 1979 devaient tout de même remplir leurs obligations militaires. Nous étions pratiquement la dernière génération à partir sous les drapeaux et la plupart de mes camarades de promotion cherchaient une excuse pour se dérober. Les dispenses s'obtenaient de plus en plus facilement. Il suffisait de négocier avec le médecin, d'arguer d'un emploi en CDI, de prolonger les études d'une ou deux années pour être réformé.

La question m'effleura. J'avais déjà reçu une offre d'emploi qui ne m'intéressait guère, mais j'aurais pu m'en servir pour éviter ces dix mois sous les drapeaux. J'hésitais. Et puis un drame mit fin à cette indécision.

Comme chaque soir, j'allumai mon ordinateur pour jouer à *Dune*. Mais cette fois-ci il ne démarra pas, le disque dur était foutu, cramé. Toute ma progression au jeu était perdue, des centaines d'heures de ma vie virtuelle étaient coincées dans cet amas de ferraille inutilisable. Fou de rage, je réinstallai tout et repris ma quête de zéro. Je fus tenté de prendre les mêmes décisions qu'un an plus tôt, mais, pour une raison inexpliquée, je changeai. La trajectoire qui se dessina fut infiniment plus prometteuse. Je collectai plus d'Épice en moins de temps. J'avais dévié un peu de ma route, par hasard, et les effets furent radicalement différents.

Je passai les trois heures de mon voyage en train à méditer cette expérience. Et si profitais de cette année de transition pour faire un pas de côté ? Et si j'ouvrais une parenthèse pour tenter autre chose ? Je ne risquais rien : au pire, je pourrais reprendre ma vie comme on reprend une ancienne partie sauvegardée. Le nez contre la vitre, je sentis les vibrations secouer mes convictions. Les champs, les prés et les villages défilaient. Hypnotique spectacle, semblable à une vie déroulée en accéléré. Les trajets en train ont toujours facilité chez moi l'introspection. Jusqu'à présent, ma vie n'avait été qu'un long chemin rectiligne, tracé par le cocon familial. J'étais allé d'une gare à l'autre sans même y penser. Je pressentis que cette année d'interlude pouvait m'ouvrir des perspectives inédites ; le train déraillerait pour m'emmener de l'autre côté du miroir.

J'en parlai à ma princesse, qui fut réfractaire à cette idée. Pourquoi changer de plan ? Pourquoi risquer quelque chose ? Elle préférait répondre à son destin et commencer le prochain chapitre de sa vie, pressée d'atteindre celui où notre premier enfant naîtrait. Elle évita la discussion comme d'autres éteignent la radio pour s'épargner les mauvaises nouvelles.

Pendant mon footing, je repensai à Paul, personnage obsédant de *Dune*. Jessica, sa mère, était génétiquement programmée pour n'engendrer que des filles. En le mettant au monde, elle avait désobéi, mais elle avait permis à son enfant d'avoir un destin extraordinaire. Je n'étais pas si pressé que ça de travailler dans un bureau à la Défense. Et si, moi aussi, j'allais chercher l'Épice de ma vie ? Et si je modifiais un peu les conditions initiales de mon logiciel ? Comme ça, pour voir, pour jouer ? Après tout, n'était-ce pas ce que je savais faire ?

Ma mère fut surprise, mais ravie de ma décision. Elle m'incita à voyager. À l'époque, on pouvait remplacer le service militaire par un service civil à l'étranger. L'idée était de trouver une entreprise qui veuille bien vous envoyer dans un pays où elle avait une filiale pour y travailler seize mois. C'était gagnant-gagnant, la société bénéficiait d'aides fiscales et le jeune diplômé trouvait une première expérience internationale tous frais payés. Elle s'activa et dénicha par son réseau hispanophone une copine dont le frère travaillait au Mexique. Il pouvait me pistonner pour entrer à l'aéroport d'El Sauz, dans l'État de Chihuahua. En tant qu'informaticien, il m'avait assuré que j'aurais une mission intéressante. Ma mère était enthousiaste : « Va découvrir le vaste monde, mon fils ! Tu vas rester les quarante prochaines années le cul vissé à une chaise. Profite de cette opportunité ! En plus, le Mexique, c'est un pays génial, celui d'Octavio Paz... »

Mon père, toujours branché dans ses trips philosophico-gauchistes, ne comprenait pas mon envie de faire le service militaire. Si je ne voulais pas travailler immédiatement, ce qu'il comprenait, pourquoi ne pas être objecteur de conscience et m'engager dans une cause humanitaire ? « Tu auras tout le temps de travailler pour un patron. Profite de ta jeunesse pour donner un peu de sens à ta vie, tu n'en auras pas toujours l'occasion. » Il proposa de me mettre en relation avec ses amis d'associations culturelles, qui regorgeaient de bons plans humanitaires.

Ma copine réfutait en bloc cette histoire de service national. Pourquoi repousser l'entrée dans la vie active ? Ensemble, ce serait plus simple de trouver deux boulots dans la même ville et d'emménager dans un appartement à nous. Je lui parlai de Paul et de la quête de l'Épice. Elle n'adhéra pas à ma théorie, mais concéda, en désespoir de cause, que le service militaire classique était son option préférée. Elle cherchait déjà du boulot en région parisienne et m'encouragea à postuler pour n'importe quel régiment de n'importe quelle armée, marine, terre, air, gendarmerie, pourvu que je sois à moins de trente kilomètres d'elle. Quand je lui disais que jouer au simple soldat pendant dix mois n'était pas une perspective enthousiasmante, elle balayait mes réticences d'un revers de la main :

« Faut savoir ce que tu veux ! Et puis tu dormiras chez nous, pas à la caserne... Comme ça, tu pourras commencer à chercher un travail pas trop loin du mien.

— Mais si je suis affecté à l'autre bout de la France ? »

Elle se renfrognait et m'accusait de voir toujours tout en noir. J'envisageais les possibles :

« On ne sait même pas où tu vas bosser. Si ça se trouve, tu vas trouver un job à Toulouse, et j'aurais l'air malin dans ma caserne à Suresnes. Non seulement je ne te verrai pas, mais je dormirai dans un dortoir rempli de dix autres troufions.

— Pourquoi veux-tu que je m'installe à Toulouse ? Je ne cherche qu'en région parisienne ! » me répondait-elle agacée.

Entre elle et mes parents, je ne savais plus quoi décider. Une association humanitaire me plaisait bien. Après quelques mois derrière un ordinateur à jongler avec des équations, j'avais une envie romanesque de me frotter au monde « réel ». Mais le Mexique me tentait tout autant, surtout pour l'image exotique, pour ne pas dire érotique, que j'en avais. Sans trop me l'avouer, et surtout sans le dire à ma copine, je mettais de côté la piste du service militaire classique, que je jugeais insipide.

Autour d'un verre, j'en parlais un soir à Franz, un collègue de promotion qui habitait aussi la vallée. Il avait choisi de faire élève officier de réserve dans l'armée de l'air, une option que je n'avais pas retenue par manque de goût pour la discipline. Il partait après l'été.

« Lorenzo, si tu ne veux pas faire officier, ce n'est pas la peine de faire simple troufion. Tu devras obéir à des appelés comme moi ! »

Je recrachai presque ma bière.

« Ça serait cocasse que je me retrouve sous tes ordres, "mon lieutenant Franz"... Mais alors, je dis quoi à ma copine ? »

Il eut ce petit geste de la main.

« Franchement, on s'en fout ! Vous avez l'air d'être bien ensemble mais, justement, profite de ce break pour voir du pays et pour tester la solidité de votre couple. »

Je repris des cacahouètes. L'une tomba par terre et roula sous la chaise.

« C'est ce que l'on appelle une méthode de contrôle destructive, non ? Je coupe un arbre pour connaître son âge. Ce n'est pas un peu dangereux comme méthode ? »

Il dodelina de la tête.

« Non. Si ça casse, c'est que vous n'étiez finalement pas faits l'un pour l'autre. Si vous résistez à cette année de séparation, alors, à ton retour, vous pourrez aller directement à la mairie. »

Son argument se tenait. Je finis ma pinte et en recommandai deux autres.

« Okay. Le Mexique ou l'humanitaire ? »

Il se gratta le bout du nez, signe chez lui d'une intense réflexion.

« Pour moi, c'est kif-kif. Au fond de toi, que veux-tu faire ? »

Je pris le temps d'observer la mousse sur les parois de mon verre. « J'aimerais bien une cause écologique. Travailler pour l'environnement, faire quelque chose pour notre planète... » Je bus une autre gorgée. « Mais, d'un autre côté, entre l'écologie en région parisienne ou travailler au Mexique, ça se discute... »

Il hocha la tête, mais ne dit rien. Puis il se pencha, attrapa son portefeuille dans sa veste et en sortit une pièce de deux francs. Son visage s'éclaira : « Aux grands maux les grands remèdes ! Tu le joues à pile ou face ? Pile, le Mexique. Face, l'écologie à Nogent-le-Rotrou ! »

Mon sourire se figea. Plaisantait-il ?

Les gens autour de nous s'agitaient, parlaient fort, l'ivresse me submergeait. Tout cela avait-il une grande importance ? Après tout, il avait raison : pourquoi ne pas laisser le hasard choisir ? Quel que soit le choix, je ne connaîtrais jamais l'autre choix. Je pourrais toujours regretter, me dire que je n'aurais pas dû, imaginer que l'herbe est toujours plus verte ailleurs, qu'en saurais-je vraiment ? Et puis, les jours de bonne fortune, je me féliciterais de mon destin. Alors, à quoi bon s'en soucier ?

D'une pichenette du pouce, la pièce s'éleva dans l'air. Nous la regardâmes monter puis redescendre dans un silence monacal. Le temps s'étira comme pour mieux nous faire prendre conscience de l'importance de l'instant. Nous étions seuls au monde à contempler les pirouettes de la pièce, cette danse du hasard, joli symbole de l'univers des possibles. Elle retomba sur la table dans un bruit caractéristique, mais Franz la recouvrit de sa main droite avant que je ne puisse voir le résultat. Mon futur était décidé, là, sous sa main ; le découvrir ne changerait plus rien. Les dés avaient été jetés, *alea jacta est.* Dans la pénombre de cette taverne, mon ami me sourit : « Alors, prêt à affronter ton destin ? »

Si la pièce est côté face, je cherche une mission écologique **au chapitre 5, page 44.**

Si la pièce est côté pile, je pars au Mexique **au chapitre 6, page 46.**

Mon avenir était là, sous sa main. Je pris alors conscience de la stupidité de ce jeu. On ne choisit pas sa vie sur un coup de dé. La vérité, c'est que je voulais rester avec ma copine, ma princesse. Cette mise en situation avait au moins servi à prendre conscience de cela. Rendez-vous **au chapitre 54, page 334.**

CHAPITRE 5

Les collègues de mon père ne me proposèrent que des associations sociales ou artistiques sans grande envergure, indignes de mes rêves. Je passai une journée dans leur café associatif à lire tous les prospectus qui traînaient. Entre le soutien scolaire, l'aide alimentaire aux défavorisés et l'accueil de réfugiés, il y avait finalement pas mal de choix dans la région. Mais je visais plus haut, cherchant un truc extraordinaire qui justifiât l'abandon du Mexique. J'avais accepté la décision de la pièce, mais m'autorisais encore à changer puisque, techniquement, je n'avais pas encore rempli mon dossier militaire. Ce dossier était le portail qui transformerait cette décision virtuelle en arrêté irrévocable, le point de non-retour.

Mon problème se résumait en une phrase : comment trouver une telle opportunité tout en restant dans cette vallée ?

Un mardi matin, je sortis de bonne heure après une nuit parsemée de mauvais rêves. L'ambiance avec Princesse n'était pas au beau fixe et je marchai vers mon café, celui en bordure de la grande place où j'aimais à m'installer pour observer l'humanité.

À quelques mètres de la terrasse, je remarquai deux tables avec des journaux laissés par de précédents clients. Je m'installai à une table, commandai un café, mimant l'homme d'affaires soucieux de la bonne marche économique du monde. Sur la table de droite, le journal *Libération* était plié en deux. Sur la table de gauche, le quotidien local *La Vallée*. La logique politique n'était pas respectée, mais ainsi va le hasard.

J'hésitai un instant à récupérer les deux exemplaires, mais le serveur observait son monde à travers la vitre. Je devais choisir un des deux journaux délaissés.

La une de *Libération* était sur les Jeux olympiques d'Atlanta, je l'ouvris pour y découvrir la délégation française. Allez **au chapitre 40, page 261.**

J'ai toujours aimé les journaux locaux. Ils regorgent de nouvelles insolites et semblent hors du temps. Je m'emparai de *La Vallée*, soucieux de connaître les cancans de Chantebrie. Allez **au chapitre 43, page 270.**

Chapitre 6

J'arrivai début novembre à l'aéroport flambant neuf d'El Sauz, dans l'État de Chihuahua, au nord du Mexique. À la descente de l'avion, je fus surpris par la douceur de l'air et les odeurs épicées portées par le vent. J'appris par la suite que cette ville perchée à mille cinq cent quatre-vingts mètres bénéficiait d'un climat tempéré : quatorze degrés en moyenne l'hiver et vingt-huit l'été. Dans cette région du nord du Mexique d'habitude aride et chaude, c'était inespéré.

El Sauz, commune de mille cinq cents habitants, était coincé entre le Parc national Cumbres de Majalca, au sud-est, et le désert, au nord-ouest. C'était un vaste rectangle posé au milieu de nulle part et quadrillé par de larges routes défoncées. De part et d'autre, des maisons basses, faites de briques colorées, alternaient avec des baraques composées de bric et de broc. Partout, les antennes paraboliques ornaient les toitures en tôles ondulées. Au premier coup d'œil, on mesurait la pauvreté de la région et on comprenait qu'ici la notion de survie était viscéralement ancrée chez les hommes, les plantes et les animaux. Pas certain que Princesse aurait aimé ce décor. Aussi, dans ma première lettre, m'attardai-je davantage sur les paysages naturels.

Des pick-up esquintés et poussiéreux étaient garés n'importe où et reflétaient l'activité agricole de la ville. Les odeurs étaient celles de la terre : acre quand elle était cultivée, salée quand elle se rapprochait des immenses étendues désertiques. Au loin, les montagnes de la sierra Madre orientale rappelaient l'insignifiance des hommes. Vues d'avion, ces maisons semblaient au milieu de deux infinis ; le désert ocre et le ciel bleu.

Quand on passait des tours de verre climatisées de l'aéroport à ces rues déshéritées, le choc était rude. En quelques kilomètres, on changeait de monde et d'époque. Le touriste se demandait alors pourquoi ces quelques paysans avaient besoin d'un aéroport international de cette envergure ? D'autant plus qu'à moins de soixante-dix kilomètres de là, à Chihuahua, la capitale de l'État, se trouvait déjà l'aéroport international Général-Roberto-Fierro-Villalobos.

Au Mexique, la réponse à une telle question ne pouvait être qu'une affaire politique. En 1981, à cause de vents particulièrement violents, un avion en provenance de Monterrey s'écrasa à Chihuahua. Trente passagers moururent, dont la fille du maire de la ville, le très puissant don Martinez, membre historique du Parti révolutionnaire institutionnel mexicain.

Malgré les nombreux défauts de procédure, le patron de l'aéroport, un certain don Sanchez, ne fut pas inquiété. Il faut dire que son aéroport rendait bien des « services » à ses amis démocrates chrétiens. Tout au long des années 1980, il s'enrichit au même rythme effréné que le trafic aérien.

Dix ans plus tard, il fut en mesure de rivaliser avec le tout-puissant maire de Chihuahua et gagna des élections mouvementées. Don Martinez, ivre de rage de se voir déloger par le meurtrier désigné de sa fille, organisa la riposte.

Riche de deux décennies de vie politique corrompue, il trouva les fonds pour monter un projet d'aéroport concurrent. Si Sanchez l'avait destitué de sa position de maire, lui le priverait de sa source principale de revenus en détournant le trafic des avions vers ses pistes.

J'appris cette histoire dans la Jeep qui me conduisait à mon nouveau chez-moi, une maison en terre cuite – ou presque – à l'entrée d'El Sauz. Mon chauffeur, Ramirez, était le chef de l'équipe des effaroucheurs de l'aéroport où j'allais travailler. Dans la voiture, il me raconta les éternelles querelles entre Sanchez et Martinez avec une malice évidente. C'était la saga locale, vieille de plusieurs décennies, qui rythmait les ragots du café noir et les délations de la bière vespérale. Chacun avait le devoir de choisir son camp et de s'y tenir. Tandis qu'il conduisait sur cette piste cabossée, j'observai avec inquiétude le mouvement de son cigare, ballotté entre les soubresauts de la voiture et son flot ininterrompu de paroles fleuries. Mais, telle l'image d'Épinal du guérillero de mon enfance, il conserva son barreau de chaise tout le long du trajet.

Nous arrivâmes chez moi en début d'après-midi. Ramirez gara le 4x4, m'aida à descendre mes valises et ouvrit le logement. L'extérieur ne payait pas de mine, mais l'intérieur avait un certain charme. Une fenêtre illuminait les murs recouverts de chaux blanche. Une table en bois, trois chaises en osier et une cuisine rudimentaire. Dans l'alignement, une porte donnait sur ma chambre, dotée d'un lit simple en fer et d'un évier. Si Princesse me rejoignait un jour, nous serions à l'étroit ! Dans un angle, des toilettes et une douche étaient cachées par un rideau rouge. L'ensemble était propre, lumineux, décoré par un crucifix en métal et un portrait en noir et blanc d'un monsieur inconnu, moustachu, le regard sévère.

Ramirez suivit mon regard et m'informa : « Don Martinez. Nous lui devons tout. » Au moins, notre appartenance à ce « camp » était claire. Il s'assit à la table et me fit signer quelques papiers. « Tu commences demain dans mon équipe d'effaroucheurs. » Mon espagnol était excellent, mais il comprit à mon visage que j'ignorais de quoi il parlait. Il prit alors le temps de m'expliquer en quoi consistait cette guilde.

Le métier d'effaroucheur est méconnu, et pourtant cette guilde veille sur la sécurité des aéroports du monde entier. Au début du XXe siècle, quand les premières pistes d'atterrissage furent construites, on découvrit le pouvoir de nuisance des oiseaux. Les volatiles aimaient percer les fragiles ailes des premiers aéroplanes. On régla rapidement ce problème en créant le poste d'effaroucheur d'oiseaux. Munis de grandes perches, ils effrayaient simplement les volatiles avant le décollage. Mais, avec le progrès, les risques sur la piste de décollage se multiplièrent et la mission des effaroucheurs devint de plus en plus variée.

Aujourd'hui, les oiseaux restent un risque important : aspirés dans un réacteur, ils peuvent provoquer une grave avarie. Le risque est accentué lors des périodes migratoires, où des nuages incontrôlables de volatiles traversent les pistes. L'été, le tarmac brûlant génère des courants ascendants dont les rapaces sont friands ; des vautours ou des faucons aiment planer au-dessus des aéroports, ce qui est extrêmement dangereux. Certains rapaces, comme le Gypaète barbu, lâchent même des os sur la piste pour qu'ils se brisent, afin de récupérer la moelle. Cela risquerait d'endommager le pneu au décollage. Sans oublier les sangliers, les lapins, les milliers d'animaux sauvages qui peuvent traverser à n'importe quel moment la piste et perturber l'atterrissage d'un avion.

Par extension, les effaroucheurs sont devenus les gardiens de la piste : ils s'occupent de tout ce qui peut nuire aux déplacements des avions. Cela couvre la météo, avec ses prévisions de neige, de verglas, de forte pluie ou de vents violents, mais aussi les perturbations électromagnétiques qui aveuglent les instruments de bord ; les ondes radio pirates qui brouillent les ordres de la tour de contrôle ; les drones et autres modèles réduits qui empêchent les avions de décoller. Ce sont aussi les manifestants qui protestent sur la piste, les valises tombées d'un chariot, etc.

Pour faire face à toutes ces menaces, un bon effaroucheur maîtrise des savoirs aussi divers que l'ornithologie, la mécanique des fluides, l'aéronautique, la météorologie, la psychologie animale, la sécurité physique, l'informatique et le traitement des signaux. Bien entendu, il est très difficile pour une seule personne de connaître toutes ces sciences. Voilà pourquoi chaque aéroport dispose d'une équipe d'effaroucheurs composée d'experts de différents domaines.

La guilde des effaroucheurs est une association mondiale discrète, mais très puissante. Sur un seul mot d'ordre, ils sont capables d'immobiliser le trafic aérien international. Il y a une grande solidarité entre eux et chaque accident survenu dans un aéroport est analysé par les effaroucheurs du monde entier afin d'améliorer leurs méthodes de surveillance.

Ramirez m'expliqua son besoin de modéliser les flux migratoires des cigognes. Malgré les années d'observations accumulées, on ne comprenait toujours pas pourquoi elles s'obstinaient à tourner aléatoirement autour des aéroports certains mois de l'année. Il comptait bien que son l'équipe règle une fois pour toutes cette énigme qui hante périodiquement les congrès internationaux d'effaroucheurs. Mon profil, transmis par le frère de la copine de ma mère, l'avait immédiatement intéressé pour cela.

La porte était restée ouverte. Un énorme papillon orangé fit une incursion dans la maison pour disparaître aussi vite qu'il était apparu.

« Et les papillons ?

— Quoi, les papillons ?

— Sont-ils un risque pour les avions ? »

Ramirez fronça les sourcils. Il ralluma son cigare et rejeta un nuage bleuté.

« Les nuages de papillons sont plutôt dans la région de Guadalajara, mais c'est possible qu'ils traversent la région pendant leurs grandes migrations. Cela dit, je n'ai jamais entendu dire qu'un papillon ait influencé le vol d'un avion. Ils ne sont pas assez lourds, trop fragiles, même en vol groupé... »

Cette réponse me fit sourire. Je repensai à l'effet papillon et à toutes ces théories loufoques que l'on raconte. Comment un simple mouvement d'ailes de papillon peut déclencher un ouragan à l'autre bout du monde. La vision simpliste d'une chaîne de causalités, à la façon de ces dominos qui s'écroulent les uns après les autres.

À cet instant précis, les volutes bleues de tabac formèrent une fascinante spirale en forme de paire d'ailes. Peut-être était-ce un signe de l'univers ? Peut-être avais-je eu tort de me moquer de ces croyances populaires ? Peut-être que Ramirez, malgré sa face burinée et son ton autoritaire, ne savait pas tout non plus. Qui sait ?

Peut-être qu'un papillon a un jour influencé le destin complet d'un aéroport ? Rendez-vous **au chapitre 7, page 53.**

Ou peut-être que l'on prête aux papillons bien trop de pouvoir. Ce ne sont que des petites bêtes fragiles dont les couleurs chatoyantes ont impressionné de médiocres scientifiques. Rendez-vous **au chapitre 8, page 60.**

CHAPITRE 7

Trois ans plus tôt, un match de foot opposa le club de Morelia à celui de Tijuana. Un moment important pour Morales, qui allait devenir plus tard contrôleur aérien dans le nouvel aéroport d'El Sauz.

Il avait parié quelques pesos avec son ami Arturo, sur l'équipe de Morelia, et suivait le match avec attention. À la quatre-vingt-sixième minute, le score était encore vierge. Affalé sur un canapé défoncé, Morales trépignait en tétouillant une énième bière tiède. Morelia avait la balle et lançait une dernière offensive. Prêt à bondir, le gardien de but de Tijuana suivait, lui aussi, la progression de l'équipe adverse. Soudain, un papillon bleu énorme, comme ceux qu'il voyait quand il était petit, chez lui, à Guadalajara, voleta au-dessus de sa cage. Que pouvait-il bien faire ici ? S'était-il égaré lors d'une migration ? Ce n'était pourtant pas la saison... Le claquement sec d'un pied sur le cuir du ballon le ramena à la réalité, il tourna la tête et s'élança instinctivement dans sa cage pour rattraper le projectile. Hélas, son dixième de seconde d'inattention lui fut fatal et il ne put qu'effleurer du bout des doigts le boulet qui signa la victoire de Morelia.

Morales hurla de joie. Sans attendre le coup de sifflet final, il prit son pick-up et fit les trois kilomètres qui le séparaient de son bar habituel, bien décidé à arroser son pari. Arturo lui devait cinquante pesos, aussi commanda-t-il sans frémir une première pinte de bière.

À côté de lui, une brune aux cheveux courts plaisantait avec le barman. Elle était un brin boulotte, pas forcément dans les canons de la beauté mexicaine, mais elle rayonnait d'une allégresse tout à fait singulière. Il se rapprocha pour écouter la conversation et, de fil en aiguille, lui offrit un verre.

Elle s'appelait Flor, revendiquait haut et fort ses origines aztèques et habitait Chihuahua depuis quelques semaines. La première tournée bue, elle paya la deuxième et ainsi de suite jusqu'à la fermeture du bar. Morales tomba avant tout amoureux de sa joie de vivre ; cette fille dégageait une telle énergie, un tel charme qu'il était impossible de ne pas sourire en la regardant.

Trois mois plus tard, les deux filaient le parfait amour et Flor s'installa chez Morales. Un an plus tard, ils postulèrent ensemble au nouvel aéroport d'El Sauz. Lui, en tant que contrôleur aérien, fort d'une dizaine d'années d'expérience à l'aéroport Roberto-Fierro-Villalobos ; elle, en tant que prévisionniste météorologique, fraîchement sortie de l'école. Ils connurent de belles nuits courtes, des week-ends passionnés et quelques mois délicieux.

Malheureusement, Flor portait en elle la fougue de ses ancêtres. Dans son sang coulait l'esprit de Tiacapan, la déesse aztèque de la passion sexuelle. Au cœur de la truculente équipe des effaroucheurs, cette demoiselle connut quelques moments de doux égarements. Jaloux comme tout bon Mexicain et blessé dans son honneur de mâle buriné, Morales la renia et tenta de l'effacer de sa vie. C'est ainsi que, le 11 janvier 1996, quelques mois avant mon arrivée au Mexique, un drame se produisit.

Chaque matin, l'équipe des effaroucheurs prépare un bulletin où sont compilées les alertes météorologiques, les prévisions de comportements animaux, les manifestations potentielles, etc. Ce matin-là, c'était au tour de Flor d'embaucher la première. Elle arriva à 5 heures pour rédiger puis publier ce rapport à 6 heures précises, un peu avant les premiers décollages.

Dans sa tour de contrôle, Morales reçut le rapport à 6 h 03 et vit le nom de son ancienne amante en première page. Il poussa un juron et repoussa le papier du bout des doigts. Il s'était promis de ne plus jamais avoir affaire à elle, au boulot comme dans sa vie privée. Sans même y jeter un œil, il prépara machinalement sa check-list de contrôle et lut le plan de vol de la journée. *Caramba !* La simple lecture de son nom avait gâché sa journée. Il s'enfonça dans son fauteuil, serra les dents et gribouilla longuement une feuille de papier.

Hélas, la nuit avait été glace, une des plus froides de l'année, et tous les effaroucheurs de la planète sont, dans ce cas-là, en alerte canard.

À 6 h 36, à l'heure où décolle le vol pour Monterrey, une famille canard, composée d'une cane et de ses six canetons, traversa la piste. La mère s'entrava dans la double roue avant droite, ce qui déséquilibra l'avion, qui se mit en travers de la piste. Un avion n'a pas de différentiel, car il n'est pas conçu pour rouler en canard (sans mauvais jeu de mots). Le gel et la vitesse aidant, il dérapa puis s'inclina de plus en plus jusqu'à ce que l'aile droite touche la piste. Ce choc le fit rebondir sur l'autre aile, qui se brisa, entraînant la carlingue dans une série de tonneaux. Le réservoir plein se creva, inondant de kérosène le tarmac... et les passagers. Un bout de métal chauffé à blanc par les frottements enflamma l'ensemble. Quatre-vingt-neuf personnes moururent dans les flammes et une cinquantaine furent gravement brûlées.

Inutile de dire que don Sanchez sauta sur l'occasion pour enfoncer don Martinez. Il appela à boycotter ce nouvel aéroport criminel, qui, sous des allures modernes, n'avait pas la fiabilité ni la sécurité de son aéroport international. D'ailleurs, il n'avait jamais compris pourquoi ce projet avait été accepté, laissant sous-entendre pléthore de pots-de-vin, de trafics d'influence et autres pratiques politiques mafieuses. Il fit tant de bruit au niveau local, mais aussi national, que le nouvel aéroport perdit toutes ses liaisons les unes après les autres.

Don Martinez, tel un vieux lion blessé, s'acharna à défendre son jouet, mais le rapport technique incrimina le laxisme de Morales. Les principaux donateurs, politiques et personnes influentes lâchèrent don Martinez. Il fallut fermer quatre halls sur les cinq existants et licencier la quasi-totalité des salariés. Pourtant, à peine un an plus tôt, don Martinez était le plus gros employeur de la région, ce qui l'avait remis dans la course des prochaines municipales. Après l'accident, il ne restait qu'une poignée de personnels non navigants. Ce matin-là, sur le tarmac gelé, ses derniers espoirs politiques avaient fondu.

Quand j'arrivai au Mexique, l'aéroport n'était plus que l'ombre de lui-même. Prévu pour une centaine de vols par jour, il plafonnait à trois rotations quotidiennes, maintenues sous perfusion grâce à la fortune personnelle de don Martinez.

Traverser cet aéroport était sinistre : on pouvait marcher une heure sur des tapis roulants flambant neufs sans jamais croiser un voyageur. Des halls entiers étaient éteints, donnant à l'ensemble une vision fantomatique.

L'équipe des effaroucheurs, elle, avait été conservée. On ne transige pas avec la sécurité, et don Martinez l'avait bien compris à ses dépens. Dans un contexte économique compliqué, il avait même autorisé le recrutement d'une nouvelle personne ; moi, le petit Français. En vieux renard de la politique, il faisait le dos rond, attendant que les gens oublient et que les mouches changent d'âne. Il répétait sans cesse *« Poner a mal tiempo bueno cara »*, que l'on pourrait traduire par : « Faire contre mauvaise fortune bon cœur. »

Avec moi, nous étions six dans cette équipe d'effaroucheurs. Nous arrivions vers 9 heures et nous passions la journée à nous renseigner pour le bulletin d'alerte du lendemain. Chaque jour, une personne venait plus tôt pour finaliser le rapport et l'envoyer à la tour de contrôle. Dans les faits, le travail n'était pas énorme, et il était dilué dans un emploi du temps très laxiste. Ramirez régnait sur son service avec une aura remarquable. Il était notre chef, notre guide spirituel, notre frère et notre ami. Il avait mille idées pour occuper nos journées, toutes plus tordues les unes que les autres. Chacun de nous avait un surnom hérité d'une divinité aztèque. Lui, c'était Ahuiateteo, le dieu de tous les vices et de tous les excès. Cela résumait bien son personnage.

Dans cet aéroport vide, Ramirez avait réquisitionné un plateau inhabité dans le hall 2. Composé d'un grand open space rectangulaire entouré de cinq bureaux, ce local, baptisé « El Templo », était devenu notre salle de repos, notre terrain de jeux, notre lieu de vie où nous passions la plupart de nos soirées, et parfois même de nos nuits.

Il avait été aménagé avant que j'arrive. La première fois que je visitai ce local, je crus être catapulté dans *Une nuit en enfer,* un film écrit par Tarantino que j'avais vu avant mon départ. Il faut s'imaginer un endroit hors du temps, qui échappe aux bonnes mœurs. Même dans mes rêves érotiques les plus fous, je n'en avais jamais imaginé un qui arrivât à la hauteur de ce temple. J'en eus le souffle coupé. Un bar occupait le fond de la pièce, on y trouvait principalement des alcools locaux. Le plus grand des bureaux était couvert de matelas, un autre (je l'apprendrais par la suite) servait de stockage pour le « matériel » utile à nos soirées. Aux murs, la décoration librement inspirée de la mythologie aztèque regorgeait de dieux et de déesses en pleine fornication. La décoration des trois autres bureaux changeait régulièrement au gré de nos idées. S'il fallait un caveau pour une soirée « vampires », l'équipe passait une semaine à décorer un des bureaux en crypte des Carpates. Tout le monde s'affairait, sifflotant et chantant des airs folkloriques. Je les suivais du regard, amusé. Et puis un soir, comme par magie, un cercueil-lit s'y trouvait, entouré de bougies et occupé par une jeune femme nue à la peau laiteuse et aux lèvres sanguines. Du haut de mes vingt-trois ans, je découvrais un nouvel univers.

Quand je repense à El Templo, j'y songe comme à un rite de passage ; celui de la transformation en homme du gamin que j'étais. Je comprends pourquoi Ramirez incarnait si bien son dieu-totem. Je revois les prouesses amoureuses et désespérées de Flor-Tiacapan. J'entends les chants de Salvador, dit Centzontotochtin, représentant des quatre cents dieux de l'ivresse. Je me souviens de la beauté froide de Salina, assise dans un coin à nous regarder en silence, telle Miccapetlacalli, déesse de la tombe. Je repense à Ruben, dit Mixcoatl, recroquevillé sur son passé et jouant à planter inlassablement son couteau de chasse sur une table en bois. Je revois ces scènes que je n'ai jamais avouées à Princesse.

Je souris un temps, avant de pleurer.

Rendez-vous **au chapitre 10, page 69.**

Chapitre 8

Le plan de don Martinez fonctionna à merveille : en moins de trois ans, son aéroport récupéra les trois quarts du trafic de l'aéroport son rival. Il faut dire que le nouveau complexe d'El Sauz était moderne et beaucoup plus fonctionnel. Les voyageurs ne s'y trompèrent pas et délaissèrent progressivement l'aéroport Général-Roberto-Fierro-Villalobos.

Le maire de la ville tenta bien quelques déstabilisations politiques afin de renverser la vapeur, mais don Martinez était un vieux loup et il déjoua coup après coup les manipulations de son adversaire. Dans un ultime effort, don Sanchez essaya de rendre inconstitutionnelle l'implantation de ce nouvel aéroport, mais c'était trop tard ; bien trop de politiques nationaux avaient trempé dans ce projet. Il essaya alors de semer la zizanie en infiltrant le puissant Syndicat des agents d'aéroports au sol, mais don Martinez arrosa tant et tant que la contestation fut noyée dans l'eau, ainsi que les principaux meneurs, qui disparurent du jour au lendemain.

Il avait en tête les prochaines municipales et les sondages le donnaient gagnant. Avec son aéroport, il avait beaucoup recruté dans la région de Chihuahua en usant de cette vieille méthode si populaire : chaque employé pouvait faire embaucher un membre de sa famille ou un ami. Avec cette règle, l'aéroport fut rapidement en sureffectif, mais cette démagogie onéreuse n'affecta ni les finances ni le moral de don Martinez. Il devait coûte que coûte récupérer son fauteuil de maire et briser la carrière de Sanchez. Il aurait dépensé jusqu'à son dernier peso pour arriver à ses fins. Cet homme, en n'assumant pas son rôle dans la mort de sa fille, lui avait manqué de respect.

Avec moi, nous étions six effaroucheurs, ce qui était à peine suffisant pour la taille de cet aéroport. En journée, on ne rigolait pas : nous arrivions vers 8 heures et notre journée était consacrée à régler les aléas du jour et prévoir les alertes du lendemain. Selon un calendrier prédéfini, l'un de nous arrivait deux heures plus tôt pour finaliser le rapport du jour avec le dernier bulletin météorologique et l'envoyait à la tour de contrôle. Le reste de la journée, nous courions à droite à gauche pour glaner les bons tuyaux, régler les inévitables incidents de piste ; un vol de perdrix inexpliqué, quelques valises éventrées au pied d'un avion ou un épisode de grêle qui menaçait. La tension nerveuse était palpable, et la pression omniprésente. On ne plaisante pas avec un aéroport où transitent quotidiennement vingt mille passagers.

Ramirez pilotait magistralement notre équipe. Il avait une grande exigence professionnelle et prenait à cœur sa mission. Les avions devaient atterrir et décoller à l'heure dite, et nous étions responsables de cela. En cas d'erreur, il n'avait cure des excuses, mais cherchait toujours à nous faire grandir, que l'on comprenne les causes racines de l'incident. Aussi était-il un leader admiré et respecté. Le soir, une fois le travail terminé, nous allions tous à « El Templo » pour relâcher la pression. C'était le nom donné à une grange à l'entrée d'El Sauz.

Pendant des années, Ramirez avait lorgné cette bâtisse, voisine de sa maison, où vivait une presque centenaire. Plusieurs fois, il avait proposé à cette vieille femme solitaire, sans famille depuis une éternité, de racheter son terrain, quitte à lui offrir le loyer le temps qui restait. Mais la vieille était têtue, possédée par l'esprit tortueux de Malinalxochitl : elle était née sur cette terre et comptait bien y mourir. Elle n'avait nulle confiance en son voisin, ni aux policiers, ni aux banquiers, ni à ses enfants, déjà tous morts, ni à son chien, ni à ses poules, qui ne pondaient qu'un jour sur trois.

Aussi, un dimanche, alors qu'il essayait une nouvelle fois de la convaincre, la voisine, sans doute effrayée par le ton de Ramirez, fit une crise cardiaque.

Se sentait-il coupable ? Voulait-il éviter des complications administratives ? Toujours est-il que Ramirez ne déclara pas le décès de la vieille et se contenta de l'enterrer à l'arrière du bâtiment, à la place de l'ancien lieu d'aisances, une minuscule cabane en bois qu'il transforma pour l'occasion en modeste chapelle. Il ajouta une croix sur le toit triangulaire. Satisfait du résultat, il se signa et retira son chapeau le temps d'une courte prière.

Restaurée par Ramirez, la grange, rebaptisée « El Templo », était composée d'une longue salle avec quelques « chambres » sur le côté. Elle avait été aménagée avant que j'arrive.

La première fois que je visitai ce local, je crus être catapulté dans *Une nuit en enfer*, un film écrit par Tarantino que j'avais vu avant mon départ. Il faut s'imaginer un endroit hors du temps, qui échappe aux bonnes mœurs. Même dans mes rêves érotiques les plus fous, je n'en avais jamais imaginé un qui arrivât à la hauteur de ce temple. J'en eus le souffle coupé. Un bar occupait le fond de la pièce, on y trouvait principalement des alcools locaux. Le plus grand des bureaux était couvert de matelas, un autre (je l'apprendrais par la suite) servait de stockage pour le « matériel » utile à nos soirées. Aux murs, la décoration librement inspirée de la mythologie aztèque regorgeait de dieux et de déesses en pleine fornication. La décoration des trois autres bureaux changeait régulièrement au gré de nos idées. S'il fallait un caveau pour une soirée « vampires », l'équipe passait une semaine à décorer un des bureaux en crypte des Carpates. Tout le monde s'affairait, sifflotant et chantant des airs folkloriques. Je les suivais du regard, amusé. Et puis un soir, comme par magie, un cercueil-lit s'y trouvait, entouré de bougies et occupé par une jeune femme nue à la peau laiteuse et aux lèvres sanguines. Du haut de mes vingt-trois ans, je découvrais un nouvel univers.

Dehors, « la chapelle », comme nous l'appelions, était toujours là, fidèle souvenir de la défunte propriétaire. Quand des filles, des pécheresses, arrivaient à El Templo, Ramirez leur demandait de s'agenouiller le temps d'une prière afin d'honorer la mémoire de la vieille.

Quand je repense à El Templo, j'y songe comme à un rite de passage ; celui de la transformation en homme du gamin que j'étais.

Je comprends pourquoi Ramirez incarnait si bien son dieu-totem. Je revois les prouesses amoureuses et désespérées de Flor-Tiacapan. J'entends les chants de Salvador, dit Centzontotochtin, représentant des quatre cents dieux de l'ivresse. Je me souviens de la beauté froide de Salina, assise dans un coin à nous regarder en silence, telle Miccapetlacalli, déesse de la tombe. Je repense à Ruben, dit Mixcoatl, recroquevillé sur son passé et jouant à planter inlassablement son couteau de chasse sur une table en bois. Je revois ces scènes que je n'ai jamais avouées à Princesse.

Je souris un temps, avant de pleurer.

Rendez-vous **au chapitre 10, page 69.**

Chapitre 9

Ce chapitre n'existe pas dans l'histoire de Lorenzo. Si vous lisez ces lignes, c'est que vous n'avez pas respecté les consignes de fin de chapitre ou que vous vous êtes volontairement égaré, le nez au vent, la démarche badine, comme l'on flâne dans les rues piétonnes un premier samedi de mai.

Ce chapitre est isolé de la narration, c'est un îlot de mots détaché du récit, une salle sans porte dans le plan labyrinthique de ce roman-château.

Souvent on me demande pourquoi j'écris des livres sous pseudonyme. Intérieurement, la question me fait sourire. J'ai bien plusieurs identités littéraires et le public pense que celle sous laquelle j'ai publié mes premiers romans est la vraie, comme si la primauté était un gage de vérité.

Quand je suggère que l'inverse est possible, l'on m'objecte le nombre d'informations disponibles sur Internet. Pierre était là avant, et de nombreuses informations professionnelles, personnelles et littéraires attestent de mon état civil réel.

Mais peut-on croire à ce que raconte la Toile ? Et si ces multiples références n'avaient pas été bâties à dessein, justement pour donner du crédit à ce Pierre, un pseudonyme inventé ?

La vérité n'est pas toujours simple à accepter. Croire en cette idée reviendrait à bousculer bon nombre de croyances et toute leur échelle de confiance s'écroulerait comme un château de cartes. Alors mon interlocuteur plaisante, rigole, me dit que je suis incroyable et en revient à cette question. Pourquoi ne pas avoir choisi un pseudonyme pour publier ce roman à la structure si spéciale ?

Alors je baisse les yeux et me mets à douter. Et s'ils avaient raison ? Et si je me trompais moi-même ? Et si les heures passées devant mon bureau à alterner des identités différentes avaient altéré mon jugement ? Et si j'étais réellement Pierre, et pas X ? Ou l'inverse ? Une brume épaisse envahit alors mon univers. Je repense à ma mère, à mon père, à mes frères, si j'en ai eu. Comment m'appelaient-ils ? Je n'ai pas de sœur, du moins X n'en a pas, mais de temps en temps j'ai des flashs où je me revois cueillir des myrtilles avec une petite fille. Ma sœur ? Une voisine ?

Je repense alors à cette nouvelle de Jorge Luis Borges, où le héros, insensible aux flammes, se rend compte à la fin du récit qu'il est lui-même un personnage fictif d'un roman. Je transpire.

Je demande à mon entourage, à mes proches. Ils me regardent tous en souriant, mais ne me répondent pas. Je suis au centre d'un cercle et j'entends leurs murmures. Ils parlent de moi, de X, comme si nous n'étions pas là. Alors j'étouffe, je nous sens à l'étroit dans notre cerveau. J'ouvre en grand les fenêtres, et mes autres identités en profitent pour débouler. Il y a celle qui imagine des nouvelles érotiques, il y a celui qui tente de percer dans la science-fiction. Il y a ce grand dadais qui travaille sur des essais scientifiques et l'autre qui gribouille sans succès quelques scénarios de téléfilm. Il y a la petite dernière, qui s'initie à la bande dessinée. Nous nous retrouvons tous et commentons nos projets, nos œuvres. L'atelier d'écriture se déroule dans ma tête, très loin, dans un château islandais enneigé ou dans un gîte oublié, tout en haut de la vallée de Chantebrie. Nous plaisantons, nous buvons du rhum, nous jouons au capateros pendant que X joue du piano, nous écrivons jusqu'à fort tard dans la nuit.

Au petit matin, je me retrouve tout seul à nettoyer le bordel. J'ai la bouche pâteuse. Un brouillard omniprésent, dense, m'empêche de distinguer les choses et les êtres. Je suis ce marin qui navigue sans instruments.

On sonne à la porte. Une factrice me tend un pli. Sans doute un nouveau contrat.

« Monsieur Gaston Poujol ? »

Je regarde mes pantoufles.

« Oui, c'est bien moi. »

Ou du moins un de mes personnages. Passé ? Futur ?

Elle me demande une signature, me remet l'enveloppe et disparaît dans les escaliers.

Je dépose le contrat sur la table sans y jeter un œil. Les autres lorgnent par-dessus mon épaule, ils veulent tous savoir. « Pour qui est-ce ? » Je les calme d'un mouvement de main. Patience. Tout le monde saura tout, car tout le monde est tout le monde. Je dois rester comptable de nos univers. Éviter les nœuds, éviter les collisions.

Il paraît que deux droites parallèles ne se croisent jamais. Cet axiome me fait doucement rigoler : dans mon univers à moi, les lignes droites n'existent pas.

Chapitre 10

Il paraît que Salina avait un homme dans sa vie. Personne ne l'avait vu, elle n'en parlait jamais. Certains affirmaient qu'elle était la maîtresse de don Martinez, et même Ramirez n'en savait rien. Il faut dire que la discrétion était le métier de Salina. Elle était notre spécialiste du renseignement humain. C'est elle qui nous tuyautait sur les grèves à venir, les manifestations, les complots. À trente-sept ans, elle avait réussi à s'introduire dans tous les milieux politiques, associatifs, syndicaux et religieux de la région. Elle passait ses journées à rencontrer des gens, à faire on ne sait trop quoi, mais ses prévisions étaient admirables. Elle avait épargné à l'aéroport des jours et des jours de fermeture. C'était une grande professionnelle appréciée de toute l'équipe.

Pour moi, elle était au-dessus de la mêlée. Grande, les cheveux longs, elle avait un port altier qui collait parfaitement à sa discrétion. Ramirez l'avait qualifiée de « Miccapetlacalli », déesse de la tombe, car elle ne disait jamais rien. Comme d'habitude, c'était bien trouvé. Les soirs d'orgie, elle nous regardait faire, jouissant peut-être du spectacle, rêvant peut-être à d'autres réalités qui nous étaient inaccessibles.

À quoi pensait-elle ? Pourquoi ne participait-elle pas aux jeux ? Pourquoi restait-elle avec nous ? Cette femme était un mystère. Un jour, je lui posai ces questions. Elle baissa les yeux, prit le temps de la réflexion, puis me fixa avec un regard troublant : « Parce que j'aime un homme. »

Une réponse tellement courte, simple et évidente qu'elle me coupa le sifflet. Elle continua à me dévisager avec ce sourire énigmatique à la Mona Lisa, attendant sans doute une réaction qui ne vint pas.

Un lundi, une grève surprise avait paralysé l'aéroport toute la matinée jusqu'à ce que Ruben n'agisse. Salina n'avait rien vu venir et le soir, à El Templo, notre déesse était morfondue.

« Comment n'ai-je pas été informée de ce qui allait se passer ?

— Tu ne peux pas toujours tout savoir », la consola Ruben.

Elle planta ses yeux verts dans les siens.

« Si. Je dois tout savoir. C'est mon métier. C'est Velinda, ou Beatriz qui ne m'a pas tout dit. »

Flor était assise sur l'accoudoir et lui caressait les cheveux. Salvador intervint :

« As-tu parlé à Diego ou à Alejandro ?

— Oui, ce n'est pas eux.

— Et Enrique, le gars du service informatique ? Peut-être qu'il pourrait te tuyauter, il fait de la boxe avec Luis, le leader que Ruben a arrêté ce matin. »

Ramirez hocha la tête.

« Ce petit con de Luis, je ne l'avais pas dans mon radar, celui-là...

— Moi non plus, murmura Salina. Merci, Salvador, je vais aller à ce club de boxe, c'est une bonne idée. »

Ramirez s'avança et leva son verre. « Trinquons ! Nous faisons tous de notre mieux, et nous le faisons déjà très bien. Salina, aujourd'hui ce n'est pas ton jour. Demain, ça ne sera peut-être pas le mien, cela fait partie du jeu. L'essentiel est que nous restions soudés, quoi qu'il advienne. »

Ruben observait la scène, ému comme il se doit.

Ruben était responsable de la sécurité physique aérienne et terrestre. Il s'assurait que les clôtures du site étaient intactes, que les équipes de sécurité faisaient bien leur boulot et que, dans les airs, aucun appareil non déclaré ne survolait les pistes. Il s'occupait aussi des « interventions humaines », officielles ou officieuses, visant à éjecter de l'aéroport toute personne indésirable. Enfin, lorsque des grands pontes étaient de passage, il coordonnait leur protection physique. Ruben était un ancien militaire, même si son physique ne correspondait pas à la caricature du guerrier. Cinquante-six ans, petit, maigre, rongé par la cigarette, l'alcool et les regrets, il devait peser cinquante kilos en fin de soirée, une fois épongé son litre de tequila.

En journée, sa figure nerveuse témoignait de son grand professionnalisme, mais dès qu'il quittait le boulot, il se métamorphosait. Son visage s'ouvrait, le regard portait alors au loin, et il souriait au monde. Lui qui toute la journée s'activait vigoureusement devenait placide une fois les portes d'El Templo franchies. Il se posait sur une chaise et restait immobile à nous regarder. La vaine agitation de ce monde le dépassait, un ressort s'était cassé. Dans sa tête, il y avait des coins où il ne s'aventurait plus. C'était le seul de l'équipe à préférer la tequila du coin au rhum vénézuélien importé. Ruben n'avait plus besoin de raffinement, le tord-boyaux local lui suffisait du moment qu'il lui apportait cette nécessaire quiétude.

Son dieu-totem était Mixcoatl, le dieu de la guerre et de la chasse. Ramirez nous avait tous adoubés. Ruben, lui, n'aurait jamais osé revendiquer une telle pointure. Il avait dû être un grand soldat, mais il aspirait désormais à tourner la page. À l'aéroport, il faisait le boulot par fidélité à Ramirez, qui était à la fois son capitaine, son père spirituel et son mentor. Il ne prenait aucune décision, aucune initiative sans l'avoir consulté.

Ruben était connu dans l'équipe pour ses cauchemars. Il partait toujours le dernier d'El Templo, peu pressé de retrouver ses fantômes. Salina me confia que c'était à cause de ce qu'il avait fait « là-bas », au combat. « Les militaires mettent le double de leur temps de service à ne plus faire de cauchemars. Ruben, lui, a été au combat pendant vingt-cinq ans. Je te laisse faire le calcul. Il a de quoi hanter ses nuits jusqu'à sa mort. »

Cette nuit-là, il avait fini par s'endormir, abruti par la tequila. Le reste de la bande était dans la salle de classe, en train d'écouter la leçon d'une prétendue professeure de géographie, jupe écolière et porte-jarretelles. C'était en réalité « la Thésarde », une amie de Salvador qui fréquentait régulièrement

El Templo et qui avait gagné ce surnom en nous apprenant un soir qu'elle avait une thèse en peinture chilienne. Soudain, alors que Flor, petite élève insolente, soulevait la jupe de sa maîtresse, on entendit hurler. Salina nous rassura : « Ruben est dans les dunes du désert et le vent fait ressurgir les cadavres de ses collègues enterrés la veille. Ce n'est rien, on connaît ce rêve... » Salina avait fermé la porte et la géographie intime de la thésarde ne fut plus un secret pour aucun de nous quatre.

Plus tard, alors que nous sirotions le rhum des amants repus, Ruben était apparu, sec et lunaire. Sans un mot, il s'était approché de la fille qui somnolait dans une béatitude opiacée. Du revers des doigts, il avait caressé sa joue. La fille avait ouvert les yeux. Ruben lui avait souri : « Rendors-toi, j'ai déjà ma bouteille. » Son cauchemar était derrière lui, il était avec ses amis et une fille nue était allongée à côté de lui. Sa maigre carcasse portait alors son sourire énigmatique. Demain, il se lèverait à 6 heures ; demain, il aurait encore une longue journée de boulot qui s'achèverait par un autre cauchemar. Mais, là, à ce moment précis, il était vivant, entier. Il ferma les yeux, profitant de l'instant présent.

Au milieu de tout ça, j'avoue ne pas avoir été très à l'aise au début. En France, ma petite amie m'attendait ; et je restais à côté de Salina, à observer un monde que je pensais naïvement connaître.

Sous mes yeux, un éventail de passions se déployait. Avec ma « Princesse », nous étions des débutants à la recherche d'un plaisir encore balbutiant. Ici, j'avais chaque soir une démonstration différente, des corps exultaient et se déchaînaient dans une folle créativité. Bientôt, je compris que j'étais encore candide, que le plaisir venait d'une multiplicité de choses, d'une vaste galerie de positions, d'une structure complexe alliant les corps, le décor et les esprits. Je compris que le missionnaire, position avec laquelle j'avais fait mes gammes, n'était qu'un accouplement mécanique des corps, dénué de tout autre sens. J'observai ces hommes et ses femmes comme une danse éducative, une collection de délicieux possibles.

Parfois, j'écrivais à ma belle des lettres où nous racontions nos vies divergentes. Le téléphone était trop cher, le courriel encore inexistant : notre correspondance était en morse, au gré des six à douze jours d'acheminement de la poste. Je ne parlais évidemment pas de ces soirées à El Templo. À vrai dire, je ne parlais pas de l'essentiel.

Les jours passaient et j'étais de plus en plus tiraillé par le désir.

Et puis, deux mois après mon arrivée, ma copine m'annonça qu'elle me quittait. Dans sa lettre, qui commençait par « Mon cher Lorenzo », elle affirmait avoir bien réfléchi et que tout cela n'était pas de ma faute. Elle avait aimé le bout de chemin parcouru ensemble, mais nos routes se séparaient. Suivait tout le baratin classique que l'on écrit dans ce genre de circonstances. Après un moment de sidération, je m'aperçus que cette rupture ne me touchait pas vraiment. J'aimais notre relation, ou plutôt l'idée de notre relation. J'avais été très fier de dire que j'avais une petite fiancée qui m'attendait quelque part en France, mais au jour le jour, son absence ne me pesait pas. Dans mon lit, quand je fermais les yeux pour m'adonner à un nécessaire plaisir solitaire, les images d'El Templo tournoyaient davantage que celles de ma princesse.

J'en parlai à l'équipe, qui organisa une fête où je consommai cette rupture dans des larmes de rhum, des volutes de cigares et les caresses des filles. De soirée en soirée, je fis mon éducation au bras d'habituées attendries par mon inexpérience. J'étais jeune, insouciant, je profitais de la vie et de ses plaisirs. « *Vivir el momento presente* », me répétait Flor - son *carpe diem* à elle.

Ce n'est qu'après quelques semaines sous le joug d'Ahuiateteo que je me sentis pleinement intégré à l'équipe. La légende raconte qu'il faut avoir partagé une bouteille de vin avant de se dire amis. Les effaroucheurs, eux, poussaient le concept encore plus loin.

De temps en temps, Flor faisait valoir son droit à la diversité et invitait des gigolos. Flor était notre miss météo. Vingt-six ans, brune, mais souvent blonde ou rousse au gré des perruques, un petit bout de femme boulotte, joyeuse et dynamique. Elle incarnait Tiacapan, la passion sexuelle, mais, à partir d'une certaine heure, elle se faisait Tlazolteotl, déesse de la luxure et des méfaits sexuels. Elle participait à nos mises en scène ; hommes, femmes, accessoires, tout était bon à prendre.

C'était toujours plus ou moins la même comédie : un beau brun en tenue de plombier déboulait, salopette bleue, torse nu et clef à molette à la ceinture. Il était franchement ridicule et tout le monde se retenait de rire. Nous savions ce qui allait se passer, et lui, pauvre mâle berné, avançait déjà en royaume conquis, abdominaux bandés et regard plissé.

Flor l'asseyait dans le fauteuil. Nous voyant tous en cercle autour de lui, il fronçait les sourcils. Flor tournait alors autour de lui, commençait la danse de l'effeuillage, mais s'arrêtait aux sous-vêtements. Elle touchait l'homme, le déshabillait lentement. Le play-boy tentait toujours quelques placers de mains qu'elle esquivait à chaque fois. C'était elle qui décidait, c'était elle qui menait le bal.

L'homme nu était désormais prêt à faire son délicieux travail, que Flor ne lui accordait toujours pas. Elle montait sur ses genoux, et calait entre ses seins un verre de rhum. Elle collait sa poitrine sur le visage de l'homme et le forçait à boire par petites goulées, comme le veut la tradition à Santiago del Estero. Hébété, désarmé face au déroulement rocambolesque de la soirée, notre invité se pliait au jeu. Il pensait que cela faisait partie des préliminaires. Un verre, deux verres. Il mettait une main aux fesses de Flor, qui le remballait gentiment. Trois verres, quatre verres. Plein de désir, il tentait une approche plus virile, mais notre déesse se dégageait. Cinq verres, six verres. L'homme dodelinait désormais de la tête, il essayait encore mollement d'honorer sa mission, mais Flor se relevait. Il était nu, flasque, du rhum coulait dans son cou. Il n'avait plus rien du demi-dieu qui était entré, triomphant, prêt à baiser la cliente en manque. Alors, Salvador se levait et nous l'encouragions. Du haut de ses deux mètres, il regardait le pauvre gigolo et s'asseyait à son tour sur ses genoux. Cent trente kilos, ça pèse. L'homme grimaçait. Salvador lui gratouillait la tête : « Alors, mon chéri, tu veux bien jouer Madame ce soir ? » Malgré l'alcool, l'autre comprenait enfin le traquenard et tentait de s'esquiver, mais notre ours était bien campé. Tout le monde éclatait de rire. Flor lui murmurait à l'oreille : « Tu croyais que tu allais pouvoir me sauter ? Et que j'allais payer pour cela, en plus ? Non, cela aurait manqué d'amour, tu ne trouves pas ? Mon copain Salvador, lui, est beaucoup plus câlin que moi... »

Mais rien ne se passait. Nous nous contentions de boire, Flor nous faisait profiter de sa bouteille de rhum que nous buvions chacun notre tour à la Santiago del Estero. Elle était notre bonne fée, notre saint-bernard qui nous abreuvait. Tout le monde l'aimait.

La première fois que j'eus le droit de boire entre ses seins, c'était cette fameuse soirée en l'honneur de mon nouveau célibat, je n'en menais pas large. Je tombai amoureux, la tête la première dans sa poitrine. L'odeur, l'ivresse, son grain de peau, tout : cette fille était un ange. Elle vit bien que je restai plus que de raison à siroter un verre vide. Elle me repoussa doucement la tête et me sourit : « Ici, à El Templo, on ne tombe pas amoureux, petit Français. On se contente de s'amuser et de vivre. » Salina nous regardait, esquissant le sourire de celles qui connaissent l'amour des rois.

En fin de soirée, Salvador entonnait les *Noces de Figaro* et se relevait enfin. L'homme loué pour la soirée tombait à terre. Il rampait jusqu'à son pantalon, attrapait sa clef à molette et partait sans demander son reste.

Il faut comprendre que Salvador était un drôle de personnage. Électronicien, il était, à vingt-huit ans, notre spécialiste « radio et rayonnement magnétique ». C'était un poste d'effaroucheur très important et, malheureusement, difficile à trouver tant les compétences nécessaires sont pointues. Il s'agissait de localiser les radios parasites qui pouvaient brouiller les communications entre les avions et la tour de contrôle. Depuis quelques années, il y avait même des « armes » électromagnétiques destinées à saboter des ordinateurs ou des systèmes électroniques.

Salvador était un sorcier. Il suffisait qu'il regarde un appareil électronique pour décider de son sort. Il prenait en main une télécommande cassée et celle-ci fonctionnait de nouveau. Il touchait une alarme qui aussitôt se déréglait. Il comprenait la nature intime des choses microscopiques, il sondait le cœur des électrons, il savait les choses qui peuplent les mondes infiniment petits qui nous entourent. L'électronique, cette sorcellerie qui régente notre vie domestique, reste de la magie pour la plupart d'entre nous. Mais Salvador, lui, domptait les forces de ce royaume.

Un mètre quatre-vingt-seize, cent trente et quelques kilos. Salvador était notre ours, notre gentil protecteur. Son totem était Centzontotochtin, le représentant des quatre cents dieux aztèques de l'ivresse. Sa corpulence faisait qu'il résistait extrêmement bien à l'alcool – « N'accepte jamais un défi à boire avec lui », m'avait prévenu Ramirez le premier jour. Et puis, curieusement, après une certaine limite, il se mettait à chanter de l'opéra. En général, cela survenait tard dans la nuit, quand nous étions déjà tous hors service et ne pouvions plus l'entendre. Comme Salina buvait très peu, c'était la seule à l'entendre régulièrement et à apprécier sa voix de baryton-basse. Dans les limbes alcoolisés d'El Templo, quand les filles ivres mortes étaient couchées à même le sol, quand la lune était à son firmament, la tessiture grave de Salvador était alors notre corne de brume. Elle indiquait le moment où nous devions rentrer à la maison.

Pourquoi Salvador refusait-il de chanter à jeun ? D'où connaissait-il parfaitement ses chants ? Je n'ai jamais osé lui demander tant il m'impressionnait, moi le petit Français. C'est ainsi que Ramirez me surnommait, car, à cette époque, je n'avais pas encore de totem. Peu après mon arrivée, il m'avait interrogé sur les divinités françaises.

« Nous sommes une nation catholique. Nous n'avons qu'un seul Dieu.

— Certes. Mais je parle de ceux d'avant, du temps où les dieux savaient boire et s'amuser. »

Je haussai les épaules.

« À l'antiquité, nous avions des dieux grecs et romains.

— Vous étiez grecs ? italiens ?

— Non. Mais c'était notre culture. On était plus ou moins envahis. »

Au tour de Ramirez de hausser les épaules.

« Lorenzo, je ne connais pas bien l'histoire de France, mais vous luttiez contre les Romains, non ? Je connais Astérix.

— Effectivement, du temps des Gaulois. Mais je ne connais pas leurs dieux. »

Il secoua la tête de gauche à droite et mordit sa lèvre inférieure.

« Comment ne peut-on pas connaître ses dieux ancestraux ? Vous n'apprenez pas ça à l'école ?

— Les Gaulois avaient une tradition orale. Dès que les Romains ont envahi la Gaule, tout ce savoir s'est effiloché au fil des générations. »

Ramirez se caressa le menton. Pour lui, les divinités-totems étaient importantes et imprégnaient chaque Mexicain.

« Je comprends. Pour le moment, on va t'appeler "le Français". Jusqu'à ce que tu deviennes un vrai Mexicain et que ta véritable nature se dévoile. »

Avec un peu plus de culture, j'aurais su qu'une des principales divinités gauloises s'appelait Lug, qui donna son nom à la ville de Lyon, Lugdunum. Il était qualifié de dieu « aux longs bras », car il pouvait frapper à distance. Ce jour-là, sans doute vexé par mon ignorance, Lug frappa à neuf mille kilomètres d'El Sauz, en plein cœur de Paris.

Son bras s'incarna dans une imprimante qui crachait les formulaires de fin d'affectation. Une simple machine du ministère des Armées, située dans un bureau du deuxième sous-sol.

Rendez-vous **au chapitre 11, page 81.**

Chapitre 11

Il y a trois types de mondes. Tout d'abord, celui de l'infiniment grand : les planètes, les étoiles, les galaxies et les trous noirs. Celui que nous comprenons assez bien dans sa globalité, mais que nous pouvons difficilement concevoir dans sa monstrueuse immensité.

Il a aussi le monde des choses qui nous entourent. Les arbres, les animaux, les hommes, les femmes, les voitures et les bouteilles de rhum. Celui-ci, nous passons notre misérable vie à le découvrir, à nous y attacher puis à le détruire. Nous y titubons avec plus ou moins de bonheur, pensant maîtriser notre destin, ce qui déclenche l'hilarité des dieux olympiens.

Enfin, il y a le monde de l'infiniment petit. Le monde des aléas quantiques, des particules de Dieu qui s'entremêlent et font leur vie dans l'indifférence et l'ignorance totale des êtres vivants. C'est une fourmilière dans une tête d'épingle, un monde inerte en mouvement, un écosystème où le temps n'existe pas, où le hasard est la seule religion et qui influence pourtant nos vies insignifiantes. Faut-il encore des preuves de son existence ?

Dans ce bureau du ministère des Armées, trois cents feuilles de démobilisation étaient imprimées quotidiennement. Elles contenaient les noms, prénoms, matricules des appelés du contingent et leur date de démobilisation. Ces formulaires étaient le sésame que devaient signer tous les conscrits afin de prétendre à la « quille ».

Ce mercredi, à 16 h 34, pourquoi une feuille, la quatre cent troisième de la journée, occasionna-t-elle un bourrage papier dans l'imprimante ? Que se passa-t-il au niveau atomique ? quel caprice de la matière fit que ce processus normalement reproductible, ces rouages électromécaniques parfaitement rodés, pouvant imprimer sans sourciller des milliers de pages, se bloquèrent tout à coup ?

Il paraît que le hasard n'existe pas et que Dieu ne joue pas aux dés. C'est complètement faux à cette échelle. Ici, même le vide quantique est peuplé de fantômes oscillants. Il suffit d'y jeter un œil trois fois de suite pour observer trois choses différentes. C'est effrayant de bizarrerie, c'est le royaume de minuscules lutins qui composent les grains du destin, de ce que l'on appelle la chance, le hasard, la fatalité, la bonne fortune ou la providence. C'est eux qui orientent le sort des hommes, bien plus efficacement que le trident de Poséidon ou la foudre de Zeus.

Et si le bourrage n'était pas intervenu à la quatre cent troisième page de la journée, mais quelques secondes plus tard, lors de l'impression de la quatre cent quatrième page ?

Certes, pour Martine, l'employée désabusée, cela n'aurait pas changé grand-chose à son train-train. Dans les deux cas, elle aurait éventré la machine, ressorti la malheureuse feuille déchiquetée, l'aurait jetée sans relancer son impression. Puis, elle aurait refermé la bête, redémarrant ainsi le roulement sourd et régulier qui la guidait dans le comptage des mailles de son tricot.

Mais pour les autres ? Ceux dont le nom était imprimé sur ces feuilles ?

Au fait, de quelle feuille parlons-nous ?

Ce mercredi, c'est bien la page 403 qui fut sacrifiée. Rendez-vous **au chapitre 12, page 84.**

Non, c'était plutôt la page 404 qui resta introuvable. Rendez-vous **au chapitre 23, page 170.**

Chapitre 12

Mon service civil devait durer entre douze et seize mois. Aussi, passé la première année à El Sauz, je ne m'inquiétai pas de ne rien recevoir. Vers le quinzième mois, je n'avais toujours aucune nouvelle de la part du ministère. Et pour cause ; la quatre cent troisième feuille de l'imprimante, celle déchiquetée, était mon certificat de démobilisation. Celui que je devais recevoir par courrier, faire tamponner par Ramirez et renvoyer quatre-vingt-dix jours avant la fin de mon service afin de pouvoir rentrer chez moi.

Malheureusement, je ne reçus jamais ce papier. Je tentai quelquefois de téléphoner. Mais les communications vers la France valaient une fortune, surtout pour écouter les *Quatre Saisons* de Vivaldi ! J'essayai alors la lettre timbrée. Quelle naïveté ! Je ne savais pas qu'à l'autre bout de la chaîne un service moribond, déstructuré par la loi du 28 octobre 1997, était en train de se vider. Des centaines de fonctionnaires étaient mutés dans d'autres ministères, laissant en place des piles de dossiers que plus personne ne traitait. On confia aux régiments le soin de s'occuper de cette paperasse administrative. Les soldats comptaient quotidiennement le nombre de jours qui les séparaient de la quille, pas besoin de lettre recommandée pour leur rappeler leur libération.

Moi, j'étais un cas spécial, perdu au-delà de l'Atlantique et je fus carrément oublié. Et pourquoi pas ? La vie à El Sauz me plaisait vraiment. Le boulot était super intéressant : j'avais réussi à modéliser avec succès les migrations de grues cendrées, et je m'attaquais à d'autres espèces de volatiles. Dans quelques semaines, un grand congrès des effaroucheurs mexicains serait organisé et j'aurais l'honneur de présenter mes résultats, avec, peut-être, un article dans une revue scientifique à la clef.

J'adorais mon équipe, mon pécule en francs était correct et, converti en pesos, il n'était pas du tout ridicule. Et, entre nous, El Templo était une école de vie très attrayante pour un jeune homme comme moi. Rien ne m'appelait en France. Je me disais que chaque mois supplémentaire passé ici serait un atout de plus pour mon CV, et que chaque soirée passée à El Templo serait un souvenir de plus à malaxer pour mes vieux jours. Alors je laissais couler. Un jour, la France me rappellerait et je rentrerais. Mais, pour l'instant, autant profiter du pays aux frais du contribuable.

Il se passa ainsi trois années avant que ma solde ne fût plus payée. Comprenant que l'État français m'avait enfin retrouvé puis rayé de ses listes, Ramirez me fit embaucher à l'aéroport avec un contrat local. J'étais désormais un effaroucheur d'El Sauz et j'envisageais un avenir purement mexicain.

Je n'avais aucun regret : ces trois années étaient passées comme un souffle, à enchaîner les soirées gargantuesques, à résoudre des problèmes d'effaroucheurs passionnants et à gaspiller mon énergie dans les bras de rousses, blondes, brunes, pharaonne, infirmière, institutrice, policière, vampire et autres fantasmes que ma soif d'invincibilité réclamait.

Et puis un jour, il se passa quelque chose de fort. Rendez-vous **au chapitre 13, page 87.**

CHAPITRE 13

Un samedi d'avril, je visitai l'exposition sur l'énigme de la migration des papillons monarques au Muséum d'histoire naturelle de Chihuahua. Depuis mon enfance, j'avais gardé une tendresse spéciale pour ces bestioles. J'avais abandonné ma collection vers l'âge de dix ans, mais j'avais gardé mon cahier à spirales jusqu'à ce que les spécimens tombassent en poussière.

J'appris des choses incroyables : chaque année, des centaines de millions de papillons traversent tout le Canada et les États-Unis en quelques semaines. Ils se retrouvent à Morelia, capitale de l'État de Michoacán, en pleine réserve de biosphère du papillon monarque. Les photos de champs de fleurs grouillant de papillons multicolores étaient sublimes, et le lundi matin, au boulot, je ne parlais que de cela.

« Quatre mille kilomètres, vous vous rendez compte ? »

Dans l'équipe, Salina était la personne la plus au fait de ce sujet.

« Il faut cinq générations de papillons pour arriver au bout du périple. Un bel exemple d'altruisme, non ? Sacrifier sa vie pour qu'un obscur descendant puisse batifoler au milieu des fleurs mexicaines... »

J'étais impressionné par l'intuition divine de ces insectes. Je repensai alors à la première question que j'avais posé à Ramirez le jour de mon arrivée.

« Est-ce un problème pour les effaroucheurs ? Je veux dire, si un nuage d'une telle densité croise le chemin d'un aéroport ? »

Ramirez n'était pas là, les autres membres de l'équipe furent beaucoup moins tranchés que lui. Les avis divergeaient : pour Flor, il y avait forcément un effet induit par les prédateurs attirés par ce nuage d'insectes. Salvador n'était pas d'accord.

« On l'aurait déjà observé si c'était le cas ! Personne dans notre guilde n'a jamais soulevé le débat de la migration des monarques. »

J'osai une hypothèse.

« Sans doute parce qu'aujourd'hui aucun aéroport n'est survolé lors de cette migration. Mais si, demain, on en construisait un, pile sur le chemin du nuage de papillons ? »

Flor consulta son ordinateur.

« Effectivement, l'aéroport de Morelia est au sud, il n'est pas touché. »

Salina eut alors un sourire mystérieux qui la rendit encore plus désirable.

« Et si nous faisions un voyage d'études à Morelia ? »

Flor sautilla en tapant des mains et Ruben s'arrêta de jouer avec son couteau. C'était une excellente idée qui fut rapidement mise en œuvre.

Ruben avait un vieux Combi Volkswagen jaune et blanc qu'il s'était offert avec son pécule de départ de l'armée. Il nous le prêta et nous partîmes à quatre,

Salina, Flor, Salvador et moi. Les deux autres assureraient l'intérim pendant nos quelques jours d'absence. Nous nous relayâmes au volant ; il fallait deux jours de route pour rejoindre la capitale du Michoacán. Salvador avait emporté sa collection de cassettes, mélange de country et de musique traditionnelle mexicaine. Je connaissais bien le norteño, ces chansons du nord du Mexique avec beaucoup d'accordéon et de bajo sexto. Au fil des kilomètres, j'appris les rythmes plus lancinants de la ranchera et des histoires d'amours éternels et impossibles. Les kilomètres défilaient au rythme de la guitare sèche et des voix éraillées. Quelques cigares de contrebande circulaient, emplissant l'habitacle d'un brouillard bleuté odorant. L'ambiance était à la méditation contemplative ; chacun avait le nez collé à la vitre et regardait se métamorphoser les paysages. Les montagnes arides du Chihuahua se transformaient doucement en vallées verdoyantes. Les vibrations du Combi avaient un effet apaisant. Je m'endormis avec une version de *Cielito lindo* interprétée par Pavarotti, me réveillai avec une énième variation de *La Llorona*. Salina en profita pour me parler de cette pleureuse mythique, fantôme de cette mère éplorée qui recherche dans la nuit ses enfants égarés. La rivière n'est jamais loin et ses cris de désespoir effraient jusqu'aux animaux sauvages. C'est une légende répandue dans toute l'Amérique latine, mais au Mexique, Cihuacóalt prend le visage d'une créature mi-femme, mi-serpent qui erre près du lac salé de Texcoco. Mère inconsolée de tous les Aztèques, elle monte sur la cime du plus haut pin et appelle inlassablement ses enfants tués par les conquistadors. Elle hante les lacs et les rivières de tout le pays, jusqu'à ce qu'elle rassemble enfin ses petits.

Hasard de la route, nous fîmes une halte à Cuencamé, petite ville dans l'État de Durango, fondée en 1594 par un père jésuite nommé Jerónimo Ramirez. « Qui sait, se demanda Flor, peut-être que notre Ramirez est le descendant de ce conquistador qui tua les enfants de la Llorona ? »

Flor gara le Combi au bord d'un champ de maïs. Le soleil était déjà bas et la fraîcheur du soir se faisait sentir. Salina partagea sa bouteille de rhum et mit son châle blanc. Salvador prit sa guitare et joua les premières notes de *La Llorona*. Aussitôt, les oiseaux se turent, le soleil s'immobilisa dans sa rougeur et la terre retint sa respiration. Pour la première fois en trois ans, notre ami géant leva sa barbe au ciel et, de sa voix grave et puissante, fit résonner en plein jour les paroles de cette mère inconsolable. Il n'avait pas encore bu, mais la magie du lieu remplaçait mille ivresses.

Hay muertos que no hacen ruido, Llorona,
¡Y es más grande su penar!

Il y a des morts qui ne font pas de bruit, Llorona,
Et leur peine est plus grande !

Flor posa sa tête sur mon épaule. Je la couvris de mon bras. Salina regardait Salvador, une larme naissante tandis qu'elle pensait à ses morts silencieux qui emportent avec eux une part de nous-mêmes.

Le feu de camp crépitait et nos ombres rejouaient ce mythe éternel.

Ayer maravilla fui, Llorona,
Y ahora ni sombra soy

Hier j'étais une merveille, Llorona,
Et aujourd'hui, je ne suis même pas une ombre

Cours, Llorona, cours ! Cherche tes enfants, crie leurs noms. Certaines variantes disent que tu les as toi-même tués pour te venger d'un mari volage, d'autres disent que tu es morte la veille de tes noces. Qu'importe l'histoire ? Les peines de l'âme n'ont que faire d'une vérité. Seule compte à ce moment cette douleur perçante qui rend le coucher de soleil si rouge et nos visages si pâles.

No sé qué tienen las flores, Llorona,
Las flores del camposanto,
Que cuando las mueve el viento, Llrona,
Parece que están llorando.

Je ne sais pas ce qu'ont les fleurs, Llorona,
Les fleurs du cimetière,
Car quand le vent les agite, Llorona,
On dirait qu'elles pleurent.

Les cheveux de Flor dans mon cou étaient semblables à ces fleurs agitées par le vent. Chaque mèche pleurait un manque indicible. Derrière la fille bravade qui offrait sa poitrine aux buveurs de rhum,

Flor était une solitaire. Elle avait été forgée dans un acier à la fois mou et dur, un alliage qui se laisse transpercer à la première peine de cœur pour ensuite se refermer à jamais. Mes doigts dans sa chevelure ondulaient au rythme de la pleureuse, une mélopée que j'aurais aimée éternelle, un instant de grâce où l'amitié vraie suinte de chaque pore de nos pauvres carcasses.

Quand il s'arrêta, les étoiles étaient déjà hautes dans le ciel et mes compagnons de voyage étaient devenus des amis, de ceux avec lesquels on a approché l'absolue beauté de l'univers. Des liens indéfectibles qui tissent les véritables amitiés. Les voyages servent à cela : le but n'est pas de voir de nouvelles contrées, mais bien d'explorer le cœur de nos compagnons de route.

Le reste du périple fut anecdotique par rapport à la beauté de cette soirée. Je rentrai convaincu de la nécessité de modéliser une migration de papillons monarques. Cela pouvait faire une jolie présentation à la prochaine conférence des effaroucheurs. Mais au-delà de ça, nous revînmes encore plus soudés que jamais. Ce road-trip m'avait permis de toucher du doigt la fameuse solidarité des effaroucheurs, ce sentiment d'appartenir à la même famille et cette certitude que, quoi qu'il advienne, aucun ne laissera tomber l'autre. Longtemps je me souviendrais des chants de Salvador.

Cette parenthèse m'apaisa. Je compris que j'avais trouvé une forme d'équilibre entre les excès d'El

Templo, l'amitié des effaroucheurs et l'exigence intellectuelle de mon métier. J'avais enfin ma divinité-totem : Ometeotl, le dieu de la dualité. Ne pas choisir entre la raison et la passion, vivre à fond des journées d'intenses satisfactions intellectuelles et des nuits où le corps assume ses pulsions.

Mais peut-on toujours naviguer entre deux eaux ?

Le soir où j'avais proposé ce totem à Ramirez, il n'avait rien dit. Il s'était contenté de téter avec application son cigare et, à sa place, Ruben m'avait raconté l'histoire de Mictlantecuhtli, « celui qui descend du ciel avec la tête en bas », la divinité des morts. Il était rare que Ruben se mette ainsi en avant et prenne la parole. D'habitude, il était en retrait et écoutait d'une oreille, l'autre étant occupée à sonder l'insolence des silences. Il commença à voix basse, je dus faire un effort pour entendre son récit.

« Maneco Juárez était un charpentier de Chihuahua. Un matin, alors qu'il termine son premier café de la journée, il tombe nez à nez avec Mictlantecuhtli. Aussi surpris l'un que l'autre, ils se dévisagent un instant. Puis Juárez s'enfuit, reconnaissant cette gueule béante prête à avaler les mourants et les étoiles. Il prend son 4x4 et roule, roule toute la sainte journée pour s'éloigner le plus possible de la grande faucheuse aztèque. Il ne s'arrête guère ; bientôt, il dépasse Torreón, Durango et arrive à 20 heures, épuisé, à Mazatlán, sur la côte. Là, satisfait, il s'accorde une bière tiède dans un bar putassier. Son bras touche le coude de son voisin de comptoir ; il se retourne, et croise pour la seconde fois de la journée le regard vide de Mictlantecuhtli.

Le poids du destin s'abat sur lui et il comprend que c'est son jour, que la fuite est futile. Maneco termine sa bière, pose deux pièces sur le comptoir et soupire. Il se tourne et dit au squelette recouvert de restes de chair : "D'accord, je me rends. Mais, avant de mourir, dis-moi : pourquoi ce matin avais-tu l'air si surpris en me voyant ?"

« Dehors, un chien aboie. Le seigneur des enfers répond d'une voix froide : "Effectivement. J'étais surpris en te voyant ce matin à Chihuahua, car j'avais noté notre rendez-vous de ce soir, dans un bar à Mazatlán." »

Salvador termina son verre cul sec, Salina regardait son reflet dans la vitre. Flor s'adressa à Ruben.

« Et alors ? Quel est le sens de ton histoire ?

— Qu'on n'échappe pas à son destin. Ce sont les dieux qui décident.

— Mais quel est le rapport avec le petit Français ?

— Tu ne peux pas être deux choses à la fois. Tu dois choisir. Ometeotl lui-même, à force d'oscillations, s'est divisé en deux : Ometecuhtli et Omecihuatl, l'homme et la femme. Il est bon que les choses soient claires. »

Cette conversation devenait absconse pour moi qui maîtrisais mal la mythologie aztèque.

« Quoi, alors ? Tu me conseilles de changer de divinité-totem ? »

Ruben sortit son couteau et le pointa vers moi ; je reculai instinctivement. Puis il le lâcha et la lame se planta dans le sol d'un claquement sec.

« Tu vois ? Il n'y a pas de choix, la dualité n'existe pas. C'est un côté ou l'autre, ça ne peut pas être les deux. Il n'y a pas d'alternative possible. Les choses sont comme ce couteau, elles obéissent à des lois plus grandes qu'elles. Le choix est l'illusion des faibles. »

Je réfléchis plusieurs jours au sens donner à tout cela. Je ne comprenais pas la réticence de mes amis devant mon dieu-totem. Et puis, avant que je ne trouve une explication, Ramirez vint avec un nouveau jeu qui bouleversa nos existences.

Les jeux de Ramirez avaient souvent pour objectif d'affirmer la mâle puissance. Flor et Salina étaient au-dessus de tout ce folklore ; elles se moquaient ouvertement de nous quand nous faisions des concours d'ingestion de piments. C'était à celui qui mangerait le plus fort sans frémir. On en choisissait un chacun à notre tour jusqu'à la fin du pot. Inutile de dire que j'évitais les plus petits, les plus terribles, et que j'abandonnais dès le premier ou deuxième tour. Mais, entre Salvador, qui bénéficiait de son imposante stature, Ruben, qui avait l'estomac badigeonné de plomb, et Ramirez, pour qui la phallocratie était la valeur première, la compétition était serrée.

Ce soir-là, Ramirez était plus sombre que d'habitude, il était arrivé à El Templo les mâchoires serrées. La tension était palpable. Dehors, il faisait déjà nuit et le vent sifflait entre les arbres.

« Ce soir, on va vérifier si l'esprit d'Itzpapalolt, la déesse des sacrifices, est avec nous. Voilà un dé, voilà une fille. Sur chacune des faces, une épreuve. »

Je l'écoutais en lorgnant l'invitée ; une femme très brune, la trentaine bien sonnée, un collier serré autour du cou. Il parla lentement : « Nous sommes six, il y a six faces. Chacun son tour, on va tirer le dé. Six façons d'honorer nos dieux. Six façons d'être à la hauteur. »

La bande était resserrée en cercle. Nous avions commencé à boire plus tôt que d'habitude et j'avais pressenti que quelque chose d'important allait se passer.

« Il y a trois joueurs à chaque manche : celui qui joue, le dé sacré et Macuilxochitl, le dieu invisible du hasard qui surveille nos amours, nos danses et la musique. Prince des fleurs, des arts et du printemps. Il supervisera ce soir cette cérémonie d'assemblage des années. »

Hypnotisé par son discours révérencieux, je retenais mon souffle.

« Si tu tombes sur le un : roulette russe avec la fille. Tezcatlipoca, dieu de la providence et de l'invisible, te guidera. Une balle dans le barillet. Si tu as peur pour elle, tu peux pointer le canon sur ta tempe. »

Il posa sur la table basse un révolver.

Nous n'avions encore jamais joué à ça. Il allait trop loin. Je regardai mes camarades, qui ne bronchaient pas. Salvador regardait Salina qui fixait Ramirez, comme pour mieux surveiller ses paroles.

« Deux : tu étrangles la fille au moment où elle atteint l'orgasme. Tu dois trouver la ligne de crête entre la souffrance et le plaisir, entre la mort et la vie. Choisis d'honorer Tlaco, déesse du désir, ou Mictecacihuatl, dame des enfers.

« Trois : la fille choisit un piment rouge de Torreón que tu gardes en bouche une minute avant de l'avaler et d'honorer Xiuhtotontli, le dieu des incendies.

« Quatre : tu bois sept verres de tequila cul sec en l'honneur de Tlihua. Si après tu te montres incapable d'honorer la fille et que tu déçois Xocotzin, tu retires le dé. »

Ramirez fit une pause et nous jeta un regard circulaire ; El Templo était silencieux.

« Cinq : la fille est dans une pièce obscure avec trois scorpions. Tu as une minute pour y aller, les trouver et les écraser avant qu'ils ne piquent la fille ou toi. Si tu as le support de Zacatzontli, le dieu du chemin de la nuit, tu n'as rien à craindre.

« Six : il s'agit d'honorer Itzpapalotlcihuatl, la déesse du sacrifice (il sortit un couteau de chasse). Tu as un couteau, et tu as trente minutes pour rapporter ton offrande. »

Me voyant froncer les sourcils, il ajouta : « Les animaux sont autorisés. »

Je ne pus réprimer un bref rire nerveux ; à quoi tout cela rimait-il ? Une sorte de bizutage tardif ? Salina regardait la fenêtre, le regard dans le vide. Salvador observait ses chaussures. Ça ne ressemblait pas à une farce et, cette fois-ci, Ramirez dépassait les bornes ; son jeu de dés était inutilement périlleux pour la fille et pour nous. Personne pour réagir. J'osai : « Ramirez, c'est trop dangereux, non ? »

Il me dévisagea et s'approcha de moi. Il sentait déjà le rhum et la bière : « C'est Xiuhmolpilli ce soir, l'assemblage des années. Un nouveau cycle de cinquante-deux ans débute et un sacrifice est exigé dans toutes les cérémonies du feu nouveau. »

Ruben rajouta : « C'est ainsi depuis des générations. »

Je cherchai Flor des yeux. Nous avions à peu près le même âge et j'espérais que cette coutume barbare la choque tout autant que moi. Elle capta mon regard de détresse, mais secoua la tête : « Je suis prête à relever le défi, murmura-t-elle. Notre groupe ne peut pas revendiquer la clémence des dieux en temps normal et se débiner les jours d'offrandes. Cela serait trop facile. »

Tout le monde était grave, le visage fermé. Cette histoire de cycle était importante pour eux. Ruben jouait avec son couteau, qu'il enfonçait dans la table tel un métronome. L'ambiance était lourde, presque à l'orage. Les visages étaient tendus. Ramirez se tourna vers moi.

« Lorenzo, si tu veux, tu peux commencer, c'est plus facile à gérer. »

Je ne savais pas quoi faire. Dans tous les cas, une issue désagréable, voire fatale, était possible. Comment me sortir de ce guêpier ? Et la fille ? Combien de chances avait-elle de s'en sortir vivante ? Elle restait assise au centre du cercle, docile. Les pupilles dilatées, elle fixait une des peintures murales, une fresque représentant des divinités en pleins ébats amoureux. Il me fallait prendre une décision.

Ce jeu était vraiment malsain, tout cela allait bien trop loin. Je n'allais pas risquer la mort d'une personne pour honorer une divinité inexistante. C'était criminel. Je devais refuser, aller au bout de mes convictions. Rendez-vous **au chapitre 14, page 100.**

Si je voulais vraiment m'intégrer à ce pays, il me fallait accepter ses traditions. Ce rite semblait important pour l'équipe et notre périple à Morelia m'avait montré la puissance de nos liens. J'acceptai de jouer. Rendez-vous **au chapitre 15, page 104.**

Chapitre 14

Je soupirai profondément puis lançai : « Je suis désolé, mais je ne joue pas. »

Je me levai. Tout le monde fit de même. Tous me dévisageaient. Salina s'avança vers moi.

« Réfléchis bien, petit Français. C'est une tradition importante chez nous. Elle existe depuis Chimalma. Les aïeux de nos aïeux la pratiquaient déjà. »

Ramirez avait les bras croisés, Salvador fronçait les sourcils et Flor regardait nerveusement ses chaussures. Ruben se nettoyait les ongles avec la pointe de son couteau.

« Je ne peux pas risquer la vie de cette femme. Elle est innocente, elle n'a rien demandé. »

À ces mots, Salina tourna la tête vers moi. Elle eut un regard doux, compréhensif. Habillée d'une longue tunique blanche, elle avait un air virginal, telle une gardienne de la sagesse, et je crus déceler dans son regard une once de reconnaissance. L'espace d'un instant, le monde vacilla : pourquoi étais-je tant attaché à la luxure d'El Templo ? Et si cette soirée était pour moi la fin d'une étape, d'un apprentissage finalement stérile ?

Ramirez s'aperçut de mon trouble, s'avança et posa sa main sur mon épaule. Puis d'un ton paternel, il murmura :

« Tu sais, tous les soirs, on plaisante, on boit, on rit, on fait un peu des conneries. Mais la journée, on bosse comme il faut ; on est des pros, non ?

— Oui.

— Mais t'es-tu demandé à quoi ça servait, tout ça ? Pour quelle finalité ? À quoi rime tout ce folklore ?

— Je ne sais pas... C'est la vie, c'est tout.

— La vie. »

Il hocha plusieurs fois la tête. Les autres suivaient attentivement les mouvements de leur mentor.

« Mais la vie sans la nature, c'est quoi ? Tu ne crois pas que l'homme doit payer son passage sur terre et honorer les dieux à qui il doit son existence ? Que seraient les hommes sans les divinités protectrices ? Y as-tu déjà réfléchi ? »

Et, devant mon silence, il ajouta :

« Mais c'est vrai que, toi, tu viens d'un pays où les dieux sont morts. L'Olympe a été transformé en centre commercial. »

Les autres hochèrent la tête. Sa voix se fit alors plus rude.

« Mais ici, petit, ce n'est pas pareil. Ici, on respecte nos anciens, on respecte nos valeurs, on respecte les traditions. Si tu n'honores pas Cozauhca, pas de récolte de maïs. Si tu ne fais pas d'offrandes à Tlaloc, pas de pluie. Tu comprends ça ? »

Malgré tout le temps passé ici, mon esprit cartésien d'Occidental avait toujours quelques difficultés à croire à ces légendes. Mais je ne dis rien et il continua :

« Et même si tu doutes, si tu ne crois pas aux divinités, tu peux croire aux symboles, en leur force spirituelle. Honorer Cozauhca, c'est avant tout remercier la terre et reconnaître notre petitesse. C'est savoir être humble et ne pas se poser en conquérant du monde. Honorer nos dieux, c'est reconnaître notre place au côté des oiseaux, des plantes, des fourmis, des cailloux, du vent et des étoiles. C'est une façon de communiquer avec l'univers, de planter nos deux pieds dans la terre et savoir qu'un jour nous y retournerons. Pas plus, pas moins. »

Touché. Quelque part, Ramirez avait raison. Ce pays était chargé d'histoire et de symboles, il ne fallait pas s'arrêter au seul regard folklorique, au premier degré. « Ne fais pas ton Américain », me disait Ramirez quand je cédais trop facilement aux sirènes du jugement. Il releva la tête et chercha mon regard, car il savait que je ne pourrais pas le soutenir.

« Alors, je vais te dire un truc, mon ami. Soit tu participes à cette soirée avec nous ce soir, soit tu ne remets plus jamais les pieds à El Templo, à l'aéroport, à El Sauz, ou même au Mexique. »

Ruben avait arrêté de se récurer les ongles avec sa lame et me fixait désormais d'un drôle d'air. Quel choix avais-je ? Je revis le couteau de Ruben se planter dans le sol : peut-être avait-il raison : le choix n'est qu'une illusion de l'esprit.

« Je comprends. *Vale*. Je joue avec vous... »

Ramirez me passa amicalement la main dans les cheveux, Ruben rangea son couteau et Flor vint m'embrasser sur la joue. « Je leur avais dit qu'on pouvait compter sur toi, me souffla-t-elle à l'oreille, tu as fait le bon choix. »

Désormais, j'allais être un vrai Mexicain.

Rendez-vous **au chapitre 15, page 104.**

Chapitre 15

Tout se mit en place rapidement. La pute s'anima tel un automate et sortit une flûte traversière. Salvador prit un accordéon, je ne savais pas qu'il en jouait.

L'allégro débuta, Salina monta sur la table et commença à mimer un oiseau. Sur une patte, les bras à l'horizontale, elle commença à battre des ailes. Ses confrères, en cercle autour d'elle, tapaient des mains en rythme. Plus ils accéléraient et plus Salina oscillait de ses grands bras, prête à s'envoler.

Puis le cor de chasse intervient. Une longue plainte sonore vint interrompre l'envol de l'albatros. Elle feignit alors la peur, cachant son visage par ses avant-bras et tapant des pieds sur la table. Ruben, Flor, Ramirez et Salvador se mirent à huer l'oiseau craintif. Flor cria : « Va-t'en, oiseau de chair, pour que puisse s'envoler l'oiseau de métal ! »

Tous ondulèrent leur corps et modulèrent un son rauque et ténébreux : « Gaaaaaaa. Gamaaaaa. Gaaaaaa. Gamaaaaa... »

Salina fit volte-face, sautillant, bondissant, fléchissant, se redressant, singeant les hésitations d'un volatile pris entre le furieux désir de s'empaler dans les hélices d'un Boeing et la peur d'être chassé par un effaroucheur en gilet orange.

La flûte traversière adoucit l'ensemble et les modulations telluriques se firent plus sourdes. L'oiseau magnifique prit son envol, jugeant la bataille perdue, mais pas la guerre. Il reviendrait sur ce tarmac où l'attendait une flotte d'avions amoureux. Salina tourna, tourna, tourna langoureusement sur elle-même dans une mélopée lancinante menée par la jeune flûtiste, particulièrement inspirée.

Alors, on lui lança un manche à balai dont elle se saisit avec grâce. Elle se transforma instantanément en effaroucheur, changea de masque, de position, son visage crispé, la chemise trempée, les cheveux hirsutes, elle se mit à sautiller de nouveau, faisant tournoyer au-dessus de sa tête le manche à balai comme les hélices d'un hélicoptère. Ses longs cheveux entrèrent dans la danse, donnant à l'ensemble un effet féerique.

Les camarades se mirent à la queue leu leu et cette chenille fit plusieurs fois le tour de la table en criant des « *oy ! oy ! oy !* » tonitruants.

Salina enfourcha le manche à balai et mima une course-poursuite dans les airs avec le volatile. Elle se penchait dans les virages, tournoyait, manqua maintes fois de s'écraser au sol. Ruben la rejoignit sur la table et ensemble, dans une posture quasi sodomite, l'un se penchant en avant, l'autre en arrière, ils dessinèrent dans les airs un bourgeon de fleur.

J'étais là, subjugué et abasourdi par ce spectacle ensorcelant.

Puis Salina descendit de la table et, main dans la main, nous l'entourâmes en psalmodiant de moins en moins fort. Quand le silence vint, la danse rituelle des effaroucheurs s'acheva.

Ramirez apporta une assiette dans laquelle se trouvait une boule blanchâtre qu'il alluma grâce à une mèche brune. Aussitôt des volutes montèrent, dessinant d'étranges arabesques. Il inspira un grand coup et nous invita, chacun à notre tour, à l'imiter.

C'était une odeur âcre, mélange de vieux champignons et de fruits rouges. Cela me rappela mon enfance, quand nous allions dans les Pyrénées cueillir les myrtilles à l'orée des bois. Je sentis distinctement l'odeur de la pluie sur les fougères, j'entendis le bruit des abeilles qui se posent sur les bourgeons. Je vis les créatures divines de la fresque s'articuler, copuler à qui mieux mieux.

Ramirez s'approcha avec sa grande tête de cerf. Il me tendit un dé rouge, couleur sang : « Voilà, le Français. Tu veux commencer ? »

J'étais immobile, incapable de bouger le petit doigt. Je voyais au ciel un condor planer, je revoyais le corps nu de Salina, j'entendais ma mère qui nous appelait à table.

Flor s'avança du haut de ses trois mètres, prit le dé et le lança sans une once d'hésitation. Le dé roula sur le bois patiné de la vieille table et fit un trois. J'eus la très nette prescience de ce chiffre. Je savais qu'elle allait faire un trois. La pute à tête de tigresse sortit un minuscule piment rouge de Torreón d'une boîte en fer-blanc et le broya avec une fourchette. Flor, à genoux, la tête inclinée vers elle, ouvrit la bouche et ferma ses énormes yeux blancs. Son visage était étonnamment calme. Les cornes au-dessus de sa tête semblaient flotter. Le tic-tac du chronomètre couvrit le bruit de la cascade. Immédiatement, son visage se contracta. Flor se mit à quatre pattes et frappa le sol de son poing droit. Ramirez égrenait les secondes. Cinquante, quarante-cinq... Flor rugissait de l'intérieur, elle tapait désormais à fendre le parquet. Les bêtes sauvages se tenaient à l'écart. Ruben-le-sanglier grattait lui aussi la terre comme pour mieux soulager son amie. Le visage de Flor était cramoisi, ses phalanges en sang, ses cornes rabougrissaient à vue d'œil, mais elle ne cracha pas. Ses yeux roulaient des billes de feu et son visage était celui d'un démon. « Vingt, quinze... »

Je ne savais que faire pour l'encourager, immobile, perdu entre la voix de ma mère, les tournesols qui me regardaient et le tic-tac incessant de l'horloge. Nous la voyions griffer, taper, remuer pour détourner sa douleur des brûlures de son palais. Le vent soufflait dans les pins, la mer était grosse et la lune rousse.

« Trois, deux, un. Tu peux avaler désormais. » Elle déglutit précipitamment, se redressa et fit plusieurs petits bonds sur place en soufflant. Ses cornes avaient disparu. Je vis ma main lui tendre la bouteille de rhum, mais Ramirez-le-cerf écarta mon bras : « Surtout pas après un piment de Torreón, ça la tuerait. » Il fallut cinq bonnes minutes de râles, de grognements et de jurons pour que Flor retrouve ses esprits et son teint naturel. Enfin, elle redressa son buste immense, nous toisa fièrement et lâcha : « Terminé. Je ne suis pas morte. »

Petit à petit, les couleurs du monde passaient et les dieux réintégraient la tapisserie ; Ramirez inspira une nouvelle bouffée des Anciens et nous fîmes procession.

Ruben s'avança vers la table où trônait le dé luminescent. Il tira le tant redouté chiffre un, la roulette russe. Je ne ressentais plus le monde, ma carcasse, les murs s'étaient envolés et la Voie lactée s'étendait devant moi, tel un océan infini. J'aurais voulu être à sa place ; c'était un joli moment pour mourir. Sans sourciller, il prit le révolver, fit tourner librement le barillet avant de l'arrêter avec son index. Je voyais clairement la balle dans le barillet, je savais tout : sa position, la perle de sueur sur la gâchette, l'odeur de la pute qui sentait la vanille et le jasmin. J'aurais voulu être ce héros et défier la trajectoire de la balle. La tête de sanglier visa la femme au regard impassible. À part ses deux tétons dressés au garde-à-vous, aucune émotion n'émanait d'elle. Elle était le point fixe de notre folie. L'alpha et l'oméga de la pièce, le lieu de convergence des influx divins. Tout gravitait autour d'elle. Alors, Ruben retourna lentement le révolver et appuya le canon sur sa tempe velue. Les gestes du sanglier étaient précis, on voyait qu'il avait l'habitude.

Clic.

Il reposa l'arme, esquissa un sourire, et la bouteille de rhum circula. J'en bus une gorgée, peut-être mille. Mon gosier était ailleurs, mon esprit, tout là-haut, avec les divinités aztèques, en train d'apprendre avec Centzonmimixcoa le nom des quatre cents étoiles du Nord.

Je saisis le dé. Il roula longuement sur la table dans un cliquetis soyeux. Deux. Étrangler la femme-tigre pendant l'orgasme. C'était ma mission divine. J'inhalai une dernière fois le vent d'est ; Tlalocayotl s'introduisit par mes narines et emplit mon esprit d'une peinture multicolore. Au loin, l'esprit stellaire m'appelait par mon nom.

La tigresse-centre-du-monde fit glisser sa jupe, s'allongea, nue, sur la table. Je vis son pubis de feu, son ventre de lait et sa gorge de verre. Le cerf, le sanglier et la géante disparurent dans un tourbillon. Ne restait au monde que la féline, lubrique et haletante entre mes mains. Les divinités de la fresque nous entouraient, scandaient mon nom. Je serrai mes doigts, et l'odeur de jasmin et de vanille se fit plus forte, se mélangeait avec celle de Vitzlampaehecatl, le dieu du vent du sud, et ma mère m'encourageait, là-bas, au loin, dans la vallée sombre noyée sous la brume. J'étais sur un vélo de course, je grimpais une côte et mes mains agrippaient le guidon.

Je vis les yeux de la femme-tigre, au-dedans ils étaient noirs, puis blancs, puis noirs, j'y vis ses amants, les dunes du désert et l'aigle royal qui guette. Sa main-fleuve s'agitait sur son trésor divin. Des hululements assourdissants emplissaient l'espace et noyaient le soleil.

Puis, le silence.

Un silence blanc, froid, enveloppant. Je tombai de la table et regardai la voûte céleste qui se refermait progressivement. Je rassemblai mon corps, mon esprit, mon âme dans une seule et même enveloppe.

Une douleur rouge infiltra mon bras pour paralyser mon cerveau. Le cerf et le sanglier s'évaporèrent.

Autour de moi, mes amis faisaient cercle. Je reconnus la belle Salina, il me semblait ne pas l'avoir vue depuis des siècles. Puis Salvador, ce brave Salvador. Je les aimais tous, j'en avais les larmes aux yeux. Il s'accroupit à côté de moi et palpa mon coude.

« Il s'est cassé le bras en tombant. »

La voix de Ramirez émergea de nulle part, puis je sentis l'odeur de son cigare.

« Le con ! M'enfin, il s'en sortira. »

J'entendis le dé rouler. Des rires, des verres qui s'entrechoquent et puis, plus rien.

Ruben me secoua un siècle plus tard.

« Lorenzo, réveille-toi, elle est morte. »

J'essayai de m'accouder, ce qui déclencha un éclair dans mon bras gauche.

« Ne bouge pas, tu t'es cassé le bras.

— Quoi ? Mais comment ? »

Il me tendit sa main et je me hissai avec mon bras droit.

Ramirez et Salina étaient à côté de la table et regardaient le corps sans vie de la pute mexicaine.

« Tu l'as tué. Tu l'as étranglé trop fort. »

De quoi parlait-il ? Jamais de la vie je n'avais touché cette femme. Ramirez se retourna :

« Tu as serré trop fort, ou au mauvais moment. »

Jouaient-ils encore la comédie ? Flor se jeta dans les bras de Salvador et pleura. Je regardai cette femme ; elle avait effectivement des traces de strangulation sur le cou. Que s'était-il passé ? Je ne me souvenais de rien. Ou plutôt, je me rappelais mon hésitation à participer à ce jeu malsain. Je vis le dé par terre, à côté d'un pied de table. Tout cela avait-il donc eu lieu ?

Ramirez parlait à voix basse avec Salina.

« Il était trop jeune pour ça, pas assez expérimenté. C'était sa première fois.

— Mais nous n'avons pas pu le retenir. Il était déchaîné.

— Je n'aurais pas dû lui donner l'esprit des Anciens.

— C'était Itzpapalotltotec qui s'exprimait. Tu n'es pas responsable. »

El Templo était devenu aussi froid et calme qu'une église. Flor pleurait en silence, Salvador, le bras autour de ses épaules, tentait vainement de la consoler. Salina avait le regard dur, rivé sur le corps inanimé. Ruben avait repris son couteau et le faisait tourner entre ses doigts.

Ramirez brisa le silence : « Ruben, tu pars avec le Français l'enterrer dans la Tierra Blanca. » C'était le nom d'un ranch, à vingt kilomètres de là, qui marquait le début d'une région désertique.

Je me souviens de cette nuit. Je me souviens de tout.

Vingt-trois heures. Je monte dans le 4x4 de Ruben. Il n'y a pas vraiment de routes, seulement des pistes qui serpentent autour d'un col de montagne. Mon bras en écharpe me lance à chaque soubresaut du véhicule. Mais je ne pense pas à ma douleur, je ne pense à rien. Le regard perdu dans la nuit noire, je ne suis qu'abandon et lassitude. Nous mettons une quarantaine de minutes pour atteindre l'endroit. Il fait froid, le ciel est dégagé et l'immense voûte céleste nous éclaire. Je lève les yeux. Le spectacle est grandiose et j'aimerais tant revenir quelques heures en arrière. Pourquoi ai-je accepté ce jeu ? J'avais pourtant cette intuition... Ruben ouvre le coffre, sort deux pelles pliables de l'armée et le corps de la petite, enroulé dans un drap. Nous creusons une bonne demi-heure. Je fais mon possible d'une seule main, mais je serre les dents. La terre est froide et dure, elle ne se laisse pas faire facilement. Il ne dit rien, je n'ose rien dire.

Puis il tire le corps au bord du trou, soulève une dernière fois le drap, contemple la peau blanche, soupire et trace une croix sur le front. Il referme le drap et fait glisser délicatement le cadavre dans le trou. Sans m'adresser un mot, il reprend la pelle et balance la terre au fond. Je m'y remets aussi. Chaque pelletée est une souffrance que j'accepte comme pénitence.

Quand cette fosse de fortune est terminée, il monte dans son 4x4, démarre et fait des allers-retours dessus pour tasser la terre. Il se gare, descend du pick-up, joint ses mains et marmonne une prière que j'ai du mal à comprendre. Tout cela ressemble à une mécanique bien huilée, bien rodée, et je peine à croire que c'est la première fois que ce genre d'aventure lui arrive. Le bras engourdi, je regarde Ruben qui s'anime avec une froide précision. Soudain, je me demande si nous ne marchons pas sur un vaste cimetière sauvage rempli de victimes de leurs jeux barbares.

Puis il monte dans la voiture et démarre le moteur. J'ouvre la portière de droite, mais il la referme de l'intérieur. Il baisse la vitre : « Toi, tu rentres à pied. Vingt kilomètres par la rocheuse, tu vas avoir le temps de réfléchir à ce que tu as fait. Demain, on t'attend au boulot à 7 heures. »

Rendez-vous **au chapitre 16, page 114.**

CHAPITRE 16

Qu'aurait-il fallu que je fasse ? Aurais-je dû refuser ce jeu malsain au vu des conséquences ? Pourquoi avais-je cédé ? J'avais pris cette redoutable drogue, étais-je responsable malgré tout ? La nuit n'apportait aucune réponse à ces questions.

Quel chemin, quel enchaînement de minuscules étapes m'avait conduit à ce meurtre ? Il me fallut remonter loin : et si j'avais opté pour un service dans l'humanitaire plutôt que de venir au Mexique ? La fille serait encore en vie... Peut-être. Car de toute façon, avec ou sans moi, cette cérémonie d'assemblage des années aurait eu lieu. Cette pauvre femme serait peut-être morte dans l'épreuve du scorpion... Et si j'avais tiré au dé le quatre, le cinq ou le six, serait-elle encore en vie ?

À m'interroger ainsi dans le désert, je devenais fou. Le froid me glaçait les os et j'avançais aussi vite que possible sous la Voie lactée, tribunal céleste impressionnant sous cette latitude.

Je repensais au regard de Salina qui m'avait tant marqué. Qu'avait-elle voulu me dire ? D'autres réalités me parurent préférables : et si j'arrêtais toutes ces conneries d'El Templo pour commencer une belle histoire ? Je me pris à rêver d'une vie de couple plus stable, plus apaisée, et je pensai immédiatement à Flor ; elle aussi semblait piégée dans cette toile. Mon esprit s'emballa : et si je lui proposais qu'on parte tous les deux ?

Je tremblais de froid, j'accélérai le pas.

Et mes parents ? Comment le prendraient-ils, s'ils apprenaient que leur fils avait étranglé une pute mexicaine puis l'avait enterrée dans le désert ? J'énonçai cette question à voix haute et pris alors conscience de l'absurdité de la situation. Je répétai : « J'ai enterré une pute dans un désert mexicain en pleine nuit. » Cette vérité était tellement incroyable que j'éclatai de rire. Un rire nerveux, sec, bref, presque une expectoration d'idée noire. Et pourtant ; j'avais bel et bien laissé cette femme dans un trou, et j'errais seul dans cette montagne désertique, le bras cassé, suivant la piste qui me ramènerait chez moi. Je marchais depuis plus de deux heures, il m'en restait sans doute tout autant.

Le seul point positif dans cette affaire était que je pouvais compter sur la discrétion de mes collègues effaroucheurs. Pas le style à cafarder. S'ils avaient vraiment voulu me dénoncer, ils l'auraient fait ce soir, après avoir constaté la mort de la fille. Pourvu que la police mexicaine ne remonte pas jusqu'à moi. D'un autre côté, qui irait fouiller si loin de la civilisation ? Ruben avait tassé la terre avec son 4x4, bien recouvert nos traces ; preuve, selon moi, d'une certaine habitude de ce genre « d'accidents ».

Et si je me dénonçais ? Une bouffée libératrice accompagna cette idée sur quelques mètres. Mais, quelque part, me dénoncer revenait à trahir mes amis. Ils m'avaient couvert et étaient devenus de facto mes complices. S'ils faisaient le choix de ne pas me trahir, je ne pouvais pas me dénoncer. C'était sans doute une fausse excuse, mais à cet instant-là, je la trouvais d'une logique implacable.

La nuit, ses ombres et ses rumeurs sont propices aux idées. Cette mésaventure me rappela celle de Juliana dans une nouvelle de Jorge Luis Borges. Deux frères se partagent cette femme qui va, par la force des choses humaines, fendiller leur belle fraternité. Après l'avoir vendue d'un commun accord à un bordel, puis rachetée, car les deux frères allaient régulièrement la visiter, l'aîné finit par la saigner. La nuit suivante, ils partirent dans la prairie l'abandonner aux vautours. De mémoire, la nouvelle se terminait ainsi : « Maintenant, un lien les unissait : la femme tristement sacrifiée qu'il leur fallait oublier. » Je ne pus m'empêcher de penser à nous, les effaroucheurs. Est-ce que cette femme allait renforcer notre complicité, nos liens ? Cette femme tristement sacrifiée et qu'il faudrait bien un jour ou l'autre oublier...

Une plainte s'éleva au nord. Je repensai à La Llorona et le visage de la femme se superposa au sien. Je levai les yeux au ciel, je priai Tzitzimime, le dieu des esprits stellaires, puis Centzonmimixcoa le dieu des quatre cents étoiles du Nord, puis Centzonhuitznahua, le dieu des quatre cents étoiles du Sud. J'implorai leur pardon, leur pouvoir, leur magie, leur adressai toutes mes promesses en échange d'un bref retour en arrière. Cette prière m'apaisa un temps. Croire aux divinités, ça a parfois du bon.

J'arrivai chez moi vers 5 heures du matin. Je m'écroulai dans mon lit pour une petite heure de sommeil. Curieusement, au réveil, mon bras ne me faisait plus aussi mal. Sans doute n'était-ce qu'une luxation bénigne qui s'était remise toute seule. Je filai sous la douche et me présentai à l'aéroport à 7 heures. Salvador était déjà là, c'est lui qui préparait le bulletin d'alerte pour la journée. Il me salua sans emphase ; l'affaire de la veille n'avait pas encore été purgée.

Je bus un café noir très serré, afin de lutter contre la fatigue. Je ressentis les pulsations caractéristiques de la caféine et mon esprit émergea de la brume sur des images morbides. Je la revoyais, blafarde, étendue sur la table puis dans son linceul de fortune, au fond du trou. Son pied blanc dépassait du tissu et touchait la terre noire. Il disparut petit à petit, pelletée après pelletée. Ensevelir soi-même un corps est une expérience malheureusement inoubliable : le temps se matérialise en terre, on palpe ces minutes qui recouvrent le corps, toute une vie, une histoire qui n'est plus. Ici, le temps s'arrête avec la dernière pelletée.

Les autres arrivèrent un peu plus tard en ordre dispersé. L'ambiance était morose, sans précédent, personne ne m'adressa la parole. Je restai devant mon ordinateur, silencieux, à corriger le code de ma simulation des monarques. Depuis notre retour de Morelia, j'adaptais mon algorithme des grues cendrées, mais il y avait un problème de nombres : contrairement aux quelques dizaines d'oiseaux, les centaines de millions de papillons demandaient un temps de calcul incroyable, il fallait que j'optimise mon code. Pour le moment, ma simulation ne fonctionnait qu'avec deux mille papillons, qui mourraient tous vers Chicago quelques jours après avoir quitté le Canada. Je faisais fausse route, il fallait que je reprenne mon programme à zéro pour donner une chance à ces pauvres papillons d'y arriver. Cette réflexion me fit sourire ; j'avais régulièrement usé de cette tactique dans le jeu *Dune*. Quand je voyais que je m'étais enlisé dans une impasse militaire ou économique, je reprenais ma partie à la dernière sauvegarde pour prendre d'autres décisions. Une fonctionnalité pratique, malheureusement inexistante dans la vie de tous les jours. Et pourtant... Comme j'aimerais revenir à la sauvegarde d'hier matin ! J'imagine qu'un jour, quand l'humanité aura cédé la place à des êtres hybrides, des hommes et des femmes augmentés par des organes artificiels et un cerveau quantique, alors cela deviendra possible.

Dans l'immédiat, je n'étais capable de rien, impossible de me concentrer. Je fixais une ligne de code sans la voir. Rapidement, les caractères lumineux dansaient sur l'écran noir et me renvoyaient l'image de cette nuit étoilée, témoin de mon meurtre et de ma folie. La fatigue se cumulait à ma tension nerveuse. Reprendre un café n'était pas la meilleure solution ; mais cela détourna un instant mon esprit.

L'équipe travaillait en silence ; sauf Salina, absente, comme la plupart du temps. Elle arriva un peu avant midi et s'approcha de Ramirez pour lui murmurer quelque chose. Ils se tournèrent vers moi et je surpris leurs regards. Il se tramait quelque chose. J'aurais tant aimé, comme dans mes programmes, pouvoir revenir en arrière et choisir un autre chemin.

La journée se passa dans une ambiance électrique. Chose inhabituelle, chacun déjeuna dans son coin. Les rares discussions étaient chuchotées, nous nous évitions. Flor, d'habitude si joyeuse, ne décrocha pas un mot de la journée. À la voir regarder par la fenêtre sans toucher à son clavier, je compris qu'elle aussi ne digérait toujours pas la soirée d'hier. Devais-je crever l'abcès ? Aller vers eux et leur parler ? J'étais de toute façon trop fatigué pour soutenir une discussion. À 18 heures, moralement et physiquement épuisé par toute cette tension nerveuse, je rentrai chez moi.

Un peu de solitude me fit du bien. La situation était intenable, il fallait en discuter. Vers 19 heures, je repartis à El Templo avec la ferme intention d'aborder le sujet.

La lumière était tamisée, Salvador, Ruben et Salina jouaient au capateros. Flor, assise sur l'accoudoir du fauteuil de Ruben, analysait la partie en sirotant une bière.

« ¡Hola! Qui mène ? » lançai-je pour sonder l'atmosphère. Ruben répondit du tac au tac :

« Ce salaud vient de faire un nord-nord-roi et il croit que ça va suffire à me faire flancher !

— Il est foutu, plaisanta Salvador, j'ai un capateros à venir.

— Tu bluffes, Salvador », avait répondu Salina.

L'ambiance paraissait quasi normale. Étrange. Toute la journée, j'avais eu une boule au ventre ; je revoyais les pelletées de terre sur le corps de cette femme, j'entendais le bruit sourd de la terre sur le linceul de fortune. J'avais en moi cette odeur de mort, de culpabilité.

Je décapsulai une canette et m'assis à côté de Flor, qui me sourit pour la première fois de la journée. Je lui souris instinctivement en retour, un rictus de circonstance, exprimant ma gêne et ma reconnaissance. Eux aussi semblaient disposés à reparler calmement de tout cela. Vraiment, El Templo était un îlot magique et je sus à cet instant précis que je pouvais compter sur mes amis.

J'attendais que la partie finisse, que les esprits s'assouplissent avec la bière avant de me lancer. Je devais comprendre ce qu'il s'était réellement passé, mon rôle, celui de l'esprit des Anciens. Était-ce vraiment moi qui avais étranglé cette femme ? Étrange que je ne me souvienne de rien du tout. Et si ce n'était pas moi ? Les hypothèses s'empilaient sans que j'y voie plus clair pour autant ; il me fallait l'aide de mes amis.

Malgré ce qu'avait annoncé Salvador, la partie s'enlisa encore une bonne demi-heure. Les joueurs n'arrivaient pas à se départager et, contrairement à ma première conviction, quelque chose ne tournait pas rond. Ruben jouait machinalement, sans son légendaire temps de réflexion. Salina avait les yeux rivés sur l'horloge de l'entrée. Salvador se caressait continuellement la barbe, signe d'une grande nervosité. Tout cela sonnait faux. En vérité, tout le monde gagnait du temps avant l'arrivée de Ramirez.

Et puis, vers 21 heures, le chef déboula d'une voix tonitruante : « Nous avons deux invitées ! »

Les joueurs posèrent leurs cartes sans même finir la manche et se retournèrent vers la porte. Celle-ci s'entrouvrit, mais personne n'apparut. Deux ombres se dessinèrent, je devinai la forme de képis et mon cœur sursauta. Deux policières entrèrent, sans doute pour m'arrêter. Mon inquiétude ne semblait pas partagée par mes collègues, qui s'avançaient déjà vers elles pour les embrasser. Manifestement, tout le monde se connaissait. Mais alors, pourquoi Ramirez aurait-il invité deux policières si ce n'était pas pour l'affaire d'hier ?

Dans une ambiance de franche camaraderie, tout le monde se fit la bise et je retrouvai un fragile espoir : « Peut-être est-ce une coïncidence ? Ou bien des amies de Ramirez venues pour nous conseiller sur la marche à suivre ? » J'observai la première, une grande brune, avec une queue-de-cheval qui dépassait de sa casquette. Elle tourna la tête, capta mon regard et me sourit.

Rassuré, je m'avançai vers elles pour les saluer. La seconde policière dégaina alors une paire de menottes et m'attacha les deux mains. Je scrutai mes collègues cherchant à comprendre si c'était une blague de mauvais goût. Flor fuit mon regard et baissa les yeux. Ce fut comme un éclair dans ma poitrine, une révélation : elles étaient là pour moi. Toujours sans me regarder, Ruben leur tendit un papier griffonné : « J'ai noté les coordonnées GPS. C'est là qu'elle est enterrée. »

Ils m'avaient dénoncé.

Ramirez, Salina et toute la troupe fricotaient avec la police locale ; étais-je à ce point naïf ? Sous le regard de mes collègues, je sortis d'El Templo, menotté, dans un silence quasi religieux. Je montai dans le pick-up de la police où m'attendait un gorille en gilet pare-balles.

Je collai mon visage à la vitre et vis Flor grimacer. Sur l'instant, je ne sus reconnaître son émotion.

Je pense qu'elle était aussi émue que moi. Son visage torturé était le signe d'une grande tristesse. Elle esquissa un petit geste de la main, sans doute un ultime message de réconfort. Adieu Flor, j'espère sincèrement que je te reverrai un jour. Rendez-vous **au chapitre 57, page 343.**

Je crois au contraire qu'il s'agissait d'une grimace de dégoût. Je lus dans son rictus figé l'écœurement provoqué par mon meurtre. Elle fit un mouvement de va-et-vient avec sa main gauche, comme pour me chasser, balayer nos souvenirs communs, m'effacer de sa mémoire. Je serrai les dents sans pouvoir empêcher quelques larmes de couler. Rendez-vous **au chapitre 17, page 123.**

Chapitre 17

J'embarquai immédiatement dans un avion militaire pour Mexico. Vers 2 heures du matin, j'arrivai dans une maison d'arrêt où je ne pus dormir malgré mon immense fatigue.

Les jours suivants, j'eus tout le temps de réfléchir à cette trahison. Trahison est d'ailleurs un bien grand mot : ils n'avaient fait que sauver leur pomme, El Templo et surtout l'aéroport. Don Martinez n'avait vraiment pas besoin d'un scandale de ce genre ; son grand rival, don Sanchez, s'en serait emparé immédiatement à des fins politiques. Ramirez, avant d'être le noceur d'El Templo, était un grand professionnel. Salina ou lui avait trouvé la police et raconté en toute franchise comment une soirée libertine avait mal tourné à cause d'un petit Français.

Je fus accusé de meurtre.

Lors de l'interrogatoire, on m'expliqua que toute cette soirée n'était qu'une grotesque mise en scène : il n'y avait pas de balle dans le barillet, les scorpions étaient inoffensifs et la bouteille de tequila était coupée à l'eau. Ce n'était qu'un jeu qui avait pour objectif de profiter de l'assemblage des années pour m'introniser officiellement dans la guilde des effaroucheurs. Une forme de bizutage à l'échelle d'El Templo.

J'eus du mal à croire à cette version. Je ne saurai jamais la vérité, mais je ne peux m'empêcher de revoir le visage halluciné de Flor avalant le piment ou le regard éthéré de Ruben avant la roulette russe. Je suis persuadé que tout ceci n'était pas une mise en scène ; la drogue hallucinogène était là pour nous aider à surmonter nos peurs. Plus tard, je lus que c'était l'objectif de cette cérémonie ancestrale : elle revient tous les cinquante-deux ans, soit trois générations aztèques, pour incarner le cycle de la vie et affronter le spectre de la mort. Toujours selon la légende, les substances psychotropes permettraient de voir de l'autre côté du miroir. D'autres en rigoleraient, mais ce peuple continue d'adorer secrètement ces rites archaïques. Les Mexicains, par superstition, craignent d'abandonner cette part primitive d'eux-mêmes.

En vérité, c'était tout simplement une soirée de défonce qui avait dérapé. Qu'importe le meurtrier, Ramirez avait sacrifié un agneau, le dernier arrivé, moi.

Je préfère oublier les jours suivants.

Je restai trois semaines à me morfondre dans une autre prison, à Mexico. J'étais dans une cellule avec des pouilleux édentés. Ils avaient un fort accent local et, en dépit d'explications confuses, je ne sus pas pourquoi ils étaient là. Quand ils ne se disputaient pas pour d'obscures broutilles, nous jouions au capateros sans passion ni génie. Le claquement des cartes rythmait les journées et permettait d'échapper, pour un bref instant, à la touffeur putride de l'endroit. Le reste du temps, je pensais à cette soirée, à mes amis. Enfin, ceux que j'avais auparavant considérés comme amis, car, durant tous ces jours, je n'eus aucune visite ni aucune lettre. Malgré la gravité de mon prétendu geste, je trouvais cela injuste. Je croyais en l'amitié des effaroucheurs. Je revoyais cette belle soirée sur le chemin de Morelia. Était-ce là leur fameuse solidarité ? Et Flor ? J'aurais tant aimé recevoir un mot d'elle.

Sur mon banc, j'ai tenté souvent de rejouer le fil de cette soirée, mais la drogue avait enrobé mes souvenirs d'un épais cocon laiteux. La seule chose que je me rappelais était cette étrange sensation d'extracorporalité. Je me revoyais, flottant au-dessus d'El Templo, observant de loin la scène, tel un dieu omniscient. Finalement, c'était comme dans un jeu vidéo, quand le joueur observe son avatar numérique derrière l'écran et tire les ficelles de ce double de lui-même. Sauf que dans *Dune*, ou dans n'importe quel autre jeu vidéo auquel j'avais joué, je maîtrisais les mouvements de mon personnage et décidais de ses actions. Ce soir-là, j'étais le spectateur impuissant d'un jeu auquel je ne participais plus. J'étais le joueur tué au premier tableau et qui regarde se dérouler, impuissant, la fin de partie en son absence.

Enfin, un matin, une personne de l'ambassade de France me rendit visite. Au parloir, elle m'expliqua que, puisque la victime était franco-mexicaine, ce que j'ignorais, le gouvernement français préférait que je sois jugé en France. J'allais donc être extradé. Les justices des deux pays s'entendaient bien, ce qui faciliterait l'opération.

Une semaine plus tard, je quittai le Mexique dans un avion militaire français. Menotté, je passai les dix heures de vol à me tortiller pour trouver une position confortable. À mon arrivée à Paris, un panier à salade m'attendait sur le tarmac et je fus transféré dans une maison d'arrêt.

Mon premier coup de fil fut pour mes parents, qui me rendirent visite dans la foulée. Ma mère, en pleurs, répétait son incompréhension. Mon père maquillait sa détresse dans des fantasmes révolutionnaires à la Che Guevara. Pourquoi ce meurtre ? Avais-je au moins servi une cause juste ? Défendu la veuve et l'orphelin ? Combattu le grand capitalisme ?

Que leur répondre ? Que j'avais tué une pute innocente lors d'un jeu débile et que je l'avais enterrée de mes propres mains ? Les mots ne passaient pas. Derrière la grille, je restais silencieux, le visage fermé, muet face à leurs incompréhensions. Je n'avais que des désillusions à leur apporter, ils le découvriraient bien assez tôt. Je retournai dans ma cellule le cœur retourné ; ces retrouvailles furent un désastre affectif.

Le lendemain, je reçus la visite de mon avocat : Alderic, fraîchement diplômé, de trois ans mon aîné, visage rond, rasé de frais, un nez très fin et un regard de myope. J'aurais préféré un magistrat plus expérimenté, le style à tutoyer les procureurs, mais on ne choisit pas toujours dans la vie. J'avais tué une femme sur un coup de dé, le destin se vengeait en m'assignant le perdreau de l'année.

Alderic posa sa sacoche en cuir neuve, sortit un carnet à spirales et lissa sa mèche d'un rapide revers de la main. Enfin prêt, il me dévisagea derrière ses fines lunettes : « Ce n'est pas un cas facile. Il va falloir beaucoup de transparence entre nous. Je veux tout savoir de vous, à commencer par votre parcours, vos études... »

Je commençai par lui parler de mes études de commerce, rendez-vous **au chapitre 18, page 128.**

Je commençai par lui parler de mes études d'ingénieur, rendez-vous **au chapitre 22, page 166.**

Chapitre 18

La préparation du procès dura trois mois. J'expliquai ma version des faits à Alderic : la cérémonie de l'assemblage des années, le dé à six faces et le traître esprit des Anciens. J'étais drogué, je ne me souvenais de rien. Des points d'ombres subsistaient : il n'y avait aucune preuve tangible que je sois le meurtrier. Qui nous dit que ce n'était pas Ruben, le coupable ? Ou quelqu'un d'autre ? Et si c'était une mise en scène destinée à me faire porter le chapeau ?

Mon avocat refusa cette thèse. Les comptes-rendus de la police mexicaine étaient unanimes : personne n'avait parlé de drogue et, de toute façon, il n'y avait pas eu de contrôle. « On ne va pas rouvrir l'enquête. Les autorités mexicaines n'auraient aucun intérêt à le faire... Et puis, sur le corps exhumé de la fille, ils ont retrouvé ton ADN un peu partout, y compris au niveau des marques de strangulation... »

J'étais abattu.

« Je ne dis pas que ton histoire est fausse, Lorenzo. Je dis juste qu'elle est indéfendable, beaucoup trop folklorique, personne n'y croirait. La meilleure défense n'est pas forcément la vérité, elle doit être crédible, pas trop fausse et, si possible, vérifiable.

— Mais j'ai été drogué ! Je ne me souviens de rien.

— C'était ta parole contre la leur. Et puis, quand bien même on prouverait que tu as agi sous l'emprise d'une drogue, cela ne changerait rien à ta responsabilité. »

C'était dur à accepter, mais il avait raison. Mon avocat préféra axer la défense sur le fait que j'étais un jeune étranger aux mains d'une mafia locale dirigée par un leader charismatique, Ramirez. Je devais décrire El Templo comme un temple de la débauche où Salina et Ramirez régnaient en gourous. Que pouvais-je faire dans ce monde violent, pervers et malsain ? Je n'avais pas d'autre choix que de survivre, serrer les dents et suivre le mouvement.

Certes, il y avait la question de la durée : pourquoi étais-je resté volontairement plus de trois ans à El Sauz ? Si je l'avais vraiment voulu, j'aurais pu me battre pour revenir en France rapidement, et y rester. Mais, là encore, Alderic plaiderait l'emprise du gourou, les mailles de son filet et ma naïveté.

Quelques jours avant le procès, il m'annonça le nom de l'avocate générale : Mme Andréani. Je blêmis : c'était ma voisine quand j'étais petit, mon karma m'avait rattrapé. Celle à qui je déposais des crottes de chien emballées dans sa boîte aux lettres, celle qui ne supportait pas mes cris. Celle pour qui je klaxonnais chaque fois que je passais et repassais sous ses fenêtres avec mon vélo. Celle qui recevait mes lettres anonymes, des menaces de mort de ses soi-disant condamnés.

Elle me reconnut instantanément et le procès fut un massacre.

« Je connais bien ce jeune homme, fit-elle dès la première plaidoirie. Il se trouve que je l'ai vu grandir dans mon quartier. Enfant, c'était déjà de la graine de voyou, et je vois que cela ne s'est pas arrangé. Il a commencé par les insectes : je le voyais depuis ma fenêtre martyriser les pauvres sauterelles, leur arracher les pattes en riant ou écraser des escargots d'un air satisfait. Un jour, des chats du quartier ont disparu et je l'ai vu creuser des trous au fond de son jardin. »

Elle faisait des mouvements de manches, l'avocate générale Andréani, et la salle était suspendue à ses paroles tandis qu'elle énumérait mes méfaits de jeunesse.

« Égorger un chat ou une femme ; enterrer un chaton dans un jardin ou une Mexicaine dans un désert. Après tout, quelles différences, à part la taille du trou ? N'est-ce pas la suite logique des choses ? Celle d'un esprit malsain qui en veut toujours plus ? Ce garçon a mauvais fond et l'a toujours eu. Certes, il est intelligent, comme l'attestent ses études supérieures en école de commerce. Mais n'est-ce pas encore plus grave ? Mettre son intelligence au service de la mondialisation et du consumérisme n'est pas encore un crime (rires dans la salle), mais utiliser son intelligence pour tuer des animaux et des jeunes femmes, ça s'appelle des circonstances aggravantes et cela rime souvent avec meurtre avec préméditation ! »

S'ils avaient pu applaudir, les jurés l'auraient fait. Ils la regardaient avec admiration, tandis que certains me dévisageaient sévèrement. Je me souviens notamment d'une vieille dame sèche assise au premier rang. Le type de femme à ne vivre que pour ses chats. Derrière sa monture triangulaire d'un autre siècle, elle me fusillait du regard et ponctuait les diatribes de l'accusation par des grognements d'approbation.

Alderic, mon jeune avocat, essaya en vain de redresser la barre. Il balbutia sans succès quelques phrases uppercut, s'essaya à une vaine gesticulation, mais ne fut pas à la hauteur de sa collègue. Il plaida ma naïveté, mais comment y croire après les cruelles anecdotes racontées plus tôt ? Il expliqua que j'avais été forcé de rester là-bas, mais on lui opposa mon contrat local, signé de mon plein gré. « On a connu des prisonniers moins attachés que cela à leur prison », ajouta l'avocate générale Andréani, perfidement.

Alderic plaida l'erreur de jeunesse, l'emprise du gourou local et de toute son équipe. Je racontai les soirées de débauche, le dieu-totem de Ramirez, sa folie perverse, Centzontotochtin et ses quatre cents dieux de l'ivresse. L'avocate générale Andréani se moqua gentiment de ma connaissance des dieux aztèques et me demanda si j'étais aussi adepte de la magie noire, si je comptais faire porter la responsabilité de mon crime à Satan, à Zeus ou à une autre divinité égyptienne.

Après des rires à peine voilés, la salle eut droit aux impressionnants curriculum vitæ de Ramirez, Salina, Ruben, Salvaldor et Flor ; leurs états de service longs comme le bras, tous des professionnels exemplaires et méritants. El Templo fut présenté comme un simple café associatif où les employés aimaient à se retrouver un moment après le boulot pour bavarder. À les entendre, c'était le sympathique café provençal où la galéjade ponctuait les parties de rami anisées. Une photo du local fut projetée, les fresques orgiaques murales avaient été remplacées par des paysages mexicains. Incroyable.

Un témoignage de don Martinez avait été enregistré. Il répéta que l'aéroport restait totalement en dehors de cette affaire. Il reconnaissait toutefois que j'avais été employé à El Sauz et que, contrairement aux autres employés, il n'avait pas pu enquêter sur mon passé. Un fax de Ramirez me décrivait comme un jeune brillant en simulation numérique, mais malheureusement porté sur la boisson. Il cita plusieurs cas où, ivre, je dus rester dormir à El Templo.

L'avocate générale Andréani me demanda si cette femme était la seule prostituée que j'avais fréquentée au Mexique. Je secouai la tête. « Combien au total ? » Je ne sus répondre. Un murmure de réprobation monta dans la salle. Que dire pour ma défense ?

Je fus condamné pour meurtre à seize ans de réclusion, avec une période de sûreté de huit ans. Mon premier emploi en France ne serait donc pas dans une banque ou une industrie, mais, au mieux, dans une association caritative œuvrant dans une prison. J'étais assommé.

Mes parents assistèrent à l'audience. Ma mère était tout de noir vêtue, mon père secouait la tête en permanence. Je vis ma mère pleurer et mon père fixer le mur, le regard vitreux. Je n'eus même pas le droit de les serrer dans mes bras, car je fus reconduit directement dans ma cellule après le verdict. J'étais pétrifié de honte et anéanti par la sanction. Ma vie était fichue. J'aurais tant aimé remonter le temps, comprendre ce qui avait à ce point merdé. Mais la vie n'est pas un jeu vidéo où une vie perdue est immédiatement remplacée par une nouvelle. Là, j'allais apprendre à mastiquer le temps pour me rendre compte de l'énormité de ma faute.

Les jours suivants, je m'assommai d'antidépresseurs que m'avait procurés mon avocat. Je tentais en vain d'effacer de ma mémoire ce procès calamiteux. Je pleurais beaucoup. C'était injuste, la vérité avait été travestie et je n'avais aucun moyen de le prouver. J'étais le seul et unique coupable de cette affaire. Je reconnaissais ma part de responsabilité, mais de là à payer pour les autres...

J'étais déçu par le code d'honneur des effaroucheurs et j'étais en colère contre moi : j'aurais dû refuser ce jeu stupide, j'avais pourtant pressenti l'entourloupe. Pourquoi ne se fie-t-on jamais à son intuition ?

Lors de notre dernière rencontre, mon avocat tenta de me remonter le moral.

« Écoute, la seule chose à faire maintenant est d'être exemplaire et d'espérer une remise de peine. Si tout va bien, tu pourras sortir dans huit ans.

— Mais, tu ne te rends pas compte. C'est énorme ! »

Alderic mit la main sur mon épaule.

« C'est une durée à la fois longue et courte. Tu seras encore jeune quand tu sortiras... Concentre-toi sur cet espoir, ce futur. »

Peu après, je fus transféré de la maison d'arrêt à la maison centrale. Je ne me souviens plus quel jour c'était : un mardi ou un jeudi ? De toute façon, à quoi bon ? Les jours, les semaines, les saisons... Tout ça n'aurait désormais plus beaucoup d'importance pour moi.

À vrai dire, je crois me souvenir que c'était un jeudi, tard dans la soirée. J'étais dans un état second, je ne me suis rendu compte de rien. Rendez-vous **au chapitre 55, page 336.**

Non, je confonds avec mon transfert de l'aéroport. Je crois au contraire qu'il faisait encore jour, je dirais plutôt le mardi vers midi. Je me souviens avoir regardé le soleil me brûler les yeux, senti le vent dans mes cheveux, en montant dans la voiture, ça sentait le seringat. Je me suis dit que ce genre de plaisirs simples serait désormais beaucoup plus compliqué. Rendez-vous **au chapitre 20, page 149.**

Chapitre 19

Dmitri et moi avions à peu près le même âge. Il avait été inculpé récemment pour recel et piratage informatique et en avait pris pour cinq ans. Il passait ses journées à lire des manuels de référence, des ouvrages techniques en anglais : « Je ne veux pas être largué pendant ma détention. Je veux pouvoir m'y remettre dès ma sortie », me confia-t-il le premier jour, comme pour excuser son indifférence à mon égard.

Il y avait quelques ordinateurs au centre, mais Dmitri avait interdiction de s'en servir. Il n'avait pas le droit de toucher à un objet électronique, un téléphone, un radioréveil, une télécommande. Quand on voulait changer de chaîne dans notre chambre, il fallait que l'un de nous se déplace pour appuyer sur les boutons de la télévision. C'est cette contrainte assez pénible qui nous a paradoxalement rapprochés.

Il y avait deux activités principales dans cette prison : la promenade quotidienne et un cours d'art, soit l'atelier d'écriture de Denis, soit le cours d'histoire de l'art hebdomadaire animé par une jeune femme, Marie. J'adorais y aller. Dmitri, lui, se moquait volontiers de cette prison « pour littéraires ».

« Entre Denis qui ne parle que de livres, et Marie, que de ses peintures, je suis bien tombé ! Il ne peut pas y avoir un club de science ? Je ne sais pas, moi, d'astronomie par exemple ?

— Ça serait assez limité. Entre le couvre-feu et nos murs sans fenêtre, on ne voit pas beaucoup d'étoiles... »

Marie était une professeure formidable. Elle arrivait à transmettre sa passion de façon étonnante. Ses trois séances hebdomadaires (nous étions limités à une seule) étaient toujours pleines, et s'y pressaient petits et grands, maigres et gros, intellectuels et manuels. Au début, tout le monde venait pour contempler son joli minois, puis les prisonniers se prenaient au jeu et finissaient par regarder davantage la toile du jour que les formes de la professeure.

Un vendredi, elle nous présenta *Marat assassiné,* une toile de Jacques Louis David (que certains prisonniers prenaient pour un coiffeur) représentant le célèbre révolutionnaire assassiné dans sa baignoire. Perturbé par le choix de cette toile, j'allai lui parler à la fin du cours.

« La peinture est bien, mais c'est compliqué de parler d'assassinat ici, cela ne nous aide pas. La plupart d'entre nous sont rongés par les regrets et nous ne dormons pas la nuit. Inutile de remettre le sujet sur le tapis. »

Elle me dévisagea un instant avant de répondre.

« La peinture, comme tous les arts, est une puissante catharsis. C'est pour cette raison que ce cours est autorisé. Essayez de voir cette toile comme une matière à réflexion, et non pas une source de culpabilité.

— Disons que c'est difficile de ne pas penser à son propre meurtre quand on en voit un. J'y vois plus un miroir qu'une catharsis. »

Cette jeune femme blonde me regarda de ses grands yeux noisette. Elle était très séduisante, et, l'espace d'une seconde, je me dis que la connaissais déjà. Elle avait cette petite fossette qui lui donnait parfois la même expression que Flor. Cela remuait encore plus le couteau dans la plaie. Mais j'étais emprisonné ici pour meurtre et elle ressortirait dans moins d'une heure. Que pouvais-je espérer ?

Elle considéra mon silence comme un manque d'arguments.

« Discutez-en avec votre camarade, ça peut vous aider à avancer.

— Il n'aime pas trop les peintures. »

Elle hocha la tête.

« N'importe quelle forme d'art ! Transcrivez vos doutes, vos peurs, vos remords en dessins, en mots, en musique. L'essentiel est d'extérioriser tout ça au travers de la création. »

Elle me quitta dans un sourire poli. Elle ne me connaissait pas et ne cherchait pas à en savoir plus sur moi. Pour elle, j'étais un criminel parmi les autres, un prisonnier, un simple élève de son cours. Moi, je voyais en elle le fantôme de Flor, le symbole de ma jeunesse gâchée et le manque cruel de chaleur humaine, pour ne pas parler d'amour.

Cette remarque faite à Marie peut sembler anecdotique, mais elle s'inscrivait dans un inquiétant phénomène qui me gangrenait. Je percevais de plus en plus fréquemment des images de mon meurtre. Le visage de la pauvre prostituée mexicaine me hantait. Il suffisait d'une moue, d'un mouvement de tête pour que je retrouve ses traits dans chacune des rares employées de la prison.

Ce phénomène s'accentua un dimanche soir. Comme pratiquement tous les détenus, nous avions allumé le poste pour regarder le film érotique. Lors d'une scène, une femme se masturbait et la caméra zooma sur son visage pendant la montée de l'orgasme. Aussitôt, des images remontèrent à la surface, des images voilées par l'esprit des Anciens, les grimaces de la petite mort qui se transforment en grimaces de douleur. Je revis mes mains serrer davantage et sa frimousse se crisper de douleur ou de plaisir. À cet instant, la ligne de partage des sens est délicate et la femme peut basculer dans une béatitude cosmologique ou sombrer définitivement dans le néant. À la télévision, le corps de l'actrice s'arqua dans une série de convulsions, feignant une jouissance céleste. Dans mon histoire à moi, la pute avait cessé de gémir, de bouger et de respirer.

Je fis des cauchemars toute la nuit, ainsi que celle d'après. Je compris que Thanatos avait vaincu Éros : je ne pourrai jamais plus donner de plaisir à une femme.

Marie avait raison, il fallait extérioriser tout cela. J'en parlai à Dmitri, qui se prit au jeu ; il écouta mon histoire avec une pleine attention. Il me posa des questions sur El Templo, le déroulement de cette fameuse soirée et mon arrestation. Il était d'accord avec ma théorie : j'étais le fusible destiné à ne pas entacher la réputation de l'aéroport. C'était la première fois que j'en parlais à quelqu'un d'autre que mon avocat. Là, je pouvais prendre mon temps, raconter les choses dans le désordre, en y ajoutant une touche de commentaires personnels. Je lui parlais de Flor, de notre relation ambiguë, mais finalement très chaste (jusqu'au détail du rhum à la mode de Santiago del Estero, qui le captiva).

Cela me fit du bien. Quand j'avais raconté cette histoire au tribunal, j'étais jugé. Avec Dmitri, c'était mon droit de réponse, une version libre des faits, dans laquelle j'impliquais mon affect, mes doutes et mes vérités.

À mon tour, je m'intéressai à son passé. Nous faisions ainsi connaissance par petites touches, par petites confessions, histoire de passer le temps et de comprendre ensemble un peu mieux les ressorts de cette fichue vie. Il commença par me raconter quelques souvenirs de hacker. Des trucs illégaux qu'il avait commencé à faire pour gagner quatre sous.

« Comment as-tu fini par plonger ?

— J'étais sur un gros coup, je devais pirater l'aéroport de Lyon, une commande...

— Pour quoi faire ? »

Il dodelina de la tête, hésitant à me répondre. Mais nous en avions déjà trop dit. Assis sur nos matelas l'un en face de l'autre, nous savions déjà qu'une solide amitié était en train de germer.

« Les aéroports sont des endroits stratégiques. Il y transite des millions de passagers par an. Si tu arrives à mettre la main sur les infrastructures, tu récupères l'identité de tous les voyageurs, y compris les empreintes digitales, les photos des passeports, etc.

— Et puis ? »

Il me regarda, surpris par ma question.

« Ce sont des données personnelles précieuses. Imagine, pour les faussaires ! Sans compter que ça représente une mine d'or pour les fraudeurs : usurpation d'identité, etc. »

Je n'avais pas imaginé tout cela. Dmitri faisait à présent de grands gestes : « En plus, si tu as la main sur toutes les bornes wifi publiques, tu peux intercepter toutes les communications, capter les mots de passe des gens, te constituer une belle collection.

— Pour les revendre ?

— Oui ou non. La garder pour d'autres missions. Tu sais, les gens changent rarement de mot de passe à la maison et utilisent les mêmes identifiants sur tous leurs sites. Une liste de mots de passe, ça peut toujours servir.

— Mais alors qu'est-ce qui a foiré ?

— Manifestement, je ne connaissais pas toutes les protections physiques d'un aéroport. J'avais désactivé les circuits d'alarme primaire et secondaire, mais je me suis fait quand même détecter dans la salle informatique. Je ne sais pas comment, sans doute un système que j'ignorais. »

Je souris, c'était dans une des fiches de Ruben. Nous avions ce point commun, les aéroports nous avaient été fatals à tous les deux.

« Ça, j'aurais pu te tuyauter, je connais toutes les fiches de sécurité périmétrique des effaroucheurs. Il y a des trucs de dingue, qui ne sont connus que des spécialistes. La plupart des dispositifs visibles sont bidon, faits uniquement pour te leurrer. »

Il fit une drôle de tête.

« Ouais. Mais, pour ça, il aurait fallu que l'on se rencontre avant... »

À vrai dire, nous nous étions probablement déjà rencontrés avant : Dmitri et moi avions vécu dans la même ville il y a quelques années. Voilà pourquoi sa tête me disait vaguement quelque chose le jour de mon arrivée.

À la suite de cette soirée, je commençai à lui raconter tous les petits secrets des effaroucheurs, du moins ceux dont je me souvenais. De son côté, il continua avec ses hauts faits de piratage : comment il avait piraté l'ordinateur d'une écrivaine à succès pour lui voler un manuscrit, comment il avait coupé l'alimentation de toute une ville pour faire plaisir à un copain astronome, en quelles occasions il avait travaillé pour des gens extrêmement puissants. Il me disait avoir des millions de côté sur des comptes en banque offshore. Au début, je le prenais pour un mythomane, mais à force de le connaître, je fus convaincu qu'il disait vrai. Dmitri était une personne foncièrement désintéressée par l'argent et qui travaillait par plaisir, ça se voyait. À sa libération, il pourrait aisément prendre sa retraite, et pourtant il continuait à se tenir informé de toutes les nouveautés technologiques comme si son avenir professionnel en dépendait. J'ai toujours admiré les gens passionnés.

Moi, après seulement deux mois passés dans ce trou, je commençai à ne plus avoir envie de rien : j'avais régulièrement des cauchemars et je ressassais toujours les mêmes regrets. Plus que le manque de liberté de mouvement, le désœuvrement fut pour moi la pire des punitions. L'avocat avait été vague sur un éventuel aménagement de peine. Mais, même en y croyant, cela me faisait rester encore trop longtemps en prison.

Je prenais des cachets pour ne pas trop déprimer. Dmitri n'aimait pas ça. Il me disait de me battre, de me maintenir en forme, de faire comme lui, cent pompes dans la journée : « Pense que quand tu sortiras, tu auras encore au moins une trentaine, peut-être quarante années devant toi ! Profite justement de ton incarcération pour lire, pour apprendre, et pour ressortir plus fort que quand tu es entré ! »

Mais apprendre quoi ? Mes études ne m'avaient jamais enthousiasmé. Lire était ma principale occupation ici, mais la bibliothèque de la prison n'était pas des plus fournies ; beaucoup de romans de gare moitié policiers, moitié érotiques. Puis des classiques barbants, déchirés ou incomplets. Je n'arrivais pas à lire plus de deux heures par jour. Les cours de Marie n'étaient qu'une fois par semaine, et encore, nous ne pouvions qu'écouter, pas peindre. J'avais besoin d'un projet de vie plus tangible, un objectif plus palpable qui me donne envie de me coucher le soir. Hélas ! Que faire dans une prison ?

C'est Dmitri qui m'aiguilla, mon apathie le tracassait.

« Et si tu écrivais un roman ?

— Je ne sais pas écrire.

— Arrête ton char, Lorenzo ! Tout le monde sait écrire maintenant. Le style, on s'en fout. Les gens veulent des récits de vie. De l'autobiographie, du sang et des larmes.

— Tu veux que je parle de quoi ? Les orgies à El Templo ? Le rhum entre les seins ? Les putes en tenue d'écolière qui dansent sur la table ? Vu l'ambiance actuelle, je ne pense pas que mon livre ait beaucoup de succès. Si, en plus, je raconte que j'ai étranglé une femme, même par accident, je ne pourrai jamais sortir de prison sans qu'une meute de féministes ne m'arrache les yeux et le reste. »

Dmitri approuva d'un hochement de tête.

« Tu as raison, c'est un thème sensible. »

Puis, après un instant de réflexion :

« Et si tu écrivais sur moi ? Les vicissitudes d'un pirate informatique ? Tu changerais le nom, histoire que je n'aie pas d'ennuis. Prends Alexander. J'ai connu un gars, un Russe, qui s'appelait comme ça. Je suis certain que ça fonctionnerait bien. »

Ça pouvait être marrant.

« Des nouvelles, alors ? Une par aventure ?

— Oui. Ou alors tu bidouilles une trame narrative pour que ça ait l'air d'un roman.

— Comme quoi ? »

Le visage de Dmitri s'éclaira.

« Débrouille-toi, c'est ton projet ! Tu y réfléchis, et quand tu as trouvé, on en reparle ! »

Cette idée m'enthousiasma et j'en parlais à Denis. Ce gardien-écrivain m'aimait bien ; je lui avais fait un retour enthousiaste sur son roman et depuis il m'avait à la bonne. Je lui parlai de ce projet et lui demandai quelques conseils pour m'aider à structurer ma pensée. Il revient avec la bible du scénario d'un auteur américain, que j'engloutis en deux jours. Ce livre apprenait à raconter une histoire, à gérer les attentes du lecteur, à jouer avec ses frustrations. Je m'entraînais sur deux ou trois histoires que m'avait racontées Dmitri : ça fonctionnait ! Ne me restait plus qu'à trouver une trame narrative pour unifier toutes les nouvelles.

À la messe de Noël, j'eus l'idée de génie. Je revins tout fier présenter mon projet à Dmitri.

« Ça serait l'histoire d'un curé qui s'ennuie dans son petit village. Et puis un jour, un mystérieux pénitent vient pour se confesser. Il s'agit d'Alexander, un pirate informatique d'envergure mondiale.

— Et ?

— Comme il ne sait pas par où commencer, le curé lui propose de se confesser chaque vendredi, une histoire de piratage pour chacun des dix commandements.

— C'est très bien trouvé ! Mais comment feras-tu pour que ça colle ? Par exemple, pour le commandement sur le repos dominical ?

— Bah, nous avons suffisamment de temps libre pour y réfléchir, non ? »

Pendant les douze mois qui suivirent, j'écrivis le roman. Dmitri apporta des retouches sur le fond, sur la crédibilité des histoires. Denis m'aida sur le style et sur la puissance narrative.

Dmitri eut une remise de peine et sortit juste au moment où le roman fut terminé. Je restai seul dans ma cellule, tandis qu'il fit la tournée des éditeurs parisiens. L'un d'eux, flairant la bonne affaire médiatique, accepta de publier le livre. Il axa sa communication sur le fait que son auteur était un meurtrier en prison et ne pourrait donc pas en assurer la promotion. Afin de préserver mon identité, je publiai le livre sous un pseudonyme. Ce fut une très bonne affaire et le roman fut un beau succès en librairie sans qu'on soupçonna jamais Dmitri. Ce dernier m'envoyait régulièrement des coupures de presse et venait régulièrement me voir au parloir. Il m'affirmait s'être « rangé », mais je savais que le lieu ne se prêtait pas vraiment aux confidences. Et puis, je savais qu'on ne change jamais réellement : un cheval de course restera toujours un cheval de course.

Quelques semaines plus tard, je reçus la visite surprise de mon éditeur. Après des présentations sommaires et passablement embarrassantes à travers la vitre du parloir, il alla droit au but :

« Tu t'es fait une petite réputation avec ton premier roman, il faudrait battre le fer tant qu'il est chaud. Pourquoi n'écrirais-tu pas sur ta vie ?

— Ma vie n'est pas forcément recommandable. »

Il fit un geste de la main, comme s'il chassait une mouche.

« On s'en fout, ce n'est pas la question. De toute façon, les gens aiment le sordide, regarde l'affaire du petit Grégory ; ils viennent même d'en faire une série télé. Non, ce qui intéresse les lecteurs, c'est ton chemin de vie, pourquoi un jeune homme comme toi en est arrivé là. »

Je revis le visage de cette prostituée mexicaine (dont je ne connaissais même pas le prénom, honte à moi), peut-être serait-ce une belle façon de lui rendre hommage ?

« Je raconte tout, alors ? Je veux dire... mon crime ? »

L'éditeur caressa sa barbe poivre et sel.

« Oui, c'est l'idée. Je n'ai pas de conseils à te donner, c'est toi l'écrivain, tu es maître de ton œuvre, mais si tu trouvais un truc pour que ça ne soit pas forcément de ta faute, une sorte d'injustice, ça ne serait pas mal. L'heure est à la victimisation, les gens aiment bien quand le destin s'abat sur les pauvres humains que nous sommes.

— Comment ?

— Fais en sorte que l'on pense que tu n'as rien décidé de ta vie. Que le lecteur comprenne que tu es la victime impuissante du sort.

— Le fatum, le destin divin... »

Mon éditeur, un homme cultivé, opina et pointa l'index au ciel.

« Exactement. Inspire-toi de cette phrase d'Homère : "Ce qu'il est décidé qui sera, le grand Jupiter est impuissant à l'empêcher." »

Dix-huit mois plus tard sortait le livre que vous tenez dans les mains. Il y est dit les carrefours de vie, les choix conscients et inconscients. Mon innocence y est racontée en pointillé. Je remets mon jugement entre vos mains ; à vous de décider ma part de responsabilité dans toute cette histoire.

Malheureusement, cela n'apaisera pas ma conscience. Je repense toujours à elle, à mon crime. J'imagine que je dois vivre avec, l'intégrer à ma réalité. Mais qu'est-ce que la réalité ? Je crois qu'elle se dessine petit à petit. Cela fait un peu plus de trois ans que je suis incarcéré et, mes livres aidant, je commence à croire qu'une fois dehors j'aurai un avenir.

Je m'aperçois que je n'ai pas décidé grand-chose dans ma vie. Ma famille, mon voisinage, mes études, mon service militaire, mon meurtre « par accident ». Tout cela me semble un enchaînement non maîtrisé, comme si tout ceci était allé trop vite, sans contrôle ni réflexion. Je n'ai pas été l'acteur de ma vie. En vérité, j'ai même l'impression d'avoir davantage contrôlé le destin de mes personnages de fiction que ma propre vie. Et si c'était ma voie ?

Quand je sortirai, je serai écrivain et je raconterai des histoires. Là, je pourrais imaginer les destins que je n'ai pas eus. Je pourrais vivre mille vies par procuration, je pourrais créer des alternatives et tester des mondes meilleurs. L'écriture, ce sont mes simulations numériques à la puissance cent, car seule l'imagination limite les univers possibles.

Et puis un jour, peut-être, quand j'aurais suffisamment écrit, quand je ne distinguerai plus vraiment le réel de la fiction et que ma mémoire me jouera des tours, alors peut-être que ce jour-là je serai finalement en paix. Je confondrai mes livres et la réalité : je penserai que c'est dans un de mes romans que j'ai enterré une pute mexicaine, que j'ai volé des choses dans une galerie d'art, ou que j'ai piraté l'ordinateur d'une écrivaine. La réalité et la fiction se mélangeront dans un épais brouillard et je pourrai enfin m'endormir serein. Ma mémoire défaillante sera la pierre fondatrice de mon ataraxie.

Pour l'instant, j'aligne les mots, j'aligne les phrases dans l'attente de ce jour où je m'illusionnerai. Je me crée une forêt de mille histoires pour masquer la seule que je veux oublier. J'invente des personnages, des personnages féminins, je leur donne des prénoms pour enfouir celui que je n'ai jamais su. Je noie dans des fictions ma sombre réalité.

Je n'ai pas toujours choisi ma vie, alors je bâtis mon futur, peuplé de denses cathédrales de souvenirs où je souhaite finir mes jours. Plus j'écrirai de romans, et plus cet embrouillamini sera dense. Il n'y a pas meilleur remède que le brouillard contre cette fichue mémoire qui, telle une aiguille, me pique à chaque pas.

En attendant, je m'amuse à tordre le passé, à forger des uchronies, comme celle où un minuscule détail aurait changé le destin de toute mon histoire. Un battement d'ailes de papillon, un simple grain de poussière qui coince un engrenage une fraction de seconde... Un peu comme là, **au chapitre 11, page 81.**

Chapitre 20

J'arrivai au centre pénitentiaire un mardi midi. Il faisait beau, l'air était frais. Un temps excellent pour une promenade en forêt telle que je ne pourrais plus faire pendant de longues années. La procédure d'admission dura bien quatre heures. Un gardien peu aimable me posa des questions sur ma vie et sur mon meurtre. Il voulait me cerner avant de m'enfermer entre quatre murs avec untel ou untel. Ça n'a l'air de rien, mais l'harmonie entre détenus est un équilibre subtil à maintenir dans une prison. La moindre étincelle peut mettre le feu aux poudres et raviver de vieilles histoires.

Il résuma l'affaire ainsi : « Un petit intello qui a fait une connerie de jeunesse et qui va le regretter pendant un certain temps. » Pas de quoi me remonter le moral. Il appela un de ses collègues. « Tu le mets avec l'amnésique de la 6373. »

Mon codétenu était un homme d'environ soixante ans. Grand, une carrure de sportif, un regard d'acier, un profil de militaire à la retraite. J'eus instinctivement l'impression de l'avoir déjà croisé quelque part, mais ne pus me souvenir où. Il me dévisagea quelques secondes et replongea dans sa lecture, un roman. J'étais embarrassé.

Je n'ai jamais aimé l'auto-stop pour cela ; se trouver, le temps d'un trajet, dans un espace clos avec un parfait inconnu. S'échanger des banalités, se renifler, se jauger avant de décider si oui ou non cela vaut la peine d'investir dans une discussion plus structurée. Certains aiment être par les routes, ils aiment cette aventure, ne pas savoir sur qui on va tomber, apprendre de nouvelles choses intéressantes. Pas moi.

J'eus ce même sentiment désagréable dès mon premier pas dans cette cellule. Sauf que le trajet allait être beaucoup plus long qu'un simple Paris-Montargis ; on allait partager une existence, bien plus qu'une simple discussion. En plus, je dérangeais visiblement un détenu qui était peinard dans ses douze mètres carrés.

Je m'installai sur mon lit et scrutai le mur vide. Ce gars n'avait pas l'air d'être un rigolo ou un poète. Pas de posters, pas de papiers collés au mur pour égayer un ciment gris démoralisant. Je contemplai la porte, son judas, son loquet. Je détaillai le vasistas, les néons au plafond qui donnaient cette lumière blafarde, les carreaux beiges au sol, le minuscule coin toilettes qui offrait si peu d'intimité. Comment pourrais-je rester dans cette cellule plus d'une semaine ? Ce n'était tout simplement pas possible.

C'est alors que l'homme me sortit de mes pensées.

« Désolé, je voulais terminer mon livre. C'était le dernier des sept volumes d'une saga familiale. Un bouquin des années 1950, très injustement oublié. »

Il se leva et me tendit la main. Je me levai aussi de mon lit. Il faisait bien une tête de plus que moi.

« Alors ? Comment ça va ? »

Cette familiarité me surprit, se connaissait-on ? Je plissai les yeux et il s'éclaircit la gorge.

« Je m'appelle Florin. C'est un excellent roman sur Joseph Reymond, vous connaissez ?

— Non. Moi, c'est Lorenzo. »

Il me sourit et je fus immédiatement séduit par son sourire magnétique. Ce gars dégageait un truc de puissant.

« Joseph Reymond était un instituteur en Provence, à la fin du XIXe. Après la guerre de 1870, il est envoyé à Paris pour se recycler, faut dire que la guerre a changé pas mal la géographie du pays. Mais il refuse, alors il se fait renvoyer de l'Éducation nationale. Il décide de s'installer dans la vallée du Drac-Noir et devient berger, un peu poète, un peu conteur. Dans son estive, il trouve un gros rocher et décide de creuser son caveau en dessous. Il va passer des années à l'aménager, à construire son cercueil avec des essences de bois qu'il aura lui-même choisies. Il pousse le vice jusqu'à mettre du vin en tonneau plusieurs années à l'avance pour le grand jour. Il organise même une répétition de son enterrement avec les villageois.

— Ce gars-là ne laissait rien au hasard !

— On peut le dire. Sauf que le jour de sa mort, le 5 janvier 1918, il y a une tempête de neige de tous les diables, et la fête, qu'il avait lui-même organisée, est décalée de quelques jours. Comme quoi, dans la vie, on ne peut pas toujours tout décider à la cinquième décimale ... »

Cette petite phrase résonna curieusement avec mes réflexions de ces derniers jours. Il me dévisagea.

« Tu es là pour quoi ?

— Pour le meurtre d'une femme. Mais c'était accidentel, j'étais drogué, inconscient. Personne n'a rien voulu savoir. C'est une injustice... »

Il hocha la tête.

« Vilaine affaire. Moi, je ne sais plus trop. Un meurtre aussi, je crois... »

Et il éclata de rire. Je fronçai les sourcils. Comment ne pas savoir les raisons pour lesquelles on était ici ?

« J'ai des troubles de mémoire. Quand j'étais petit, une partie de mon cerveau s'est atrophiée par manque d'oxygène. Du coup, je ne ressens plus d'émotions, et donc j'ai du mal à fixer les souvenirs. »

Il m'expliqua son histoire. Le cerveau humain ne peut pas se souvenir de tout ce qui se passe dans une vie. En général, il ne va garder que les moments forts, où nous avons été heureux ou malheureux, de façon générale, les moments où nous avons ressenti une forte émotion. C'est un problème quand on ne ressent rien. C'était le cas de Florin. Il y a longtemps, son médecin lui avait conseillé de ramasser des cailloux.

« Chaque fois que je voulais me souvenir d'un instant, je ramassais un petit caillou et je mémorisais sa forme, sa texture, sa couleur. Puis je le mettais dans le bocal de l'année, comme un disque dur externe où je conservais tous mes souvenirs. Il me suffisait d'en reprendre un pour me souvenir de cette femme aimée ou de cette bouteille merveilleuse bue entre amis. »

Je cherchai du regard un bocal rempli de cailloux. En vain.

« Ne cherche pas, j'ai arrêté il y a quelques années. J'ai tout foutu à la poubelle.

— Pourquoi ? »

Il soupira.

« C'est une longue histoire... Je n'en ai gardé qu'un seul. »

Il extirpa un galet de sa poche.

« Avec lui, je me rappelle pourquoi je n'ai pas de souvenirs ; c'est suffisant.

— Et ça ne te gêne pas de ne pas en avoir ?

— Oh, j'en ai ! Mais ça reste très flou, comme si une brume permanente flottait dans ma tête. Je ne me souviens plus des années, des personnes, des lieux. Bref. Une friche à l'abandon. Mes souvenirs sont enfouis et je serai toujours un inconsolé. »

J'observai ce grand gaillard qui s'était assis sur son lit, en face du mien.

« Comme quand tu es arrivé tout à l'heure, je ne savais pas si je te connaissais ou pas. Ce sont des situations embarrassantes pour tout le monde. »

Il hocha plusieurs la fois la tête en silence, puis continua.

« Mais, tu sais, de temps en temps c'est bien pratique. Comme je n'ai jamais ressenti les émotions, j'ai fait des métiers ingrats, parfois immoraux, que personne ne voulait faire. J'ai fait des conneries, et finalement je suis bien content de ne plus m'en souvenir. Mon avocat en sait plus long sur moi que moi ! »

Il sourit de nouveau. Il serra ses mains et continua.

« Je vis sans passé. Ça tombe bien, je n'ai pas de futur non plus. Comme ça, je suis obligé de vivre dans le présent. Le matin, je suis content quand le soleil pénètre dans la cellule et inonde mon lit. J'aime les repas, même ici. Je mange lentement. Pendant la promenade, je lève les yeux au ciel et je savoure l'air sur mon visage. J'aime lire, m'imprégner doucement de chaque mot.

— Mais tu ne ressens vraiment aucune émotion ?

— Émotions, sentiments, sensations, ce sont des choses différentes et très complexes. J'entends, je vois, je ressens la chaleur, je suis comme un arbre. Un arbre ne tombe pas amoureux n'est-ce pas ? Pourtant, il ressent la chaleur du soleil sur ses feuilles... »

Voilà comment je fis la connaissance avec l'homme qui ramassait des cailloux.

À la première promenade, je trouvai dans la cour un maigre gravier, morceau de béton détaché. La cour ressemblait à celle de mon école primaire, les arbres, les billes et les rires en moins. C'était un grand carré goudronné de vingt mètres de côté. Certains prisonniers solitaires faisaient les cent pas. La plupart étaient par groupes de deux ou trois et murmuraient. J'aurais bien aimé connaître la teneur de ces conciliabules, mais certaines mines patibulaires m'en dissuadèrent. Au fil des jours, le communautarisme de ces regroupements me frappa : les gens restaient toujours avec les mêmes personnes sans chercher à se connaître ou à se mélanger. Du coup, je restai moi aussi avec Florin et les quelques connaissances que j'avais rencontrées le premier jour. La prison n'est pas un club de vacances et chacun reste sur la défensive.

J'offris à Florin ce petit caillou en souvenir de notre rencontre.

« C'est très sympa, je vais le poser ici, histoire que je ne me demande pas qui tu es à chaque réveil ! »

Je dus le regarder bizarrement, car il me donna une tape sur l'épaule.

« Mais non, cela ne fonctionne pas ainsi. Ne t'inquiète pas, je n'ai pas Alzheimer quand même ! »

Pause.

« Enfin, pas encore, avoue que ça serait cocasse : une double amnésie... »

La compagnie de Florin fut une bonne surprise. C'était un homme qui lisait beaucoup et qui avait une approche philosophique de chaque chose. Environ une semaine après mon arrivée, je lui racontai toute ma vie : mon enfance, mon voisinage, mes études, ma copine, le Mexique, El Templo, l'accident. Parler m'aidait à y voir plus clair. Je ne cherchais pas d'absolution ; Florin était une oreille attentive et compréhensive. C'était déjà énorme. Florin ne me jugeait pas, je pouvais lui expliquer tous mes états d'âme, il se contentait de hocher la tête et d'alimenter la discussion par quelques mots bien choisis.

Ces derniers temps, j'en voulais au destin. Je me posais beaucoup de questions sur les dieux, sur notre libre arbitre. L'image du couteau de Ruben me hantait : « Le choix n'existe pas, c'est une illusion. » Et s'il était dans le vrai ?

Florin mâchouillait un bâton de réglisse. Il n'était pas croyant, il vivait l'instant présent et était extrêmement sensible aux signes. Pour lui, il suffisait « d'ouvrir les yeux » pour écouter le monde et savoir la marche à suivre. Pour lui, l'homme ne faisait qu'un avec son environnement et la réponse aux questions était à rechercher dans cette globalité, pas dans notre individualité. Je comprenais vaguement ce qu'il voulait dire sans toutefois pouvoir y raccrocher un exemple tangible.

« J'ai l'impression que je n'ai fait que subir ma vie. Finalement, qu'ai-je réellement choisi depuis que je suis né ? J'ai l'impression d'avoir été sans arrêt attiré par de puissants attracteurs qui ne dépendaient pas de moi, un peu comme une boule de flipper dont la trajectoire est déviée par les nombreux aimants du plateau. »

Il cracha un minuscule bout de bois et m'incita d'un mouvement de tête à continuer.

« Jusqu'en terminale, je n'ai pas eu à me poser de questions. Puis, comme j'étais bon, mes professeurs m'ont conseillé d'aller en classe préparatoire, ce que j'ai fait. Je n'ai pas réellement choisi ma voie. Avec mon diplôme en poche, j'ai effectivement choisi un service civil au Mexique, mais était-ce vraiment mon choix ? N'ai-je pas été influencé par la culture hispanique de ma mère ? D'ailleurs, c'est elle qui m'a trouvé ce poste...

— Où veux-tu en venir ?

— J'ai l'impression d'avoir été ballotté par le destin et des non-choix. Tout ça pour terminer par ce dramatique accident ? Où et quand ai-je merdé ?

Je ne l'ai pas fait exprès... Quelles sont les vraies décisions qui auraient pu réellement infléchir ma vie ? »

Il posa son bâton de réglisse et prit le temps pour me répondre. Florin était quelqu'un de bien plus âgé que moi, il avait déjà dû tourner cette question dans tous les sens.

« Ce n'est pas tout à fait ça. Je comprends ton impression, mais il y a un biais d'unité.

— C'est-à-dire ?

— Toi, tu vis dans une continuité temporelle. Chaque jour, tu te souviens de ce que tu as fait la veille et tu agis en conséquence, avec cette boule de neige de souvenirs qui grossit quotidiennement. Au final, tes décisions sont mélangées au fil de l'eau avec ton expérience dans une mélasse inextricable ; ce que l'on appelle une vie.

— C'est pareil pour tout le monde, non ?

— Non. Moi, je n'ai pas de souvenirs. Tu te rappelles, quand tu étais petit, les « livres dont vous êtes le héros » ?

— Oui. J'en ai lu plusieurs. J'aimais bien. La série de la *Quête du Graal*...

— Dans ces livres, qu'importait le chemin que tu prenais, tout s'oubliait rapidement. Tu pouvais tuer un gobelin à la page 26, cela n'avait plus d'impact trois étapes plus loin. La combinatoire était telle que l'histoire ne pouvait pas tenir compte de toutes les décisions passées du héros. L'histoire se résumait à une succession d'épreuves qu'il fallait passer. Certaines étaient fatales, d'autres te permettaient de continuer le jeu.

— Je m'en souviens très bien.

— Ma vie, c'est ça : un livre dont vous êtes le héros. J'avance chapitre après chapitre, car je n'ai pas de persistance de mes actions. Pas de mémoire. Comme si chaque jour n'influençait pas le prochain. »

C'était un angle intéressant, une analyse pertinente de sa situation.

« D'accord. Et alors ?

— Ce que je veux te faire comprendre, c'est que toi, tu as un avantage énorme sur moi : tu te souviens de tout. Tu peux revenir quelques pages en arrière et changer de décision. Par exemple, tu reviens à la page 26 et tu décides de ne plus tuer le gobelin, car tu te rappelles les conséquences néfastes que ça a eues. Certes, c'est tricher, mais on l'a tous fait, non ? »

Il cligna d'un œil, je hochai la tête. En vérité, je n'avais jamais fini un tel livre sans tricher un petit peu, sans revenir quelques étapes en arrière.

« Oui, mais c'était parfois la seule façon de terminer une quête.

— Exactement. Mais c'est pareil dans une vie ! Des fois, il faut te sortir de la réalité, prendre un pas de recul, sortir de l'histoire et tricher pour y arriver. Alors, pourquoi ne referais-tu pas ça maintenant ?

— Refaire quoi ?

— Revenir quelques pages en arrière, changer de décision, revenir au point où tout a dérapé dans ta vie ? Quelques jours ou quelques années avant de tuer accidentellement cette femme ? »

Je restai interloqué. Florin était-il vraiment sain d'esprit ?

« Mais c'est impossible ! Nous ne sommes pas dans un roman, là, mais dans une putain de cellule de prison. Je ne peux pas remonter le temps ! »

Florin posa son regard métallique sur moi. Je sentis un frisson me parcourir. Puis il soupira, se redressa et leva la tête.

« Je ne vais pas te faire le coup de *Matrix* : une pilule bleue, une pilule rouge ; mais ça revient au même. Veux-tu vraiment recommencer ta vie ?

— Si je le pouvais, bien entendu. »

Il se gratta le menton : « Mais comment sais-tu que ta nouvelle vie sera meilleure que celle-ci ? Que le jeu en vaut la chandelle ? »

Quelle drôle de question ! Je haussai les épaules.

« Qu'est-ce qu'il y a de pire que d'être enfermé dans une prison pour meurtre ?

— Plein de choses, crois-moi. Par exemple, une peine encore plus longue ou, tout simplement, la mort. »

Je m'approchai du vasistas. Dehors, il faisait gris. Il devait être 11 heures du matin et nous n'avions pas encore eu notre quart d'heure de promenade. Toutes ces histoires se bousculaient dans ma tête et je ne comprenais vraiment pas où il voulait en venir.

Florin continua. Sa voix se fit plus grave.

« Rappelle-toi le Petit Poucet, qui pose régulièrement des cailloux sur sa route pour pouvoir retrouver son chemin. Toi, dans tes multiples vies, il te faut aussi déposer des petits cailloux, pour te souvenir des bons et des mauvais choix que tu as déjà faits... »

Cette remarque me fit sourire. Je revis mon père qui entourait les numéros des recettes déjà faites dans ses livres de cuisine ; « pour ne pas les refaire », expliquait-il. Cela énervait ma mère : « M'enfin, un plat dépend de l'inspiration du moment, de l'ambiance, de la qualité des ingrédients ! Un pot-au-feu ne sera jamais deux fois le même ! » Mais mon père continua à entourer les pages.

Florin s'approcha de moi par-derrière. Il posa sa large main sur mon crâne, bien à plat. Je sursautai. Aussitôt une chaleur m'engourdit le corps. Sa voix se fit lente et hypnotique.

« Lorenzo, tu vas penser très fort à un moment de ta vie où tu as été heureux. »

Je fermais les yeux sans même le vouloir. Son timbre me berçait.

« Tu te sens bien, tu es dans ton environnement naturel. Les gens sont sympathiques avec toi, tu ne perçois aucune agressivité, tu as encore toute la vie devant toi. Je vais compter jusqu'à dix et, quand je prononcerai le mot "*dix*", tu te réveilleras là-bas. »

Sa voix magnétique m'endormait, un voile obscur enveloppa mon champ de vision et des images de mon passé apparurent pour tournoyer autour de moi. Je flottais dans un bien-être cotonneux. Je planais littéralement dans les airs, je survolais désormais cet endroit rassurant que je connaissais si bien.

Tout autour de moi, il y avait le jardin de mon enfance, mon filet pour la chasse aux papillons. Mes parents étaient là, à côté de moi, en train de jardiner. Ça sentait bon la lavande que ma mère venait de planter. Le printemps affûtait ses couleurs et les oiseaux révisaient déjà leurs gammes. L'ambiance était paisible. Je me laissais porter par cette douce sensation. Je n'entendais déjà plus la voix de Florin. Rendez-vous **au chapitre 1, page 9.**

C'était le jour de la cérémonie des diplômes. Dans le parc de l'école, mes parents se donnaient la main. Ils étaient sur leur trente-et-un et, dans leur regard, je lisais leur fierté d'être ici avec leur fils. Mon diplôme en poche, je souriais, prêt à conquérir le monde. J'avais un choix important à faire, mais tout était encore à portée de main. Je me laissais gonfler par cette énergie conquérante. Je n'entendais déjà plus la voix de Florin. Rendez-vous **au chapitre 4, page 36.**

Chapitre 21

Ce chapitre n'existe pas dans l'histoire de Lorenzo. Si vous lisez ces lignes, c'est que vous n'avez pas respecté les consignes de fin de chapitre ou que vous vous êtes volontairement égaré, le nez au vent, la démarche badine, comme l'on flâne dans les rues piétonnes un premier samedi de mai.

Ce chapitre est isolé de la narration, c'est un îlot de mots détaché du récit, une salle sans porte dans le plan labyrinthique de ce roman-château.

Des fois, j'ai envie de louer la vallée de Chantebrie sur Airbnb à un auteur en mal d'inspiration. La location au mois (d'écriture) comprendrait tout ce qu'il faut pour camper le décor d'un bon roman. Il pourrait utiliser la toponymie des lieux, les villages et même la ligne de chemin de fer qui dessert Saint-Bourdasse-en-Brie, Beaumigny, Frazne-le-Haut, Frazne-le-Bas, Landau-les-Mulets, Bersille-Espinasse – Gare TGV, Chantebrie-les-Remparts, Chantebrie-Ville et la vallée de Chantebrie, terminus du train.

L'auteur locataire pourrait aussi se servir de l'histoire de la vallée et de ses anecdotes : comment, avant 1920, Saint-Bourdasse-en-Brie était deux villages en compétition : La Voulze-en-Brie et La Bourdasse. Il pourrait citer la légende du hameau de Rambarane, sur les hauteurs de Cahirny, où, paraît-il, la pluie tomba pendant douze années, entre 1956 et 1968.

Le roman pourrait se situer avant la Seconde Guerre mondiale, quand l'empreinte industrielle de la vallée était encore forte et tous les espoirs de développement étaient encore permis : une usine d'armement qui tournait à plein régime en 1914 et une carrière de granit qui exportait dans toute la France.

Plus récemment, il pourrait faire un clin d'œil à l'arrivée récente des rats-taupes dans la région. Sans parler des nombreux faits divers : des crimes pour hériter, un curé de village qui disparaît mystérieusement du jour au lendemain. Un homme qui se promène et ramasse des cailloux.

Non pas que je ne tienne plus à ma vallée, mais si plusieurs écrivains l'utilisaient, cela donnerait à cet univers imaginaire une dimension supplémentaire. Non seulement mes romans croiseraient et recroiseraient le destin des habitants du coin, mais, en plus, d'autres histoires, d'autres personnages viendraient frayer avec les miens. Je sais que je peux compter sur certains de mes confrères pour dépeindre très fidèlement ces paysages ravissants.

Cette vallée deviendrait le terrain d'une métalittérature communautaire. Une sorte de terre libre, sans droits d'auteur, où chacun pourrait planter sa plume pour quelques pages.

Un univers se construirait progressivement. Ça serait magnifique, mais comment éviter le chaos ? Faudrait-il légiférer ? Et si un auteur voulait implanter un gratte-ciel en plein centre de la Bourdasse ? Pourrais-je l'en dissuader ? Faudrait-il embaucher des urbanistes afin d'empêcher de telles folies ? Des historiens de la vallée devraient-ils garder la cohérence des lieux ? Des géographes, gardiens de la topographie ?

De façon générale, qui décidera du futur de la vallée ? Bio ou industrielle ?

Dans le même ordre d'idées, lors de notre prochaine assemblée générale des écrivains de la vallée de Chantebrie, je soumettrai la création du siège de Chantebrie Airlines : il ne faudrait pas qu'un de mes collègues en mal d'inspiration utilise Oceanic Airlines, autre compagnie aérienne fictive largement utilisée dans plusieurs films et séries. Car, contrairement à El Sauz, la vallée est petite et n'a pas la place pour deux mastodontes de l'aéronautique.

Pour tout renseignement sur la location, contactez mon éditeur, qui fera suivre.

Note de l'éditeur [NDE] : Ci-dessous le premier courrier reçu.

Cher Pierre,

Je viens de tomber sur votre annonce, quelle formidable idée, c'est un geste très généreux de votre part ! Je serais ravie de citer la vallée de Chantebrie dans un de mes romans, elle me semble être une terre d'accueil idéale pour un de mes personnages. Il pourrait éventuellement passer par la vallée afin de terminer une

quête longuement désirée. (Il s'appelle Florent, d'ailleurs. Sans doute un cousin de Florin ?)
Je serais ravie que nos univers se rejoignent et s'entremêlent.

Amicalement,

A. K.

Chapitre 22

Alderic était jeune dans la profession, mais il connaissait la réputation de l'avocate générale Andréani. Celle de ne pas supporter les gens arrivistes, cupides, mercantiles et le consumérisme sous toutes ses formes. Pour ça, mon profil d'ingénieur était plutôt bien et nous décidâmes d'axer la défense sur mon côté « naïf et gentil », pris dans l'engrenage d'une machinerie paillarde. Quoi de plus normal qu'un jeune introverti, tout juste sorti de l'œuf, soit broyé par la frénésie libertine et quasi obligatoire d'un clan (d'une secte ?) d'effaroucheurs mexicains ?

À la barre, j'argumentai que je n'avais fait que mon devoir de citoyen et choisi ce service civil à El Sauz. Que mes simulations numériques avaient permis d'éviter la mort de centaines d'oiseaux qui auraient pu être pris au piège dans les turbines d'avions et générer de véritables catastrophes aériennes aux conséquences dramatiques. Je détaillai tout : une organisation telle qu'il m'était impossible d'échapper à El Templo. C'était la condition sine qua non afin d'intégrer l'équipe et de garder mon emploi.

« Vous avez peut-être empêché des poulets de mourir, mais vous avez tout de même tué une femme de vos propres mains. »

Je répétai humblement ma contrition puis repris mon costume de logicien immature, qu'Alderic m'avait demandé d'accentuer : « Des grues cendrées, pas des poulets, si je peux me permettre. Les poulets auraient traversé la piste à pied. Enfin, à pattes. »

L'avocate générale Andréani sourit légèrement.

« Concernant le meurtre de cette femme, sachez que je le regrette vivement. Je ne passe pas une nuit sans y repenser. J'ai d'abord été drogué, j'ai été forcé d'inhaler cet esprit des Anciens. Puis j'ai été obligé de tirer ce dé. J'aurais pu tomber sur la roulette russe et me tuer moi-même ; entre nous, j'aurais sans doute préféré cette option, vu ce qu'il s'est passé ensuite. Mais je suis tombé sur cette pratique sadomasochiste. Il paraît que tout cela était truqué, que c'était pour de faux, mais sur le moment, j'étais terrorisé et sous l'emprise d'un puissant psychotrope. Les gens responsables ne sont-ils pas ceux qui ont omis de m'informer de cette mascarade ?

— Continuez, je vous prie, nous parlons de vous et de ce que vous avez fait à cette prostituée.

— J'ai fait ce que l'on m'a dit de faire. Vous savez (sourire gêné), ce genre de pratique n'est pas exactement ce que j'affectionne. L'inexpérience et la drogue m'ont fait serrer le cou au-delà du raisonnable. »

Après ma plaidoirie, l'avocate générale Andréani apporta des éléments troublants : une vidéo de don Martinez un peu confuse, signalant mon goût pour la boisson. Les CV des effaroucheurs furent présentés sous un jour excessivement positif. Des photos montrèrent un El Templo visiblement repeint, comme un simple café associatif.

« Ne soyez pas naïfs ! » Alderic interpella les jurés et leur demanda de s'interroger sur la crédibilité de toutes ces preuves enregistrées a posteriori. Pour lui, il était évident que le Mexique et la direction de l'aéroport avaient intérêt à me faire porter le chapeau. Il fit l'éloge de mon sérieux en montrant mes publications et mes conférences auprès de la guilde des effaroucheurs. Enfin, il se tourna vers les jurés et conclut : « Ce jeune homme aurait pu être votre fils ou votre petit-fils ; un étudiant brillant, presque trop sérieux, qui a été poussé à la faute dans ce tourbillon incontrôlable à l'autre bout du monde. »

Après quelques jours de débats, je fus condamné pour homicide involontaire. Pour l'avocate générale, il était clair que j'avais été manipulé en amont et que mon geste fatal n'avait pas l'intention initiale de tuer cette prostituée, même si j'avais quelques circonstances aggravantes comme la consommation régulière d'alcool et la participation volontaire à des soirées libertines. Je m'en sortais avec cinq ans de prison ferme.

Cinq ans, c'est à la fois peu et beaucoup. Alderic me dit que je m'en étais très bien tiré. Que la qualification en homicide volontaire m'aurait coûté seize ans de prison et qu'il fallait m'estimer heureux.

Mais, heureux, je ne l'étais pas. Pour moi, ce procès n'avait fait qu'entériner la simple vérité, et les vrais coupables, Ramirez en tête, n'avaient pas été inquiétés.

Mes parents assistaient à l'audience. Je vis mon père entourer de son bras l'épaule de ma mère qui sanglotait. Je fus reconduit directement dans ma cellule sans pouvoir leur parler. Ce n'était pas le destin auquel ils s'attendaient après mon départ au Mexique. Décevoir ses parents est une tâche ingrate, et malheureusement fréquente. J'imagine que c'est le sort de chaque enfant, une sorte d'invariant. Il faut dire qu'ils placent souvent la barre trop haut. Je baissai la tête, dans mon cas, ce n'était même pas une histoire de hauteur, mais de simple dignité.

Je passai encore quelques jours à la maison d'arrêt, dans l'attente de mon transfert à la centrale. Toutes mes pensées étaient tournées vers l'avenir : comment me reconstruire après cinq années en prison ? Comment rebondir ? Comment allais-je trouver un emploi avec cette tache sur mon curriculum vitæ ? J'étais tellement absorbé par toutes ces réflexions que je ne me souviens plus quand je fus transféré au centre pénitentiaire.

Je crois que c'était un jeudi, en début de soirée, juste après le dîner. Rendez-vous **au chapitre 55, page 336.**

Non, je crois qu'il faisait encore jour, je dirais plutôt le mardi vers midi. Faut dire que j'étais shooté à cause des pilules que m'avait données Alderic. Rendez-vous **au chapitre 20, page 149.**

Chapitre 23

Je reçus mon certificat de démobilisation par la poste. La quille était prévue pour juin, six semaines plus tard. Je serais bien resté quelques mois de plus, tellement la vie à El Sauz était plaisante. Je m'étais très bien intégré à cette équipe d'effaroucheurs, mon travail me passionnait et les soirées à El Templo étaient incroyables pour un jeune homme comme moi. Je parlais désormais couramment l'espagnol et comprenais à merveille l'argot mexicain. De quoi ajouter une nouvelle ligne à mon curriculum vitæ.

Quand j'annonçai mon futur départ, l'équipe fit une tête pas croyable. Salvador me prit dans ses bras et faillit me briser deux côtes, Flor me fit le plus long des câlins et Ruben me serra la main longuement comme font les curés avec leurs ouailles. Je n'avais encore aucun projet en France. Internet n'existait pas encore et chercher du boulot depuis le Mexique n'était pas chose facile. Aussi repoussai-je cette tâche et profitai-je de mes derniers jours sur place.

Salina me demanda si je voulais rester là, chercher un travail dans la région. Elle évoqua sans l'énoncer explicitement la possibilité que j'intègre l'équipe d'effaroucheurs. C'était une option séduisante et j'hésitai longuement. Puis je me souviens de ce qui m'avait fait venir ici ; le pas de côté, l'envie de découvrir le monde. Cette première expérience avait été extraordinaire, mais je désirais voir d'autres horizons, m'ouvrir à d'autres environnements ; elle avait en quelque sorte aiguisé mon appétit d'aventurier. Avec mon diplôme et une telle expérience, j'avais cette chance de pouvoir travailler n'importe où.

« Si jamais tu changes d'avis, tu seras toujours le bienvenu ici », me confia Ramirez le jour de mon départ. Salina était derrière lui et me souriait.

La dernière soirée fut mémorable et le voyage de retour, malgré les vingt heures de vol, fut trop court pour me remettre de ma gueule de bois. Flor avait organisé une ambiance « Château de Versailles » avec filles en robes d'époque et du vin mousseux abominable en guise de champagne. On ne coupa pas de têtes, mais on en perdit beaucoup à des jeux très libertins. En fin de soirée, Flor m'offrit une bouteille de rhum entière « à la mode de Santiago del Estero » que je ne consommai qu'au tiers. Je m'endormis de fatigue et d'ivresse dans ses seins sans même pouvoir jouir de ses faveurs, auxquelles j'avais exceptionnellement droit depuis 17 heures, heure depuis laquelle je ne faisais plus officiellement partie de l'équipe des effaroucheurs.

Mon retour en France fut moins rose qu'escompté. Le pays traversait une crise économique passagère, les offres d'emplois intéressantes étaient rares et je ne trouvai aucun poste d'effaroucheur dans les principaux aéroports français. Ma patrie me sembla bien terne et morose en comparaison du flamboyant Mexique que je venais de quitter.

Sans travail, je m'installai chez mes parents et ce retour à la vie familiale fut un véritable calvaire pour moi qui avais connu les frasques d'El Templo. La routine de mon père m'exaspérait : bière à 18 heures, dîner à 19 heures, journal télévisé à 20 heures, téléfilm, puis au lit à 23 heures. Comment pouvaient-ils supporter une telle monotonie ? Aucune fantaisie, toujours les mêmes rengaines sur le ministre de l'Éducation, les voisins, les collègues, la salle des profs, la baisse du niveau et le point d'indice qui n'augmente pas. Ma mère, indifférente aux élucubrations fatigantes de mon père, faisait semblant de l'écouter, mais son regard ne trompait personne. Elle passait ses journées dehors, entre ses cours de yoga, de chant et de flamenco. Elle sortait avec ses copines et sa folie contenue contrastait avec la fadeur paternelle. Comment en étaient-ils arrivés là ? Cette cohabitation était déprimante. J'avais l'impression d'avoir fait un bond en arrière, au temps du lycée. Comment avais-je pu tenir dix-huit ans ici ? Il fallait absolument que je trouve un job, n'importe lequel, et que je quitte cette maison.

Ironie du sort, c'est en rangeant un carton de vieilles photos que j'eus le fin mot de l'histoire sur leur rencontre. Les copains de mon père avaient distribué dans les boîtes aux lettres un mot invitant toutes les jeunes filles en âge de se marier à venir au parc de la ville le dimanche prochain. Imitant l'iconographie de Cendrillon, ils annonçaient la visite d'un prince charmant qui y choisirait sa future reine.

En parallèle, ils avaient demandé à mon père de les rejoindre au même rendez-vous, sans rien lui dire. Chose incroyable, ce canular avait fonctionné au-delà de leurs espérances, et mon père, alors étudiant, se retrouva ce dimanche matin dans ce parc envahi de demoiselles amusées par ce petit jeu. Il demanda les raisons de cette soudaine affluence à une jolie brune assise dans la pelouse, une étudiante espagnole curieuse de découvrir cette coutume locale dont elle n'avait jamais entendu parler. C'était ma mère. Une photo datait peu ou prou de leur rencontre et un exemplaire de l'invitation y était attaché. Voilà la réponse à un mystère vieux de plus de vingt ans. Tout ça pour finir ainsi, chacun à l'autre bout de la table, dans une maison désormais trop grande.

Les deux premières semaines, mes journées furent monotones. Le matin, je consultais les petites annonces, envoyais des lettres de candidature spontanée puis je déjeunais. L'après-midi, je faisais la sieste, prétexte à rêvasser dans mon lit : El Sauz, mes amis effaroucheurs et surtout Flor. J'avais conscience d'avoir raté quelque chose, cette dernière nuit. Que se serait-il passé si j'étais resté ?

Vers 18 heures, je prenais une bière avec mon père qui me racontait ses interminables luttes, puis je retournais dans ma chambre pour jouer sur l'ordinateur.

J'eus rapidement marre de ce train-train qui s'installait ; je n'avais pas refusé un poste à El Sauz pour vivre cela. Repensant à toutes ces filles qui avaient défilé sur les canapés d'El Templo, l'envie me prit de sortir, de rencontrer des jeunes de mon âge. Mais pour aller où ? Et avec qui ? Je ne connaissais plus personne dans cette ville. J'avais perdu le contact avec mes potes du lycée et je n'osai pas aller boire une bière tout seul. Je repoussai de soir en soir jusqu'à ce que l'ambiance sordide de la maison surpasse ma peur du ridicule.

J'entrai dans le seul pub irlandais du coin et m'assis au comptoir. Il flottait une forte odeur de bière. Il était 21 heures, la pièce était quasi vide, plongée dans la pénombre. Dans un coin, une télévision diffusait un match de football en silencieux. Là-bas, un juke-box clignotait à vide. Au fond, un jeune homme pianotait sur un ordinateur, l'écran éclairait d'une lumière blafarde son visage concentré. Sur ma droite, un peu plus loin au bar, une jeune femme, un demi de blanche devant elle, écrivait dans un carnet. Aucun des deux ne leva la tête à mon arrivée. Le barman me servit une pinte de stout et retourna à sa vaisselle.

Loin de l'ambiance festive que j'imaginais, cet endroit était d'un calme désespérant. C'était pourtant le bar le plus branché de la ville, mais l'absence d'université et d'étudiants se ressentait. Si je voulais parler à quelqu'un, il faudrait me décider entre la fille ou le gars.

J'observai la blonde qui regardait régulièrement sa montre. Elle attendait manifestement quelqu'un. Le jeune homme, lui, était concentré sur sa machine et tapotait frénétiquement sur le clavier. Sa bière était à peine entamée. L'endroit était anormalement silencieux ; une ambiance peu adaptée à une rencontre. Et si je mettais un morceau de musique ? Je fouillai dans ma poche dans l'espoir de trouver une pièce pour le juke-box.

Je bus une rasade et m'avançai vers la blonde, qui me tournait quasiment le dos. Peut-être qu'elle aussi souffrait de cette ambiance ? Ce que je ne savais pas, c'est que vingt minutes plus tôt, avant d'entrer dans le pub, cette jeune femme avait traversé la route alors que le feu du passage piéton était rouge...

... un automobiliste avait freiné à quelques centimètres d'elle, avait klaxonné, ouvert la vitre pour l'insulter avant de redémarrer en trombe. Choquée, elle était entrée dans ce bar très remontée contre la bêtise des hommes. Elle attendait sa copine pour vider son sac. Rendez-vous **au chapitre 24, page 176.**

... un automobiliste avait freiné, s'était excusé en souriant puis l'avait invité à traverser d'un signe de la main. Elle avait trouvé ça charmant ; il restait encore un peu d'humanité ici-bas, et cette pensée l'avait mise de bonne humeur. Rendez-vous **au chapitre 33, page 221.**

Chapitre 24

« Vous attendez quelqu'un ? Je peux vous offrir un verre en attendant ? »

Elle tourna la tête une fraction de seconde avant de répondre de façon laconique :

« Oui. Non. »

Je restai coi devant cette fin de non-recevoir. Indifférente, la fille s'était remise à griffonner sur son carnet. Je la dévisageai quelques secondes dans l'espoir de capter son attention. Elle sentit ma présence insistante, se retourna enfin et souffla.

« Oui j'attends quelqu'un, et non je ne veux pas de verre, j'en ai déjà un devant moi. Ça ne se voit pas ? Sinon, excusez-moi, mais j'ai des trucs à faire... »

Je bredouillai une excuse et retournai m'asseoir sur mon tabouret. Je jetai un coup d'œil à droite puis à gauche pour voir si quelqu'un avait été témoin de ce pitoyable fiasco. Dans le coin, le geek me regardait en souriant. Le barman continuait sa vaisselle, concentré sur sa tâche. Honteux, je baissai la tête et bus une longue rasade pour me donner un peu de consistance.

« Se prendre un râteau » ; expression liée à ce fameux gag du jardinier qui marche par inadvertance sur son outil. Mais, à moi, le râteau me rappelait un cruel souvenir d'enfance, quand nous allions chez nos cousins en Normandie. Ils avaient une grande ferme et, les mois d'été, tout le monde participait aux tâches jardinières. Moi, le petit citadin qui ne savait rien faire, je n'avais pas droit au sécateur ni au pulvérisateur de bouillie bordelaise, encore moins de passer la tondeuse ou de monter sur le tracteur. À peine me confiait-on un vieux râteau avec lequel j'enlevais de la pelouse les feuilles tombées du marronnier. Vers neuf ans, cette corvée du râteau était une punition, une façon de montrer à tous mes cousins mon inaptitude de citadin.

Ce soir-là, au bar, je ressentis dans mon ventre la même rage des faibles. Un profond sentiment d'injustice et d'impuissance. Pourquoi une telle réaction ? J'avais certainement dû faire quelque chose de déplaisant ou de déplacé. Je repensai alors à cette pièce de monnaie destinée au juke-box.

Je n'avais qu'une seule pièce et j'avais choisi un morceau un peu au hasard, à cause du nom du groupe, « Disaster Area », qui m'intriguait. Au final, c'était un morceau de hard rock très bruyant, très chaotique, sans doute le pire de toute la galaxie. Plus personne ne s'entendait parler dans le bar et la blonde m'avait sans doute catalogué « métalleux gros bourrin » à cause de ce choix. J'aurais certainement dû mettre une musique moins agressive, plus jazzy, plus romantique. Je suis certain que cela aurait tout changé. Rendez-vous **au chapitre 25, page 179.**

Il faut dire que l'ambiance de ce bar était sinistre. Si au moins j'avais eu une pièce à mettre dans le juke-box ! Je suis certain qu'une musique d'ambiance aurait tout changé... Rendez-vous **au chapitre 26, page 185.**

Chapitre 25

Dépression au-dessus du jardin
Ton expression est au chagrin
Tu as lâché ma main
Comme si de rien
N'était de l'été c'est la fin
Les fleurs ont perdu leurs parfums
Qu'emporte un à un
Le temps assassin

J'écoutais cette chanson de Serge Gainsbourg en boucle. El Sauz, El Templo, l'aéroport et l'équipe des effaroucheurs m'obsédaient jour et nuit. Là-bas, tout était simple, coloré, solaire, à l'image de Flor. Ici, tout était gris, compliqué, rabat-joie, comme cette fille dans ce bar irlandais qui m'avait remballé sèchement.

Et si je n'étais tout simplement pas fait pour vivre en France ? Et si j'avais hérité de ma mère son sang ibérique et sa folie andalouse ? Je rêvais de châteaux en Espagne, pas d'un boulot de fonctionnaire à Paris. Mon héros était le fantasque don Quichotte, pas le franchouillard Superdupont. Ma mère me rassura : « On peut très bien survivre en France, je te rassure. Regarde-moi ! Je n'ai pas une minute à moi et, franchement, je ne me plains pas. » Elle me fit un clin d'œil qui me redonna quelques grammes d'espoir, un peu d'énergie nécessaire pour poursuivre ma recherche d'emploi.

Je passai un entretien pour un poste de simulation numérique au CEA, le Commissariat à l'énergie atomique. Un monsieur en costard-cravate m'expliqua le projet : un objectif à vingt ou trente ans qui révolutionnerait (peut-être) la physique des particules. Un jour, si le projet réussissait, je serais fier d'avoir apporté ma petite pierre à cet édifice. L'équipe était composée d'une dizaine d'hommes, des ingénieurs tous aussi espiègles qu'une équipe de vieux contrôleurs des finances. Le laboratoire était en grande banlieue, accessible en une heure et demie de RER ou une heure et demie de bouchons. À moins de vouloir vivre sur place, où les champs de betteraves côtoyaient d'insalubres barres d'immeubles.

Mes parents insistèrent pour que j'accepte ce poste mal payé, mais je refusai. Deux semaines passèrent avant que je tombe sur une annonce potable : l'industrie aérospatiale recrutait à Toulouse pour leur projet « Persévérance », l'envoi d'une sonde sur Cérès. Je les contactai, mais j'appris que le poste était déjà pourvu en interne par une certaine Louise, une Parisienne qui demandait sa mutation. L'annonce n'avait été publiée que pour respecter les procédures de recrutement.

Et puis un jour, de façon totalement inattendue, je reçus une réponse de l'aéroport de Lyon. Ils n'avaient pas de poste d'effaroucheur, mais me proposaient une mission en logistique. Intrigué, j'allais au premier entretien. Une dame en tailleur et chignon gris me reçut. Elle fut enthousiasmée par mon expérience à El Sauz et m'expliqua ma mission stratégique : « Nous avons dix millions de passagers par an, sans compter le personnel. Soit près de trente mille par jour. Si vous considérez que chaque personne utilise un dixième de rouleau de papier hygiénique, cela fait une consommation journalière de trois mille rouleaux sur l'aéroport. Soit environ cent quatre-vingts rouleaux par heure ouvrée, soit trois par minute. »

Elle me regarda triomphalement comme si elle attendait une réaction de ma part. Je ne voyais pas du tout où elle voulait en venir.

« Et alors ? »

Elle fronça les sourcils.

« Et alors, l'aéroport s'étend sur deux mille hectares. Comment voulez-vous que le personnel d'entretien arrive à changer trois rouleaux de papier toilette par minute, sachant que ça peut tomber là, là ou là ? »

Elle croisa les mains dans tous les sens, comme pour matérialiser la foudre aléatoire divine frappant aux quatre coins de l'aéroport.

« Effectivement. Ça ne doit pas être évident », fis-je poliment.

Son visage s'éclaira.

« Vous avez compris l'importance du challenge. Du coup, les usagers se plaignent que la plupart des toilettes ne sont pas utilisables. »

La situation était cocasse. Je me retins de rire.

« C'est fâcheux.

— Comme vous dites. Enfin ! Heureusement que vous êtes là ! »

Je souris à cette dame pour l'inviter à préciser sa pensée.

« Votre mission sera très importante. Il s'agit de créer un modèle de flux logistique permettant de gérer au mieux l'approvisionnement de rouleaux de papier hygiénique dans l'aéroport.

— Je n'y connais rien, mais pourquoi ne pas mettre des stocks journaliers dans toutes les toilettes ?

La dame se cala en arrière dans son fauteuil et secoua la tête d'un air triomphant.

« Erreur de débutant, jeune homme ! Il faut savoir que tout se vole dans un aéroport. Si on laisse deux rouleaux dans les toilettes, le second disparaît dans l'heure. »

Que répondre à cette fatalité ? Elle s'avança vers moi et me confia sur le ton d'un secret : « Votre schéma logistique devra intégrer cette contrainte. »

Devant mon air abasourdi, elle termina d'un air princier : « Vous aurez un ordinateur pour vos simulations, et, si le budget le permet, un ou une stagiaire pour vous épauler. »

J'imagine que le coup du stagiaire était sa botte secrète pour appâter le jeune cadre ambitieux avide de management. Je sortis de l'entretien encore plus déprimé. Je refusai cette deuxième offre d'emploi, au grand dam de mes parents.

Je devais être lucide : la France traversait une crise économique incompatible avec mes aspirations professionnelles. Si la seule mission stratégique que l'on me proposait était de compter les rouleaux de papier hygiénique, alors il me fallait partir.

Le lendemain, n'y tenant plus, je téléphonai à Ramirez. Il décrocha à la première sonnerie : « Le petit Français ! Je savais que tu rappellerais. » Enthousiaste, il me promit de m'embaucher dès que je poserai un pied au Mexique. Une semaine plus tard, je reçus mon contrat de travail et, deux semaines plus tard, je m'envolai pour Mexico.

De retour à El Sauz, je pris un logement plus grand, au nord du bourg, dans les beaux quartiers. Mon salaire en contrat local n'était guère supérieur à ma solde de conscrit français, mais je n'en avais cure. J'étais là, avec mes amis, dans l'attente d'une embellie de l'économie française. Je réintégrai l'équipe et tout recommença comme avant, dans un tourbillon de folie et de soirées à El Templo. Ma parenthèse française ne fut qu'un mauvais souvenir, des sortes de vacances forcées à la maison, que j'oubliai dès le premier soir dans les seins de Flor, à boire tel que l'exige la tradition à Santiago del Estero.

Seule ombre au tableau : j'avais passé des semaines en France à m'imaginer devenir son amant. Mes espérances s'arrêtèrent à cette gentille tradition ; j'étais à nouveau un membre de l'équipe et Flor avait des principes.

Trois années passèrent comme un souffle, à enchaîner les soirées gargantuesques, à résoudre des problèmes d'effaroucheurs passionnants et à gaspiller mon énergie dans les bras de rousses, blondes, brunes, pharaonne, infirmière, institutrice, policière, vampire et autres fantasmes que ma soif d'invincibilité réclamait.

Et puis un jour, il se passa quelque chose de fort. Rendez-vous **au chapitre 13, page 87.**

Chapitre 26

J'avais l'impression d'avoir les joues en feu et que tout le monde m'observait. Je plongeai mon nez dans la bière et m'imprégnai du silence. Deux minutes plus tard, la fameuse copine arriva et apostropha son amie depuis le pas-de-porte : « Marie, je suis prête, on y va ! » La blonde se leva sans terminer son verre et partit sans m'honorer d'un regard. Aussitôt, le geek plia son ordinateur, attrapa sa pinte et vint s'installer à côté de moi.

« Tu aurais dû mettre une chanson au juke-box, elles aiment ça. »

Je haussai les épaules.

« Je n'avais pas de pièces sur moi. Je n'ai que des billets. »

Il but une gorgée et m'indiqua d'un mouvement de tête le tabouret désormais vide.

« Ne t'inquiète pas, cette fille vient régulièrement ici ; tu n'es pas le premier à te faire remballer. Elle est aride. »

L'expression me fit rire. Rien de tel qu'un peu de fraternité pour se consoler d'un tel échec.

« Je me suis pris un de ces putains de râteau ! Le plus rapide de toute ma vie, je crois. »

Il leva son verre.

« Au râteau du siècle, alors ! »

Ainsi fis-je la connaissance de Dmitri, un jeune d'homme de mon âge, blond, une mâchoire carrée qui contrastait avec son regard juvénile. Nos verres bus, j'en commandai deux autres. Je lui étais reconnaissant d'avoir abordé le sujet directement, comme auraient pu le faire deux vieux potes. L'alcool aidant, nous échangeâmes quelques demi-vérités blessantes sur les femmes. Rien de tel qu'un ami pour se plaindre de la scélératesse du sexe opposé.

Au deuxième verre, cette Marie fut qualifiée de pimbêche. Au quatrième, de mal-baisée. Et au fur et à mesure que la soirée se prolongea, nous nous défoulâmes sur cette pauvre inconnue dans des termes bien plus dégradants.

À 1 heure du matin, quand le bar ferma, Dmitri et moi étions devenus les meilleurs amis du monde. Je lui avais raconté mes aventures au Mexique, il m'avait conté son enfance en Russie. Nous étions comme deux frères non pas de sang, mais d'alcool, deux jeunes adultes solitaires perdus dans cette modeste ville de province où le destin ne nous attendait pas. Nous nous imaginions à Mexico, à New York, à Shanghai, pas dans cette bourgade de la vallée de Chantebrie où le seul bar décent fermait à 1 heure du matin. Après six pintes, nous paradions bruyamment bras dessus, bras dessous sur la petite place du marché, rêvant d'espace vital où nos génies pourraient éclore. L'alcool nous faisait avancer un coup à droite, un coup à gauche. L'endroit, désert, était parfait pour de telles déambulations ; en une demi-heure, nous réussîmes tout de même à traverser la place en diagonale.

Dmitri s'arrêta sur un banc et contempla l'afficheur public.

« Lorenzo, regarde ! »

Je levai à mon tour la tête et plissai les yeux pour lire le panneau lumineux.

« Quoi ? Les dates des prochains marchés ? Ça t'intéresse ? »

Dmitri leva le doigt au ciel et bégaya.

« Le panneau, mec. »

Je ne voyais pas où il voulait en venir, alors il sortit son ordinateur de son sac à dos. Il pianota quelques secondes, marmonna des trucs incompréhensibles et se tourna vers moi en prononçant un triomphal « Tadaaa ! ».

L'afficheur lumineux changea. À la place des horaires du marché, la phrase suivante scintillait en lettres jaunes : MARIE, SI TU SAVAIS, TOUT LE MAL QUE TU M'AS FAIT...

« Comment est-ce possible ?

— Ces afficheurs utilisent la fréquence radio, et tout passe en clair. On peut les pirater simplement. »

L'histoire ne raconte pas si cette Marie vit ce message, si même elle comprit qu'il lui était adressé. Mais je m'endormis cette nuit-là avec la pleine satisfaction de celui qui a trouvé un ami.

Le surlendemain, nous nous retrouvâmes dans le même bar. À jeun, Dmitri était beaucoup moins loquace. Il était informaticien, un ami lui avait montré quelques trucs de *hacking*, mais il n'était pas un pirate. Il travaillait à son compte pour développer des logiciels de gestion d'entreprise, le truc barbant, mais rémunérateur. Je lui parlai alors de mes simulations numériques d'El Sauz. Il me posa beaucoup de questions sur l'optimisation du code et de la mémoire, preuve qu'il était vraiment calé sur le sujet. Nous étions samedi soir et le bar était nettement plus rempli que la dernière fois. La fille de la dernière fois n'était pas là, mais d'autres traînaient par grappes sans que nous ayons envie de les aborder. Nous discutâmes toute la soirée, loin de l'euphorie délirante de notre rencontre.

Je cherchais toujours du boulot, sans trop de conviction. J'hésitais même à reprendre les études : pourquoi ne pas faire un DEA dans l'attente d'une embellie du marché de l'emploi ? Mon père voulait que j'élargisse ma recherche au-delà de la vallée, ma mère me demandait chaque jour si j'avais lu les petites annonces. Dmitri, lui, me demandait pourquoi je ne repartais pas au Mexique. Tout le monde avait un avis sur la question, et moi, je me contentais de malaxer mon indécision comme d'autres mastiquent un chewing-gum.

Un soir, devant une bière rousse, il m'expliqua sa vision des choses.

« Le coût horaire des informaticiens est trop élevé en France. Nous ne sommes pas compétitifs par rapport aux Indiens. Avec des tarifs journaliers divisés par quatre ou cinq, tout le boulot est sous-traité là-bas. Comment lutter ? Moi, j'ai de la chance, je me suis spécialisé dans une niche...

— Comment pourraient faire les entreprises françaises, alors ? N'employer que des stagiaires ?

— Ne plaisante pas, il y a des sociétés de services qui en abusent. »

Je repensai alors à un reportage que j'avais vu le jour même. Petit à petit, je m'étais mis à regarder la télévision. Cela avait commencé par les informations de 13 heures, puis l'émission juste après, puis ainsi de suite. Désormais, il n'était pas rare que je passe l'après-midi affalé devant le poste, attendant la bière de 18 heures.

« Il existe des associations qui font travailler les prisonniers à des salaires ridicules. Ils font des paniers en osier ou des trucs du genre. Tout le monde y gagne : l'employeur, car la main-d'œuvre est quasi gratuite, et les prisonniers, qui se font quatre sous tout en développant leur employabilité. »

Dmitri cligna des yeux.

« Combien à l'heure ?

— Le reportage parlait d'un euro soixante-dix à l'heure. Charges sociales à déduire. »

Je dus répéter deux fois. Il s'enthousiasma.

« Dans notre métier, c'est plutôt entre soixante et quatre-vingt-dix euros de l'heure. Tu parles d'une différence ! Et on peut faire travailler tout le monde ?

— J'imagine, sur la base du volontariat... »

Je ne revis pas Dmitri de la semaine, mais, le lundi suivant, il me donna exceptionnellement rendez-vous à 9 heures du matin. Il voulait me parler d'un projet.

Rendez-vous **au chapitre 28, page 193.**

Chapitre 27

Ce chapitre n'existe pas dans l'histoire de Lorenzo. Si vous lisez ces lignes, c'est que vous n'avez pas respecté les consignes de fin de chapitre ou que vous vous êtes volontairement égaré, le nez au vent, la démarche badine, comme l'on flâne dans les rues piétonnes un premier samedi de mai.

Ce chapitre est isolé de la narration, c'est un îlot de mots détaché du récit, une salle sans porte dans le plan labyrinthique de ce roman-château.

Faisons la différence entre l'effet boule de neige et l'effet papillon. C'est facile, on ne les trouve pas à la même saison.

Certaines personnes croient qu'un mouvement d'ailes de papillon ici déclenche un cataclysme à l'autre bout de la planète. Ceci est la plus grande imposture intellectuelle du XXe siècle ; une incompréhension de la théorie du chaos. Cette jolie métaphore du papillon ne décrit en réalité qu'un simple effet boule de neige, résultat de l'enchaînement de causalités.

Car, enfin, si les ailes du papillon avaient ce pouvoir, pourquoi le berger allemand du voisin, bien plus gros qu'un lépidoptère, ne déclenche-t-il pas, lui aussi, des tornades aux États-Unis ? Pourquoi les milliards d'insectes qui pullulent dans nos forêts, les oiseaux qui battent des ailes, les baleines qui copulent, les avions qui polluent, les gamins qui braillent dans les jardins publics, les critiques littéraires qui s'écharpent ; pourquoi tout ce monde grouillant aurait-il moins d'influence qu'un frêle papillon japonais ?

En vérité, tout le monde participe à nourrir ce bordel ambiant. Nous vivons dans une marmite bouillonnante et nos vies ne sont qu'une succession de décisions, d'événements subis, de probabilités, de rencontres, de coïncidences, de conséquences d'événements passés qui se croisent et s'entrecroisent au gré de nos interactions accidentelles.

Croire que je suis maître de ma vie est aussi simpliste que de penser qu'un papillon va bouleverser le sort de millions de personnes. Le papillon est un pion comme un autre, un des nombreux maillons de cette chaîne de dépendances. Si un événement doit se produire, alors il se produira. Car au final il n'y a pas trente-six dénouements, et seuls quelques attracteurs de vie, tapis dans l'ombre du destin, nous attirent. « Après la pluie, le beau temps » : voilà le cœur de la théorie du chaos, l'existence d'attracteurs de Lorenz.

Mon père me l'a souvent répété : une boule de neige, aussi grosse soit-elle, et qu'importe sa genèse, finira toujours par s'écraser en bas de la montagne.

J'ai appris tout cela à mes dépens.

Je m'appelle Lorenzo et j'ai fait de mauvais choix dans ma vie. Sans doute ai-je rencontré les mauvaises personnes ; ou bien les astres n'étaient tout simplement pas bien alignés. Et si tout ceci était à refaire ?

Qu'est-ce que cela changerait ?

CHAPITRE 28

« Imagine une association qui forme des prisonniers au développement informatique puis les emploie au tarif horaire d'un euro quatre-vingts.

— Ça va intéresser du monde, ça ? »

Dmitri écarta une mèche blonde de son visage et me sourit.

« Tu plaisantes ? L'informatique est un domaine en plein boom et, pour ce type d'activité sociale, on va crouler sous les subventions ! On cible les peines de courte durée dans les maisons d'arrêt, on explique aux détenus qu'avec deux ans d'expérience ils trouveront facilement un emploi à leur libération.

— Si la conjoncture économique s'améliore d'ici là.

— Elle s'améliorera. D'ici là, on développe des logiciels à un coût ridicule, on les revend à des tarifs normaux et on empoche la plus-value. »

L'idée était bonne, restait à étudier sa faisabilité.

« Il y aura des candidats ?

— Tu serais surpris de voir la population d'une prison. On y trouve de tout, y compris des gens très intelligents que la vie n'a malheureusement pas gâtés. Non seulement nous trouverons des volontaires, mais certains seront même déjà formés, fais-moi confiance.

— C'est bien légal, tout ça ? On peut empocher un bénéfice sur une association ? »

Dmitri termina son café et en commanda un second. Tandis que le serveur s'éloignait, il se rapprocha de moi.

« Entre nous, il y a des moyens pour rendre la chose légale. La prise de bénéfice n'est pas très élégante, mais c'est une association humaniste qui vise à développer l'employabilité, faciliter la reconversion, tu vois ? C'est sur cette corde qu'il faudra jouer... »

Je regardai dehors. Les gens marchaient vite et la rue était déjà encombrée de voitures. Cette idée me plaisait beaucoup.

« Je suis partant, c'est un chouette projet. Comment s'organise-t-on ? J'avoue que le côté humain lié à la réinsertion me botte bien. »

Dmitri se cala contre sa chaise et sortit son ordinateur. Il tapa quelques notes de notre discussion.

« Voilà ce que je te propose. Tu t'occupes de la partie relations publiques, de la communication, du pôle "huma". Tu prends aussi en charge l'organisation des formations en informatique des prisonniers. Moi, je m'occupe de trouver les candidats dans les prisons, et les besoins en logiciels des entreprises. Deal ? »

Nous nous serrâmes la main. Je n'étais officiellement plus en recherche d'emploi.

Ainsi naquit l'association Les Amis du code, dont je fus nommé président. En tant que permanent de l'association, j'avais un salaire confortable et j'ajoutais à mon CV une ligne intéressante. Mes parents furent ravis de voir leur fils s'investir dans une cause si noble : « Tu te souviens ? Pour ton service militaire, tu avais déjà hésité avec une mission humanitaire. Comme quoi, on revient toujours à ce que l'on aime ; tu étais fait pour ça, aider les gens... »

Tout se passa idéalement. Nous reçûmes des demandes d'antennes locales dans de nombreuses maisons d'arrêt. Après quelques mois de formation et de rodage, nous avions une équipe distribuée de plus de deux cents détenus développeurs, en moyenne entre dix et vingt par centre. Aidé par deux anciens amis, Maxime et Maxence, Dmitri s'occupait de la répartition du boulot. Il triait les cahiers des charges en fonction des profils et des besoins. Il spécialisa certains établissements dans les logiciels de comptabilité, d'autres dans les applications métiers. Nous revendions ensuite nos logiciels à coût coûtant aux associations et ministères français, mais à prix d'or à d'autres clients internationaux.

Dmitri était le numéro deux et le comptable. Quand quelqu'un critiquait notre modèle, j'expliquais que toute activité capitaliste avait son yin et son yang. Certes, nous faisions du bénéfice sur le dos des prisonniers, mais c'était pour les former et investir dans d'autres centres. J'étais tellement sincère que mon enthousiasme était communicatif. En général, la personne repartait convaincue de notre humanisme.

Sauf que je n'avais pas compris la réelle nature de notre activité.

Un peu moins d'un an après nos débuts, Dmitri vint me trouver dans mon bureau. Il avait le visage fermé et m'avoua son histoire. Dmitri n'était pas un informaticien, mais un hacker. Son histoire de télétravail sur des logiciels de comptabilité n'était qu'une couverture : depuis des années, il travaillait sur contrat. Il me raconta des histoires incroyables de vol de secrets et de sabotage. « Désormais nous sommes dans le même bateau, et nous devons nous serrer les coudes », me dit-il. Quand je voulus comprendre de quoi il parlait, il me dit que, en tant que président, j'étais pénalement responsable des agissements de mon association. Mais de quoi parlait-il ?

Il me raconta tout.

Les deux Max se révélaient être, eux aussi, de vieux roublards, deux barbus qui avaient trempé dans des affaires louches au début du commerce en ligne. Depuis le début, tous les trois avaient constitué une filière d'« anciens du milieu », des collègues à eux ; des hackers emprisonnés noyautaient l'association, d'anciens compères comme Chris le Bleu, Mickaël Gif, Malix la Harpe, Gautier BG, Bébert (dit le Chinois), Nestor Tequila, La Vigie, Rémi l'Indescriptible et le Barlix. Dmitri leur demandait de coder des portes dérobées qui, une fois cachées au milieu d'une application métier, permettaient de pénétrer les réseaux des sociétés clientes. L'arme parfaite, le cheval de Troie qui ouvre en grand les portes d'une entreprise.

Une fois la chose en place, Dmitri vendait ces portes dérobées à des cybermafieux. L'argent gagné était réinjecté sous forme de dons à l'association. L'argent entrait à flots, et moi, je ne me doutais de rien. Nos locaux étaient luxueux, nous avions notre cabriolet de fonction, nous déjeunions tous les jours dans le meilleur restaurant de la ville. Au début, j'avais trouvé ce train de vie étrange, mais Dmitri m'avait rassuré. « Une association n'est pas là pour faire des bénéfices, il faut éponger les revenus en frais de fonctionnement. » Il ajouta, placide : « De toute façon, tout le monde se fiche de la comptabilité des associations. Elles ne doivent rendre de comptes à personne et les risques d'audit sont minimes : des tas de politiciens l'ont bien compris, ne t'inquiète pas... »

Quel naïf je faisais ! La veille encore, j'acceptais cet état de fait, me glorifiant de notre modèle conciliant éthique et rentabilité. Plus le temps passait, plus l'argent rentrait, et moins je m'étonnais de la situation. Nous avions trouvé le bon créneau, la bonne idée. D'ailleurs, plusieurs journaux parlaient en termes élogieux de notre action de réinsertion dans les maisons d'arrêt. J'enchaînais les interviews avec sincérité, tandis que Dmitri prenait de plus en plus de pouvoir dans son milieu.

Après nos premiers contrats, j'avais rapidement délaissé mes parents pour habiter un immense cinq-pièces au dernier étage du plus haut immeuble de la ville. Là, j'aimais organiser des sauteries avec quelques amis. Nous fumions des joints, buvions des cocktails et refaisions le monde. Quelque part, j'avais voulu récréer El Templo, sans jamais arriver à reproduire cette ambiance folle, spontanée et déjantée. Mes amis étaient un mélange de connaissances de Dmitri, de copains rencontrés dans d'autres soirées et d'opportunistes qui flairaient le bon coup. Jamais nous n'allions au fond des choses, jamais je n'ai perçu cette sincérité dans nos échanges, cette amitié réelle qui nous unissait à El Sauz. J'étais un déraciné dans cette vallée et il me manquait un petit noyau de véritables amis. Mais peut-on se faire de véritables amis quand on roule en cabriolet et que l'on affiche une insolente réussite ?

Les escort-girls de la vallée de Chantebrie étaient rares et avaient des exigences qui interdisaient toute folie mexicaine. Nous nous contentions alors de fumer, boire et tourner en rond. Depuis que Bacchus est mort, la France n'est plus faite pour la démesure orgiaque. Bon nombre des quatre cents dieux de l'ivresse sont aux abonnés absents.

Cette vie dura deux années pendant lesquelles j'acceptai les activités criminelles de mon associé. Je représentais la face humaniste de l'association, mais évitais d'en connaître la face sombre. « Responsable, mais pas coupable ? » Ce serait me dédouaner à moindres frais. Ce fut une période peu glorieuse, où les fastes du succès me firent accepter l'inacceptable. Dmitri me répétait à l'envi que personne n'était tout blanc ou tout noir, et que la réussite n'était qu'une ligne de crête plus ou moins grise.

J'eus quelques copines de passage, qui ne furent que de maigres excipients, comparées aux chaudes Mexicaines ; le rhum bu à la mode de « Santiago del Estero » avait un goût insipide sur leurs seins blancs. Après s'être faites chattes, elles demandaient presque toutes des preuves matérielles d'un amour inexistant. Alors, je suivais le mouvement. J'étais l'acteur que l'on réclamait : le bon Samaritain qui plaide la cause de la réinsertion lors d'une interview, le riche fêtard qui paye la tournée de champagne en boîte, l'amant généreux, le bon fils qui a réussi et qui vient manger la tarte aux pommes dominicale.

Et puis un événement faillit changer le cours des choses. Début mai, un des aéroports de Lyon subit un lourd piratage : les hackers avaient volé les informations biométriques, bancaires et personnelles de millions de passagers. L'aéroport était bouclé, des centaines d'avions cloués au sol. Je compris rapidement qui avait fait le coup. Trois mois plus tôt, à sa demande, j'avais montré à Dmitri le protocole de détection de la guilde des effaroucheurs, d'anciennes fiches de Salvador que j'avais gardées. Sans ça, il se serait sans doute fait coincer.

Ce jour-là, je restai pensif sur mon canapé. Les journaux avaient fait leurs choux gras de cet incident et des spécialistes tournaient en boucle sur les plateaux télévisés. Que faire ? Dmitri était-il allé trop loin ? Ce piratage nous mettait tous en danger... Étais-je prêt à assumer des affaires de cette ampleur ? Mais comment me dédouaner de mes responsabilités ? Comment arrêter cette spirale infernale qui me projetait clairement sur la trajectoire du grand banditisme ?

Je passai la soirée en tête à tête avec mon whisky écossais. Les yeux dans la tourbe et les pensées perchées très loin, je pris, pour la première fois depuis bien longtemps, conscience de ma situation. J'étais mouillé jusqu'au cou dans des opérations de plus en plus lourdes.

Mon premier réflexe fut de le dénoncer. Et si je clamais mon innocence et en profitais pour rendre cette association honnête ? Il suffirait de pas grand-chose ; d'en bannir quelques prisonniers, vérifier le code informatique et, surtout, prévenir les clients qui avaient installé sans le savoir ces portes dérobées. Là était le point délicat : si cette affaire devenait publique, comment éviter le scandale ? L'onde de choc ? Comment ne pas être personnellement impliqué, sali, condamné ? Comment l'association pouvait-elle se remettre d'une telle affaire ?

À bien y réfléchir, c'était mission impossible. Il était trop tard pour corriger le tir et rendre cette association « honnête ». J'avais ma part de responsabilité, et ma dénonciation marquerait la fin de l'association. Me taraudait surtout cette question : « Étais-je prêt à dénoncer un ami ? » Je repensai alors à El Templo, mon modèle en tout. Jamais au grand jamais Ramirez, Salina ou n'importe quel membre de l'équipe n'aurait dénoncé un autre effaroucheur. Il y avait une solidarité incroyable entre nous et l'honneur n'était pas un vain mot. Si je dénonçais Dmitri, comment pourrais-je me regarder dans un miroir ?

À qui me confier ? J'aurais tant aimé que Salina soit là...

À la maison d'arrêt de Bar-le-Duc, où je me rendais régulièrement pour superviser les formations, je croisais Mme Blanche, une veuve d'une soixantaine d'années qui s'occupait d'une association d'évangélisation des détenus. C'était une forte femme qui ne se déplaçait qu'à grand-peine en respirant bruyamment. Une fois qu'elle était assise, la rondeur de son visage et la douceur de sa voix opéraient comme par magie. Elle obtenait immédiatement l'attention de ses interlocuteurs et sa gentillesse n'avait d'égale que son empathie. En fine observatrice, elle vint me voir le mercredi suivant.

« Lorenzo, il me semble que, depuis quelque temps, quelque chose vous préoccupe.

— Tout va bien, madame Blanche. Juste quelques soucis professionnels, rien de plus. »

Elle remonta d'un geste ses lunettes rectangulaires et me regarda. Je baissai les yeux par réflexe. Sa voix était douce et réconfortante.

« Vous pouvez tout me dire, Lorenzo. Je ne juge personne, je peux vous aider. Vraiment. »

Son visage rond rayonnait de sincérité et de candeur. Elle posa sa main sur mon avant-bras et je fus à deux doigts de tout lui raconter. Mais un je-ne-sais-quoi de prudence me fit secouer mollement la tête : « C'est gentil, j'y penserai si besoin. »

Le soir, je n'arrivai pas à trouver le sommeil. Pourquoi cette culpabilité ? Je connaissais la vraie nature de Dmitri depuis plus de deux ans, alors pourquoi m'offusquer maintenant ? J'avais tout pour être heureux. J'étais aux manettes d'une belle association, reconnue, estimée, et j'aimais ça. Je menais une vie luxueuse pour un gamin de vingt-huit ans, et les amourettes de passage défilaient. Alors quoi ?

Cette nuit-là, je fis des rêves dissipés. Un dieu aztèque, je ne sais plus lequel, soufflait sur des bougies qui ne voulaient pas s'éteindre. J'étais sur un cheval en plastique qui filait vers une falaise et Ramirez m'invectivait en espagnol depuis son 4x4 : « Saute ! Ce n'est pas un vrai cheval ! » Mes soi-disant amis de la vallée regardaient ma course en riant. Flor me tournait le dos, les cheveux détachés. J'avais peur.

Je me réveillai la bouche pâteuse avec une terrible migraine. Je restai assis de longues minutes sur mon lit ; la proposition de Mme Blanche flottait toujours et je compris que je ne serais pas en paix tant que je n'aurais pas décidé.

J'accepte sa proposition : je vais tout lui raconter. Elle me conseillera, j'ai confiance en elle. Je suis sur une mauvaise pente, je me dois de réagir. Rendez-vous **au chapitre 29, page 203.**

Je ne peux pas dénoncer un ami. Ce n'est pas digne d'un effaroucheur. Je dois assumer la vie que j'ai choisie. Advienne que pourra ! Rendez-vous **au chapitre 30, page 207.**

Chapitre 29

Je donnai rendez-vous à Mme Blanche à la cathédrale de Verdun, où se trouve une étonnante relique : un fragment du voile de Marie, mère de Jésus, qu'elle portait le jour de l'Annonciation. Elle m'expliqua le parcours rocambolesque de cette sainte relique depuis deux millénaires, puis nous nous assîmes côte à côte sur un banc. L'endroit était désert et les vitraux transparents filtraient la lumière matinale. La nef sentait le vieux bois et je passai ma main plusieurs fois sur le banc patiné afin de chercher mes mots. Mme Blanche assit son imposante stature dans un craquement sonore et j'entendis à sa respiration nasillarde que les quelques marches d'accès au perron l'avaient fatiguée. Je la laissais reprendre son souffle.

Je regardai autour de moi. Assis dans cette église, je ne savais plus quoi raconter à cette femme. Je ne pouvais pas me résigner à dénoncer Dmitri. Je devais agir en effaroucheur : qu'aurait fait Ramirez dans cette situation ? (La guilde internationale des effaroucheurs avait cette devise : « *What Would a Scarer Do ?* », résumée sur des bracelets par le sigle « WWSD ».)

Je regardai le pauvre crucifié sur sa croix. Il avait l'air de souffrir. Il est vrai que j'avais eu une éducation judéo-chrétienne, prompte à me culpabiliser au moindre écart de conduite. D'ailleurs, sa grimace reflétait bien son état d'esprit et son leitmotiv : « Je souffre pour vos péchés. » Il faisait pitié à voir. Pourquoi la religion ne véhicule-t-elle pas une image positive ? Ça serait bien plus motivant ; Bouddha a toujours l'impression de se fendre la poire dans ses représentations ventrues. Pourquoi, quand on regarde le Christ, on repart encore plus triste qu'en arrivant ?

Je secouai la tête, Mme Blanche m'observait sans rien dire. Certes, une partie de moi avait honte de nos méfaits, mais l'autre exultait de joie et d'excitation. Jamais de ma vie, je ne m'étais senti aussi vivant, aussi fou, aussi motivé. Qu'est-ce qui était le plus important ? Le jour de ma mort, serai-je morfondu par des remords ou des regrets ? Pourquoi notre éducation se focalise-t-elle toujours sur le côté négatif, la culpabilité ?

« Je vous écoute, Lorenzo. Que voulez-vous me dire ? »

Je dévisageai ma confidente. Que pouvait-elle bien comprendre à toute cette ébullition de vie, au monde fou dans lequel nous vivions ? Depuis des années, elle ne vivait que dans ses Évangiles et pour son association. Ses journées étaient rythmées par son chat, ses lectures et ses visites en prison à tenter d'absoudre des détenus apostats. Oui, nous marchions sur une crête discutable mais, comme l'avait souligné Dmitri, combien d'associations couvrent des activités financièrement ambiguës ?

Dans la lumière tamisée des vitraux, soudain, je vis clair. Je regrettai d'être venu. J'improvisai.

« Derrière une façade très honorable, nous exploitons quelque part ces pauvres travailleurs. Nous revendons très cher le fruit de leur labeur. »

Elle sortit un mouchoir et s'épongea le front, puis son visage prit l'expression du Jésus sur la croix avant de s'ouvrir un petit pcu.

« Votre association fait un travail de réinsertion formidable. Tout cela demande des efforts et des sacrifices, il n'est pas anormal que vous soyez rémunéré. Tout le monde n'est pas un saint destiné à une vie monastique. Vous êtes jeune, en bonne santé, vous allez bientôt fonder une famille, il vous faut de quoi vivre. »

Je ne sus quoi répondre. C'était grosso modo le même discours que mes parents. Toujours prompts à m'imaginer marié. J'aimais ma vie de célibataire parsemée d'excitantes rencontres d'un soir. J'allais répondre à Mme Blanche, mais sa face ronde et son regard perçant me déstabilisèrent. Elle aurait pu confesser n'importe qui. Je baissai les yeux et une fulgurance d'empathie faillit me faire déraper.

« Il n'y a pas que cela...

— Quoi donc ? »

Je ne répondis pas. Plus je tournais les mots dans ma tête et moins j'avais envie d'en parler. Cette rencontre tournait au fiasco. Je n'eus alors qu'une idée, abréger notre entretien.

« Rien de très grave. Je me demandais si, pour compenser cette dimension "commerciale", mon association ne pourrait pas faire un don à d'autres, elles aussi en lien avec la réinsertion.

— Mais cela serait très généreux de votre part ! Je pense, bien entendu, à notre association, mais il y en a d'autres. Je vous enverrai une liste si vous voulez bien... »

J'étais entré dans cette église pour soulager ma conscience. J'en ressortis avec une image de bienfaiteur et une détermination plus forte que jamais à assumer la dualité de mes ambitions. Souvent, il faut être confronté au bien pour accepter le mal.

Rendez-vous **au chapitre 30, page 207.**

CHAPITRE 30

Au lycée, notre professeur de français nous avait fait plancher sur cette phrase de Diderot : « Dire que l'homme est un composé de force et de faiblesse, de lumière et d'aveuglement, de petitesse et de grandeur, ce n'est pas lui faire son procès, c'est le définir. » Il parlait de la complexité de la pâte humaine et, à l'époque, cette expression nous faisait ricaner. Nous évoluions dans un univers noir et blanc, rempli de gentils et de méchants, et le manichéisme du cinéma américain nous confortait dans nos illusions.

Mes parents ne m'ont pas plus aidé à comprendre la subtilité du monde. Malgré le milieu intellectuel d'où ils venaient, ils avaient des idées tranchées sur à peu près tout. Au primaire, ils décidaient qui pouvaient être mes amis ; les cancres étaient d'office déclarés inaptes, quel que fût leur capital de sympathie. Ils étaient de gauche ; jamais ils ne purent dire du mal d'un élu corrompu de leur camp, ni même renier une mesure gouvernementale, hormis celles concernant la bonne marche de l'Éducation nationale. La politique était un bloc monolithique défini par opposition aux « capitalistes ».

Je crois que c'est à El Sauz que j'ai commencé à m'ouvrir à d'autres philosophies de vie. Ruben était un bel exemple. Ex-militaire, il avait dû composer avec son passé. Il avait tué des gens pour une cause juste, ou du moins vendue comme telle. L'ombre et la lumière avaient bâti des ponts brinquebalants chez lui. Deux courants de pensée irriguaient son cerveau sans créer de raz-de-marée, juste des cauchemars. Ramirez, lui, savait jongler entre le professionnalisme et la fête avec une dextérité incroyable. Et que dire des autres ? Je les ai longtemps tous admirés.

Aujourd'hui, sans fausse modestie, j'ai l'impression d'avoir atteint cet équilibre, une certaine forme de sérénité avec moi-même. Je suis ce que je devais devenir. Après l'école, j'aurais pu faire mon service militaire dans une association humanitaire. À la place, j'ai choisi d'aller au Mexique. Puis j'ai fondé une association d'aide à la réinsertion de prisonniers. Je suis finalement retombé sur mes pattes.

Il y a quelques années, j'ai hésité à quitter El Sauz. La vie folle d'El Templo m'attirait, le clan soudé des effaroucheurs était ma famille. Ici, j'ai presque tout recréé ; les soirées de débauche avec les potes de Dmitri n'ont pas la prétention d'égaler celles de là-bas, mais on s'amuse bien malgré tout. La vie m'a attiré vers un point d'équilibre où ma dualité s'épanouit. Qu'aurais-je fait de plus si j'étais resté là-bas ? Nul ne peut le dire, mais je commence à douter du destin et de la fatalité. Ne sommes-nous pas les premiers acteurs de nos vies ?

En première, le même professeur nous citait Rousseau : « La nature a fait l'homme heureux et bon, mais [...] la société le déprave et le rend misérable. » Moi, je pense le contraire : l'homme est bon, mais misérable. La société le déprave et cela le rend heureux. Je ne pourrais pas me contenter d'une vie monochrome dédiée à une cause. Il faut de temps en temps goûter aux frissons de l'interdit pour se sentir vivre. Tout est histoire d'équilibre et de nuance.

Après ma discussion avec Mme Blanche, je fis de gros dons à son association : une façon de la remercier indirectement de m'avoir forcé à me poser ces questions. Je ne savais pas exactement ce qu'elle faisait de tout cet argent, car sa structure se contentait d'organiser des visites aux prisonniers. Mais, désormais, j'avais droit à de grands sourires chaque fois qu'elle me voyait. La dernière fois, elle avait un magnifique collier de perles véritables qui rendait son visage encore plus rond et lumineux. Je lui souris en retour, masquant ainsi ma duplicité. Mais, après tout, ne sommes-nous pas tous pareils ?

Rendez-vous **au chapitre 31, page 210.**

Chapitre 31

Un jour, un gars plus malin que les autres détecta sur son réseau informatique des connexions entrantes illégitimes. Une équipe de spécialistes se pencha sur le sujet et pointa du doigt le logiciel provenant des Amis du code. Une plainte fut déposée. Les gendarmes du numérique enquêtèrent et remontèrent à la source.

Un beau matin, le siège de notre association fut perquisitionné. Ils saisirent tout : nos dossiers, nos archives, nos ordinateurs et nos téléphones. Dmitri et moi fûmes interrogés séparément et incarcérés en préventive dans deux maisons d'arrêt différentes.

Mon avocat, un jeune à peine plus âgé que moi, se montra pessimiste quant à l'issue du procès : « L'enquête montre une organisation criminelle parfaitement huilée. Des échanges entre vous et Dmitri attestent de votre complicité et de votre parfaite connaissance de la situation. Des listes d'ex-hackers prouvent que vous favorisez ces candidats parmi la population carcérale. Les gendarmes ont retrouvé les comptes offshore utilisés dans la vente des accès illégitimes. À moins d'un miracle, je ne vois pas comment vous pouvez plaider non coupable. » Je lui parlai de mes remords et de

Mme Blanche. « Et alors ? Vous lui avez avoué ? » Je secouai la tête, impuissant. Il me fallait désormais assumer.

Dans l'attente du procès, je m'occupais. J'avais la chance, ou la malchance, je ne sais pas, d'être seul dans ma cellule de la maison d'arrêt de la vallée de Chantebrie. Le matin, j'allais à l'atelier d'histoire de l'art. C'était une jeune femme qui donnait des cours. Elle devait avoir le même âge que moi, blonde, coupe au carré. J'avais l'impression de l'avoir déjà vue, mais je ne savais plus où. Elle était vraiment pas mal, elle avait ces petites fossettes, comme Flor, mais j'évitais d'y penser, cela faisait trop mal.

Un jour, elle nous présenta une toile toute bleue d'Yves Klein. Les prisonniers réagirent : « Ce n'est pas de l'art ! » ; « Ce gars est devenu millionnaire grâce à ça ? Franchement, j'ai fait pareil dans ma salle de bains ! » ; « Mon gamin de six ans aurait pu faire pareil. »

Marie – c'était son prénom – nous laissa vider nos sacs. Puis, quand les réactions s'épuisèrent, elle sourit, le genre de truc magnétique qui nous calma tous.

« Votre incompréhension est tout à fait normale. Rassurez-vous, les gens ont eu les mêmes réactions en 1956, quand il a dévoilé son tableau. En vérité, ce bleu est "un véhicule dans la quête d'immatérialité et d'infini". »

On éclata de rire, elle aussi.

« C'est en tout cas ce qu'il a dit devant un parterre de journalistes médusés. Mais, moi, ce qui m'intéresse aujourd'hui, ce n'est pas la polémique "Est-ce une œuvre d'art ou pas ?" »

Quoi donc, alors ? Les participants à l'atelier étaient assis en rond, suspendus à ses paroles.

« Pour moi, une œuvre d'art est quelque chose qui nous prend aux tripes et nous fait poser des questions sur soi, sur la relation que nous entretenons avec le monde. »

Tout le monde l'écoutait religieusement. Elle avait ce don d'expliquer sans prendre les gens de haut. Elle arrivait à se mettre à notre niveau malgré la faune très hétérogène de la prison. J'enviais son petit copain, il avait clairement trouvé une perle.

« Je demande à chacun d'entre vous de réfléchir cinq minutes à ce que vous inspire ce bleu. Faites abstraction du tableau, de la polémique, de son prix. Concentrez-vous et trouvez ce que cette couleur fait résonner en vous... »

El Capitan, un vieux marin bolivien qui avait la réputation d'être un brin fanfaron, parla le premier.

« Ce bleu me rappelle quand je naviguais sur le lac Titicaca. Par endroits, quand le fond y était, que le soleil brûlait au zénith, l'eau avait cette couleur profonde, dense, presque violette. On savait alors que rien ne pouvait nous arriver ; c'était le signe que les poissons et les pirates dormaient. Une heure de grâce, un instant fugitif que je n'ai jamais retrouvé sur d'autres mers ou sur d'autres océans. »

Pendant qu'il parlait, Marie le regardait avec intensité, approuvant chacune de ses phrases par un hochement de tête machinal.

Puis ce fut au tour de Pépé, le plus vieux détenu du centre, condamné il y a plus de vingt-cinq ans pour des braquages sanglants.

« Dans ma cellule, je n'ai pas de fenêtre, seulement une minuscule bouche d'aération, pas plus grosse que ça. Si je me place contre la porte, pile dans l'alignement, je peux voir exactement cette toile : un rectangle bleu sur un mur gris. Sauf que la teinte du bleu change chaque jour. C'est mon petit plaisir. Dehors, je n'avais jamais remarqué cette palette de couleurs. On a autre chose à foutre, hein ? D'ailleurs, je n'ai pas les mots pour les décrire, je ne suis pas assez savant, j'ai arrêté l'école à quatorze ans. Pour moi c'est bleu, mais dans ma tête, je sais bien que ce n'est jamais la même teinte. »

Quelques détenus approuvèrent. Pépé était considéré comme le sage, un peu poète, un peu philosophe.

Je pris la parole.

« Ce bleu m'attriste. Il est froid, il est uni, comme une banquise. J'ai passé pas mal de temps au Mexique, un pays plein de couleurs chaudes. Les papillons y sont magnifiques, bigarrés, jaunes, rouges, orange. Ce bleu symbolise pour moi mon échec.

— Que voulez-vous dire ?

— C'est un bleu-regret, si vous préférez. Le froid et le chaud, le bleu et le jaune. J'aurais dû rester au Mexique, à El Sauz, où j'avais une incroyable bande de copains. On avait un lieu, El Templo, où on se réunissait tous les soirs. Quand je suis revenu en France, j'ai voulu recréer cet univers. L'envie y était, mais je n'étais tout simplement pas au bon endroit.

— Rêver de châteaux en Espagne dans le royaume pourri du Danemark n'a jamais été une réussite », ajouta Marie avec malice. Personne ne saisit la référence et je continuai ; je n'avais pas tout dit.

« Pour moi, ce bleu est cruel. Il me dit que nous avons tous des idéaux, une "meilleure vie" qui nous attend quelque part. Il ne tient qu'à nous de décider de la vivre ou pas. Ou de se contenter d'un ersatz. J'avais la couleur jaune du Mexique, j'ai fait le choix d'une autre porte parce qu'elle me paraissait plus enviable ou plus accessible. Sauf que, derrière, c'était ce bleu. »

L'un des prisonniers siffla : « Hé, Pépé ! tu as de la concurrence ! » Mais El Capitan le fit taire : « Continue, petit ; moi, ça me parle.

— Quand j'étais enfant, mon père me montrait les papillons voletant dans le jardin : "La chenille deviendra un papillon, quelle que soit la couleur des ailes." Aujourd'hui, je n'en suis plus très sûr. »

Marie me fixa sans rien dire, secoua une mèche de cheveux.

« Et si c'était à refaire, que feriez-vous alors ? »

Je regardai mes chaussures.

« Il est certain que je ne referais pas la même chose. J'ai été aveuglé par mon obsession de recréer un El Templo à la française. J'ai tenté de retrouver ce bonheur et j'ai enfreint la légalité pour cela. Je ne me suis même pas rendu compte qu'il suffisait de retourner là-bas. Si c'était à refaire, je repartirais pour le Mexique. Au moins, je ne finirais pas dans une prison. »

Un gars qui jusque-là n'avait pas encore parlé m'interrompit.

« Qu'est-ce que tu en sais, le jeunot ? Qui te dit que là-bas tu n'aurais pas fait un combat au couteau pour une belle Mexicaine ? »

Une rumeur sourde approuva.

Marie s'était approchée de moi. Elle était désormais à un mètre et je sentais son souffle mentholé. Muette, sa poitrine se soulevait au rythme de sa respiration. « Édouard ? »

Elle s'adressait à moi.

« Non, moi c'est Lorenzo.

— Pardon, Lorenzo. C'est très beau, ce que vous avez dit. Cela me rappelle un aphorisme anglais. "*No fate but what we make.*" Littéralement : "Il n'y a pas de destin, mais ce que nous faisons." Depuis la mythologie, les arts sont pénétrés par cette question du destin. Moi, je crois au contraire que l'on choisit ce que l'on devient. »

Marcello, dit « le Mineur », leva le doigt afin de prendre la parole. Réflexe surprenant pour un gaillard condamné pour violences conjugales répétées.

« Moi, mon père me disait toujours que je finirais en prison. Que j'étais de la graine de bandit. Selon lui, c'était écrit dans les étoiles. La preuve, je ne l'ai pas démenti. »

Marie se mordit les lèvres et se retourna vers la toile bleue.

« Pourquoi Yves Klein a-t-il peint cette toile bleue, selon vous ? »

La salle resta muette.

« En 1956, il existait des pigments bleu vif, similaires à cette toile. Mais à l'époque, il était impossible d'en faire de la peinture. Avec plus de deux mille ans d'expérience, il était écrit qu'un bleu sortant d'un tube n'aurait jamais la même luminosité que les pigments solides.

— Et alors ?

— Alors, Yves Klein ne renonça pas à son rêve. Son père lui avait peut-être dit que c'était écrit, qu'il s'agitait pour rien, mais ce trentenaire n'a pas lâché. Il avait cette intuition qu'il pouvait créer une nouvelle chose, ouvrir un chemin inédit dans l'histoire de la peinture. Alors il a travaillé, s'est associé avec des chimistes de chez Rhône-Poulenc, et a fini par trouver le bon solvant. »

Pépé se tourna vers Marcello : « Tu vois, tu n'aurais pas dû écouter ton père ! T'aurais fini peintre millionnaire. » La salle rit, la séance était terminée.

Marie prit une dernière fois la parole.

« Eh bien, ce simple rectangle bleu nous a finalement fait pas mal papoter ! »

Je sortis le dernier et croisai le regard de Marie.

« Merci, c'était vraiment très chouette.

— De rien. J'adore parler de tableaux. Si je le pouvais, je vivrais dans un musée pour les avoir toujours à proximité. »

Elle me regarda dans les yeux, les siens étaient noisette. Je la retins encore un petit instant, prolongeant ce délice.

« Ce n'est pas trop difficile de faire classe à une bande de meurtriers et de voleurs ? »

Elle haussa les épaules.

« Il faut croire que j'ai une attraction particulière pour les voleurs ? Peut-être à cause du dessin animé

Robin des bois, que je regardais en boucle quand j'étais gamine.

— Attention à ne pas franchir le pas, alors ! »

Elle secoua la tête et posa brièvement un doigt sur mon avant-bras.

« Promis, si l'envie me prend de voler une toile, je ferai appel à vous ! Il paraît que vous êtes expert... »

Je regardais ce bout de femme et eus de nouveau cette impression de déjà-vu. Où et quand l'avais-je croisée ? Je m'inventai plusieurs réponses. Finalement, n'est-ce pas cela, la vie en prison ? Imaginer des vies parallèles, les tourner et les retourner dans tous les sens, jouer avec jusqu'à les presser comme de vulgaires citrons, puis partir sur d'autres idées, d'autres fantasmes. La vie en captivité est faite pour ceux qui ont de l'imagination. Ceux pour qui une nouvelle maison recèle plus de trésors que tout un pays. Ceux qui n'ont pas besoin de partir loin pour s'évader. Ceux pour qui le bleu du ciel est le terrain de jeu de nuages polymorphes.

Elle prit son temps pour ranger son sac, comme si tout n'avait pas encore été dit. Elle remit son écharpe, se tourna vers moi et dit d'un ton détaché :

« Vous savez, la peinture à l'huile a un énorme avantage : elle supporte très bien les erreurs. Il suffit de repasser par-dessus un détail raté pour le corriger. D'ailleurs, quand on analyse les toiles de grands maîtres aux rayons X, on arrive à voir les nombreuses retouches successives. C'est ce que l'on appelle un repentir, *pentimento* en italien.

— Le repentir ? Quel joli mot !...

— Je trouve aussi. Tous les chefs-d'œuvre ne sont pas réussis du premier coup, il ne faut pas croire. D'ailleurs, c'est souvent un indice qui permet de détecter les compositions d'origine, car les faussaires ne font pas de repentir.

— Où voulez-vous en venir ?

— Je ne sais pas. Quand on est honnête avec soi-même, il faut savoir reconnaître ses erreurs et revenir en arrière. Se repentir. Je me disais que si votre vie était une peinture, il y aurait certaines choses que vous aimeriez effacer, ou, disons, peindre différemment, non ? »

L'idée était séduisante. Et si ma vie était une grande fresque, un triptyque à la peinture à l'huile, quel moment de ma vie aimerais-je atténuer, corriger ou changer complètement ?

Je crois que j'effacerais ma décision à la sortie de l'école. Mon repentir couvrirait tout **le chapitre 4, page 36.**

C'est sans doute trop de travail. Non, je crois que je serais plus chirurgical, et ne modifierais qu'un simple détail : je me serais peint avec une pièce pour le juke-box **au chapitre 24, page 176.**

CHAPITRE 32

Ce chapitre n'existe pas dans l'histoire de Lorenzo. Si vous lisez ces lignes, c'est que vous n'avez pas respecté les consignes de fin de chapitre ou que vous vous êtes volontairement égaré, le nez au vent, la démarche badine, comme l'on flâne dans les rues piétonnes un premier samedi de mai.

Ce chapitre est isolé de la narration, c'est un îlot de mots détaché du récit, une salle sans porte dans le plan labyrinthique de ce roman-château.

Que signifie vraiment l'expression « tourner en rond » ? Cela peut vouloir dire s'ennuyer, mais aussi ne pas arriver à sortir d'un cercle vicieux, ne pas comprendre comment se sortir d'une situation complexe.

Quand j'étais gamin, j'observai les chenilles processionnaires. À l'aide d'un bâton, mon grand frère dirigeait la première vers la dernière et formait ainsi une chaîne circulaire d'une vingtaine de chenilles. Chacune suivait celle de devant sans se poser de question, confiante dans le collectif. Elles finissaient par mourir d'épuisement. C'était à la fois cruel et instructif, comme le sont beaucoup de comportements animaux.

En informatique, un phénomène similaire se nomme « *infinite loop* » : des instructions qui rebouclent sans cesse sur elles-mêmes jusqu'à consommer toutes les ressources de l'ordinateur. En référence à ces erreurs de codage, la société Apple a été pendant très longtemps domiciliée au « 1, Infinite Loop » à Cupertino, en Californie.

Alors, dans mon cerveau fiévreux, a germé un jour cette question : est-il possible de créer des boucles infinies en littérature ? Est-il possible d'enfermer un lecteur entre quatre pages, au point qu'il en oublie de dormir, de manger, de boire, jusqu'à épuisement ? Un labyrinthe dans une bibliothèque infinie, digne de celle de Borges, où le lecteur tournerait les pages sans s'arrêter, mû par le suspens, la curiosité ou la nécessité.

Pour répondre à cette question, rendez-vous à vos risques et périls **au chapitre 42, page 268.**

Chapitre 33

« Bonsoir, vous attendez quelqu'un ? Je peux vous offrir un verre en attendant ? »

Elle se retourna et me considéra quelques secondes. Sa coupe au carré faisait ressortir ses yeux noisette parfaitement maquillés. *Quel con,* pensai-je, *j'ai répété le verbe attendre !* Deux charmantes fossettes éclairèrent son visage et la ressemblance avec Flor me frappa : « Oui, j'attends quelqu'un ; et j'ai déjà un verre. »

Elle avait dit cela d'un sourire déroutant. Ce n'était donc pas vraiment un râteau, mais ce n'était pas non plus un franc succès. Je restai hébété quelques secondes, ne sachant pas trop comment interpréter cette réponse. Elle rit : « La bouche ouverte, vous me faites penser à un portrait de Gustave Courbet ! Allez, vous pouvez me tenir compagnie jusqu'à ce que ma copine arrive si ça vous chante. »

Je m'assis à côté d'elle, mais ma bière était restée à mon ancienne place. Du coup, j'hésitai entre en recommander une ou me lever pour aller la chercher. Retourner la prendre faisait pingre, mais en commander une deuxième était stupide, elle avait bien vu que j'avais laissé la mienne là-bas. Me voyant pensif, elle plissa les yeux comme pour mieux décoder mon silence. « Excusez-moi, j'ai oublié mon verre là-bas. »

Je descendis du tabouret, contournai les trois autres, attrapai ma chope et fis le chemin en sens inverse. Je regrettai déjà mon geste. *C'est un peu bizarre de l'aborder puis de repartir dans la foulée.* Mal à l'aise, je trébuchai et renversai la moitié de mon verre à quelques centimètres d'elle. La bière s'étala sur le comptoir, puis dégoulina par terre. Elle ôta son petit carnet juste à temps.

« Je suis confus ! J'espère que je ne vous ai pas éclaboussée ! »

Elle éclata de rire.

« Vous au moins, vous savez vous y prendre avec les femmes ! »

Je cherchai du regard le serveur. Il était derrière sa caisse à classer des facturettes. Je lui expliquai la situation et lui demandai une serpillière. Il me tendit un rouleau d'essuie-tout sans même tourner la tête. Je le pris et ne sus quoi en faire. Devais-je m'agenouiller aux pieds de la fille pour nettoyer ? Était-ce vraiment au client de nettoyer ? Le serveur était retourné à ses facturettes et se désintéressait de la situation.

Elle me regarda de ses grands yeux étonnés, guettant ma réaction. Dans le coin de la salle, le jeune homme suivait aussi la scène avec intérêt. Je mis un genou à terre et marmonnai des excuses. J'étais à ses pieds, sentant son regard sur mes épaules, quand sa copine arriva. Elle se planta devant nous : « Qu'est-ce que vous faites ? »

Je levai la tête. La blonde répondit : « Tu ne vois pas ? Ce jeune homme me demande en mariage ! »

Je croisai le regard interrogateur de la copine brune et bredouillai un « Pas vraiment... » peu convaincant. Perchée sur son tabouret, la fille se tourna vers son amie.

« Je croyais. J'étais en train de noter des trucs dans mon carnet quand il est venu vers moi pour me parler. Dans l'espoir de me séduire, j'imagine. La suite logique est que nous sortions ensemble, que l'on devienne amoureux pour qu'un jour il me demande en mariage. Ensuite nous aurions deux gamins, une voiture, un pavillon, peut-être même un chien. »

Son espièglerie m'arrêta. Elle me dévisagea et continua sans détourner son regard : « Mais il a tout foiré en renversant son verre sur moi. Enfin, à côté. À quoi tient le destin parfois... » Satisfaite de sa tirade, elle but une gorgée, mais je sentis derrière cette provocation une certaine attente. Le même esprit facétieux que Flor ! Je répondis du tac au tac une phrase sortie je ne sais d'où : « Non, je voulais juste voir si vous étiez étanche. » La surprise lui fit recracher sa gorgée sur moi. À son tour de s'excuser. « Oh, je suis désolée, mais je ne m'attendais pas à votre réplique ! »

La brune nous regarda : « Ça va, je ne vous dérange pas ? Vous comptez passer la soirée à vous asperger ? » Nous étions tous les deux hilares. Elle lui fit un clin d'œil : « Ah oui, je comprends, c'est un jeu sexuel, en fait... Peut-être une parade amoureuse d'éléphants qui s'arrosent avec leurs trompes ? »

J'épongeai mon T-shirt avec une feuille d'essuie-tout et ma presque-conquête soupira et s'adressa à la brune : « Allez ! on y va, sinon on va être en retard. » Elles sortirent ensemble du bar après un rapide « Au revoir ». Je restai seul un instant, interdit, hésitant entre creuser un trou de douze mètres pour m'y enterrer ou me saouler pour oublier ce fiasco.

Mais, avant que je ne me décide, la porte se rouvrit et la blonde courut vers moi. « Allez, je vous donne une seconde chance. » Elle me tendit un ticket de bus où figuraient son numéro de téléphone et son prénom : « Marie ». Elle me sourit et disparut aussi vite qu'elle avait réapparu.

Je jouai un instant à tourner et retourner ce précieux sésame. Le serveur en profita pour lever la tête et sembla se souvenir de mon existence : « Je vous sers quelque chose d'autre ? » Je secouai la tête ; je préférai rentrer chez moi. Il me fallait préparer un coup de fil important que je devais passer le lendemain.

Elle décrocha à la troisième sonnerie.

« C'est Lorenzo, l'arroseur arrosé. Je vous appelle pour m'excuser de cet... incident.

— Oh, ce n'est rien ! C'est moi qui suis désolée pour hier soir, nous avions rendez-vous avec ma copine. Je suis partie précipitamment.

— Ce n'est pas grave. Comme ça, j'ai pu me remettre de ma maladresse. »

Elle ne réagit pas.

« Je peux me faire pardonner avec un verre demain soir ? »

Il y eut un blanc.

« Demain soir, je pars chez mes parents pour le week-end. Mais aujourd'hui je peux ; vers 18 h 30, après mon cours. »

Je regardai par la fenêtre, c'était le déluge. Il pleuvait sans discontinuer depuis le milieu de la matinée.

« La météo a prévu de la pluie toute la journée

— Et alors ? Vous ne vouliez pas vérifier si j'étais étanchc ? »

Marie était diplômée en histoire de l'art. Elle avait fait l'Écolc du Louvre et s'était spécialisée dans l'expertise et la restauration de toiles du XIXe siècle. Elle travaillait à mi-temps au musée de la ville et partageait le reste entre un atelier d'histoire de l'art à la prison et quelques galeries d'art qu'elle conseillait. Sa vie entière tournait autour de cette passion, et rien ne pouvait l'arrêter quand elle parlait d'un tableau qu'elle appréciait.

Nos premières rencontres furent décapantes. Moi, le bac +5 qui ne connaissait pas grand-chose aux arts, et elle, l'artiste qui ne comprenait rien aux simulations informatiques. Pourtant, dès notre première discussion en tête-à-tête, nous ressentîmes une grande complicité. Il y a des évidences qui flottent dans l'air, comme de fines particules de poussière en suspension qui ne demandent qu'à se poser sur quelqu'un.

Lors de notre première rencontre, j'avais comparé son esprit taquin à celui de Flor. Mais Marie était bien plus que cela. Certes, elle avait de l'humour et était joueuse, comme la Mexicaine, mais elle posait aussi sur le monde un regard magique, à la fois beau et optimiste. Pour elle, la complexité des choses était source d'émerveillement. Qu'elle soit dans une forêt ou à La Défense, elle contemplait le paysage avec un regard d'artiste, de photographe ou de peintre. Elle y voyait les lignes de fuite cachées, les intentions secrètes, des symboles omniprésents. Les fades couleurs citadines s'habillaient dans sa bouche de noms délicieusement poétiques : le vert des arbres était anglais, empire ou absinthe. Sur ses lèvres, le rouge se portait d'aniline, garance ou sang-de-bœuf. Le bleu du ciel était givré, céruléen ou charrette selon la météo. Mes yeux étaient pour elle lavallière, mordorés ou acajou. Se balader avec elle était un feu d'artifice de découvertes anodines : un lampadaire sculpté caché au milieu des autres, une porte cochère classée et pourtant invisible aux yeux des passants pressés. Un rayon de lumière furtif entre deux immeubles, un pigeon perché très haut et imitant une gargouille.

J'explorais avec elle un autre pan de l'univers, l'autre facette d'un même monde. J'étais ce roi moyenâgeux qui découvre enfin les épices. Jusqu'à présent, les jeunes de mon entourage sortaient tous plus ou moins du même moule. Marie était forgée dans un alliage différent. Son approche du monde était à l'opposé de la mienne, et cela me fit un bien fou.

Elle fut captivée par mon expérience au Mexique et la description que je lui fis de la guilde des effaroucheurs. Toujours avec son regard décalé, elle me demanda pourquoi les pistes d'atterrissage étaient toutes noires. « Des pistes rose incarnadin emmagasineraient moins de chaleur, éloigneraient davantage les animaux et rendraient les aéroports plus joyeux. » Alors pourquoi pas ? Elle me questionna sur les papillons monarques, me parla de leur migration légendaire entre les terres froides du Canada et le Mexique, de ces millions qui forment des essaims multicolores vers Guadalajara. Je lui avouai honteusement que je n'avais même pas pris le temps de m'y intéresser, malgré l'intérêt que j'avais, enfant, pour les insectes.

Elle me regarda de ses grands yeux et ne répondit pas. Voilà la grande différence entre elle et moi ; je modélisai un monde que je percevais par mon hémisphère gauche, rationnel et logique. J'étais ce borgne qui ne voit pas le relief des choses, qui garde en mémoire l'image monochrome d'un monde plat.

Elle m'interrogea sur l'équipe, voulut tout savoir. Je glissai pudiquement sur les soirées à El Templo, sans m'attarder sur Flor et le rhum à la mode de Santiago del Estero. Quand je parlais de Salina ou de Flor, je sentais chez elle une forme de méfiance, de jalousie latente. De toute façon, son sourire, ses fossettes et son esprit surpassaient ceux de Flor, qui figurait désormais dans le grand livre de l'oubli.

Nos contrastes suscitaient la curiosité, la curiosité entraînait l'étonnement et l'étonnement menait à l'admiration. Nos différences étaient le carburant de notre amour.

Elle sortait de plusieurs années au Louvre, où elle avait fréquenté pas mal d'artistes. Avec moi, elle découvrait un homme des cavernes, une matière brute, non formée aux arts, qui la renseignait sur la vérité intrinsèque des choses. J'étais son témoin naïf, son regard neutre qui lui permettait de différencier l'inné de l'acquis, l'idéal de l'accident. Mes réactions ingénues devant un tableau ou une scène la plongeaient dans de profondes réflexions sur la nature humaine et sur les interprétations préfabriquées de ses confrères.

D'un autre côté, elle était fascinée par mon esprit de modélisateur universel. Pour moi, tout se modélisait dans un maillage mathématique invisible. Dans mon regard, aucune ligne de fuite ni aucun placement statique savamment étudié, mais des objets géométriques unis dans un référentiel orthonormé que je pouvais tourner et tordre dans tous les sens. Je simulais le déplacement d'une famille canard sur une piste, elle peignait le jaune fleur de soufre mêlé au vert lime du mâle. Je voyais la dynamique de la scène, elle, la symbolique du destin.

L'art et les sciences avaient trouvé en nous leur symbiose amoureuse. Nous étions un joli couple, plein d'envie de se découvrir, de se mordiller, de se toucher, de s'effeuiller et de fusionner.

Je ne trouvais toujours pas de boulot satisfaisant. Je n'avais plus aucune envie de quitter la vallée, alors, pour éviter une trop longue période d'inactivité, je m'inscrivis au rectorat de l'académie pour animer des ateliers d'informatique au lycée. J'étais contractuel, payé correctement, et cela ne me demandait pas un énorme travail. Je me disais que cette expérience sur mon curriculum vitæ pourrait toujours s'expliquer sans dévaloriser mes compétences.

Inévitablement, ma « vraie » recherche d'emploi passa au second plan. Au premier plan, ma « jeune paysanne joyeuse », un de ses tableaux préférés, prenait toute la place.

Rendez-vous **au chapitre 34, page 230.**

Chapitre 34

Marie aimait se déguiser. Son appartement était rempli de photos d'elles dans le costume et la position de ses tableaux préférés. Elle était la « femme en chapeau noir » de Félix Vallotton, tout de noir vêtue, les yeux fermés et exhibant son sein gauche. Une photo un brin calviniste où l'austérité du modèle était nuancée par un soupçon d'érotisme et d'espièglerie.

Dans un registre différent, une autre photo la montrait « jeune fille aux pêches » dans la reproduction d'un tableau peint en 1887 par Valentin Serov, où elle posait, l'air embarrassé, en tenue rose sage, accoudée à une table de salon, deux fruits devant elle. Quand je lui demandais qui avait pris ses clichés, elle esquivait : « un collègue », « un copain », « une copine », mais je sentais dans sa réponse une émotion refoulée, des confidences qui viendraient peut-être plus tard.

Ma photo préférée était le portrait de Mme Moitessier, immortalisée en 1851 par Ingres. Elle m'expliqua que le peintre mit douze années pour le réaliser. La femme est vue de face, mais aussi de profil grâce à un miroir. « Même Picasso était dingue de ce tableau », me confia-t-elle comme un secret.

Une amie travaillant au Centre national du costume de scène lui avait confectionné l'incroyable robe à fleurs et à rubans.

Elle avait une quinzaine de photos-tableaux où elle se mettait en scène. « J'ai commencé à l'adolescence, quand je me suis intéressée sérieusement à la peinture. Pour chacune, cela me prend entre trois et six mois pour confectionner le décor et le costume. C'est du boulot ! » Mais le résultat était bluffant. Dans notre monde éphémère, certains se tatouent pour inscrire dans leur chair un souvenir durable. Marie se servait de sa galerie de portraits pour marquer le fil du temps. « Celui-ci, c'était pour mes dix-huit ans. J'étais en première année de fac, je suivais des cours de dessin et me prenais pour Élisabeth Vigée-Lebrun dans cet autoportrait. »

Ainsi, de portrait en portrait, subjugué par les métamorphoses de mon aimée, j'appris un peu mieux l'histoire de l'art. Quelle délicieuse opportunité de connaître, toucher et aimer le modèle vivant de tous ces grands maîtres !

Après deux mois d'un amour exclusif et féerique, je voulus, moi aussi, laisser ma marque dans sa vie.

« Marie, j'aimerais beaucoup te prendre en photo. »

Elle reposa son thé, inclina la tête et arbora son air espiègle.

« N'est-ce pas encore trop tôt ? »

Je souris malicieusement. C'était le jeu entre nous. Ne pas succomber, ne pas avouer prématurément une passion que nous savions déjà prodigieuse.

« Je ne sais pas, tu m'as dit que les autres avaient été prises par de simples amis, des collègues. Alors, pourquoi pas moi ? »

Prise à son propre piège, elle baissa les armes de bonne grâce.

« D'accord, choisis la peinture. Mais uniquement XIXe siècle, s'il te plaît. Avant le XVIIe, ce ne sont que des vierges nues grassouillettes ! Au XXe, que des filles déstructurées qui ressemblent à des Lego. »

Ravi, je me jetai sur elle pour vérifier si, nue, elle était vierge ou grassouillette. En tout cas, la poitrine que je tâtais avec volupté avait des formes bien moins anguleuses qu'une brique de Lego.

Je consultai des soirées durant les nombreux ouvrages dédiés à la peinture qui remplissaient sa bibliothèque. C'était pour moi une renaissance, j'avais une soif de connaissance qui dépassait largement le XIXe siècle. Je m'arrêtais sur chaque page pour admirer des trésors espagnols, flamands, italiens ou français que je ne connaissais pas. Je glissais rapidement sur certaines toiles pour m'attarder plus longuement sur d'autres. La tête au-dessus mon épaule, Marie murmurait « Celle-ci est exposée au musée du Prado. Tu verras, on ira. En vrai, c'est encore plus bluffant ! »

Des fois, elle s'asseyait carrément sur l'accoudoir du canapé, derrière moi, et je sentais son regard approbateur à chaque page. Quand je passais trop vite sur une œuvre, je la sentais frémir, déçue que je n'aie pas su capter un symbole caché, une technique audacieuse ou un je-ne-sais-quoi de transcendant.

Je levais la tête, comme un signal, et elle me murmurait quelques reproches habilement déguisés en question.

« Tu n'as pas aimé *La Leçon de musique* de Vermeer. Qu'est-ce que tu y as vu ?

— Une jeune fille qui joue du piano sous la supervision de son professeur. »

Marie plissait les yeux, et un sourire éclipsait ma rustre analyse.

« Regarde dans le miroir, le reflet ne correspond pas à la réalité de la scène. »

Effectivement. Je restai coi, il suffisait de le dire pour le voir. Marie était cette éveilleuse de conscience, celle qui souligne la structure artistique invisible mais nécessaire du monde.

Un matin, Marie me demanda si j'avais des timbres – « Oui, dans mon portefeuille. » Elle l'ouvrit et un bout de papier plié en quatre tomba par terre. Elle le ramassa et y lut presque involontairement un diminutif accolé d'un numéro de téléphone portable. « C'est qui, cette Princesse qui te donne son 06 ? »

Je la regardai sans trop savoir quoi dire.

La veille, j'avais rencontré par hasard mon ex, celle avec qui j'étais pendant mes études. Je l'avais croisée alors que je sortais de la bibliothèque. On avait papoté, c'était sympa. Elle m'avait demandé de mes nouvelles, m'avait raconté son expérience calamiteuse sur Paris. Son job s'était révélé ennuyeux, son patron, un vrai tocard et la vie à la capitale, un enfer. Elle venait d'atterrir dans la vallée de

Chantebrie – « Quelle coïncidence, c'est dingue, non ? » Désormais, elle travaillait pour une petite société de conseils aux PME et s'y sentait très bien.

Tailleur vert, maquillage discret, son look de businesswoman tranchait avec ses tenues d'étudiante. J'avais des souvenirs d'elle en jean-T-shirt, en petite robe d'été, mais je ne l'avais jamais vue ainsi. Elle paraissait plus affirmée, plus sûre d'elle. Elle me proposa d'aller boire un café, mais je devais rentrer. Elle fit une moue et je compris que je l'avais contrariée. Elle déchira un bout de papier d'un carnet sorti de son sac à main et me nota son numéro de portable. « Appelle-moi, maintenant que je suis ici, on aura plus d'occasions de se voir. » Et elle me sourit, son modèle de sourire avec fossettes, celui qui me faisait tant craquer à l'époque.

Ce n'est que quand elle fut partie que je dépliai le mot : de son écriture ronde, elle avait écrit « Princesse » à l'encre violette, le surnom que je lui donnais quand on était ensemble.

Je glissai son numéro dans mon portefeuille. C'était quand même étrange qu'elle soit revenue travailler dans la vallée. Mais pourquoi pas ? Après Paris, elle avait sans doute cherché en province, et elle connaissait bien cette région pour avoir séjourné de nombreuses fois chez mes parents. Aussi, quand Marie m'interpella à ce sujet, je fus pris entre deux sentiments contradictoires.

C'est bête, je n'avais pas pensé à lui parler de cette rencontre. J'avais juste croisé une ex et papoté un peu. C'est vrai qu'elle avait pas mal insisté pour que l'on se revoie, mais qu'est-ce que cela prouvait ? Après tout, en tant que nouvelle habitante de la région, elle devait se reconstituer un cercle d'amis. Il était normal qu'elle se raccroche à ses anciennes connaissances. Rien de honteux ni de condamnable, d'autant plus que je n'avais aucun doute sur ma relation avec Marie. Rendez-**vous au chapitre 47, page 290.**

D'un autre côté, comment expliquer ma gêne quand j'avais déplié ce papier ? Pourquoi le mot « princesse » m'avait-il pincé le cœur ? Il ne fallait pas être naïf ; elle n'était sans doute pas revenue dans la vallée par hasard. Avec son diplôme, elle aurait pu travailler n'importe où en France. La coïncidence était troublante, non ? Malgré tout, ma relation avec Marie était idéale. Le soir, je n'avais donc rien voulu dire pour ne pas compliquer les choses ; je savais que Marie risquerait d'être jalouse si je parlais de mon ex. J'aurais dû noter son numéro de téléphone et jeter le papier directement. Rendez-vous **au chapitre 48, page 299.**

CHAPITRE 35

Cette discussion me fit gamberger et je fis quelques recherches. Deux semaines plus tard, j'avais trouvé l'idée du siècle.

« *La Vierge de l'Annonciation,* peinture d'Antonello da Messina. »

Marie s'approcha.

« C'est une toile du XVe, non ?

— 1475.

— Trop tôt. Les peintures religieuses de l'époque, ce n'est pas ma tasse de thé.

— Regarde pourtant celle-ci, elle est étonnante de modernité. Marie est représentée en buste, sans l'ange Gabriel. »

Je n'avais pas choisi cette peinture pour cela, mais c'était vrai que j'aimais cette idée d'une Marie enfin débarrassée de Gabriel.

Elle se pencha vers moi et regarda par-dessus mon épaule.

« Effectivement. Le bleu du voile ressemble presque à du Vermeer. »

Elle observa la reproduction quelques secondes, puis retourna à la cuisine.

« Mais non. Je reste fidèle à mon XIXe siècle. »

De là-bas, elle ajouta :

« Et tu ne crois pas que deux portraits en si peu de temps, c'est beaucoup trop ? »

Je la rejoignis et l'enlaçai par-derrière.

« J'étais certain de ta réaction. Aussi, je rajoute un argument dans la balance. Si tu choisis cette toile, je te fournirai, comme déguisement, le saint voile. »

Elle se retourna et inclina la tête.

« Comment cela ?

— L'authentique saint voile que portait Marie à l'Annonciation. C'est une sainte relique. Avant la chute de Constantinople, Charlemagne le reçut en trois morceaux de l'empereur d'Orient.

— Oui, je connais cette histoire, je t'en ai parlé dernièrement.

— Attends, j'ai lu que son petit-fils, Charles le Chauve, en conserva un à Aix-la-Chapelle, un autre dans l'abbaye de Compiègne et le dernier à la cathédrale de Chartres.

— Ils y sont toujours ?

— Les deux premiers, oui. Mais, à la Révolution, celui de Chartres a été volé, découpé et revendu par morceaux. Aujourd'hui, tu peux en retrouver des fragments un peu partout. »

Marie posa le couteau et s'essuya les mains sur son tablier.

« Raconte. Où ?

— D'après mes recherches, il y a des morceaux du saint voile à Longpont-sur-Orge, dans l'Essonne. Un autre dans l'Aveyron, à Coupiac. Puis à Verdun, à Pontmain, en Mayenne, à Saint-Flour, dans le Cantal ; et, bien entendu, un gros bout est resté à Chartres. »

Elle était émue, je le voyais à sa poitrine qui se soulevait à un rythme rapide.

« Et que proposes-tu exactement ?

— On fait notre pèlerinage dans ces églises, on vole les reliques, on les coud ensemble pour reconstituer le voile original. »

Elle éclata de rire.

« Tu es complètement fou, mon chéri ! »

Je lui saisis les deux mains.

« Tu as une Vierge de Barhofk, en peinture, que l'on ne peut pas prendre en photo. Pour compenser, il faut un truc tout aussi fou : imagine une photo de toi portant le saint voile ! »

Elle m'embrassa lentement, chaudement, un baiser chargé de promesses.

« Et comment comptes-tu t'y prendre, mon grand voleur de reliques ? »

J'avais réfléchi à la question. Les reliques étaient certainement protégées dans des cages en verre sous alarme, mais l'alimentation électrique d'une église n'est pas du même standard que celles des bijouteries ou des banques. Question de moyens. Souvent, une simple coupure de courant permet de désactiver tout le système. Il n'y a pas de groupe électrogène de secours, ni de balise avertissant de la panne.

Marie se mordit la lèvre inférieure et un large sourire illumina son visage. Je lui pris les deux mains. « Allez, dis oui ! Je sais que tu en meurs d'envie ! »

Elle sautilla sur place et poussa de petits cris d'excitation. Enfin, elle hocha la tête comme une gamine complice d'une grande bêtise. Très content de mon idée, j'ouvris une bouteille de champagne pour fêter l'événement.

« À ma sainte Marie !

— À mon voleur de reliques ! »

C'était un plan dingue, complètement irresponsable, mais ne dit-on pas que l'amour rend fou ?

Notre road-trip commença aux congés de Pâques. Nous avions pris une carte de France et dessiné le parcours avec un marqueur rouge. Cette étape suffit à nous mettre dans l'ambiance. Coupiac, Saint-Flour, Verdun, Longpont-sur-Orge, Chartres et Pontmain. L'itinéraire traçait le chiffre sept, tout un symbole.

Paradoxalement j'ai toujours aimé les road-trips, alors que je n'aime pas les petits trajets en voiture. Il y a dans ce terme intraduisible beaucoup d'images qui se bousculent. Pour beaucoup, cela renvoie à une grande traversée des États-Unis, d'est en ouest, à bord d'un Combi Volkswagen bleu pâle, le long de la fameuse route 66. C'est l'image iconique des années 1970, pionnières dans cette liberté donnée à chacun de vivre sa propre aventure. Pour moi, un road-trip peut se faire n'importe où, et surtout sur des départementales sinueuses serpentant entre la Corrèze, le Lot et l'Aveyron. Ce genre de route abandonnée par les touristes et les collectivités, véritable pellicule où s'impriment en roulant les paysages magnifiques. Un road-trip, ce sont des silences, une grande complicité, de la bonne musique et un but à trouver au bout de la route. Ce sont des petites emmerdes mécaniques, une panne évitée de justesse, un lapin aux apparences d'un cerf qui nous fait prendre conscience de notre fatigue. Ce sont des discussions qui peuvent enfin atteindre le dur, car le temps n'existe plus et l'on déballe sur le tableau de bord notre véritable intimité au fil des kilomètres avalés. Nous roulons par-delà les mots et le copilote nous guide dans nos rêves latents, nos espoirs enfin énoncés et des réalités qui pourront attendre.

Les jeunes couples devraient toujours faire un road-trip pour valider leur soif de l'autre. Marie et moi fîmes le nôtre, qui s'acheva sur la D194, aux portes de Coupiac.

Voler le reliquaire de Coupiac fut un jeu d'enfant. Une courte visite à l'église, mi-romane, mi-gothique, permit de constater que le saint voile ne s'y trouvait pas. À l'office du tourisme, une brochure en papier glacé nous apprit qu'« en 1968, un oratoire destiné à recevoir la châsse en cuivre doré contenant le saint voile a été aménagé dans une dépendance du presbytère ».

Déguisés en touristes, nous louâmes une chambre dans une auberge du village, d'où nous avions une vue sur le presbytère. Nous ne pûmes fermer l'œil de la nuit, l'excitation du larcin alternant avec celle de passer notre première nuit ensemble dans un hôtel.

Le dimanche matin, le curé quitta les lieux pour célébrer l'office. Nous en profitâmes pour crocheter la porte arrière de sa demeure. Le presbytère n'était pas grand. Un salon, une cuisine, une chambre de célibataire et une modeste salle d'étude. C'est dans cette pièce que nous découvrîmes un coffre de taille imposante. Scellé au mur, il était protégé par un code. J'essayai 1968 sans succès. Puis tous les nombres de 1950 à 1980, des fois que le curé aurait pensé à sa date de naissance. La porte resta fermée. Marie me regarda.

« Réfléchissons, pense en curé...

— Ce n'est pas facile avec toi devant moi. Tu m'excites ! »

Elle me fit ses gros yeux. Je me concentrai et elle reprit :

« Tu es le prêtre responsable de cette sainte relique. Tu dois mettre un code, lequel choisis-tu ?

— Je ne sais pas. Quand Jésus est-il né ?

— En l'an zéro ! »

Elle éclata de rire : « Bien sûr ! Essaie 0000. »

Mais la porte en fonte resta inflexible. Marie prit son visage entre ses deux mains et resta une longue minute silencieuse. Enfin, elle proposa :

« 1508.

— Pourquoi ? Que s'est-il passé en 1508 ?

— Non, c'est le 15 août, fête de l'Assomption de Marie. »

C'était une bonne idée, mais rien ne se passa.

« 2503, alors.

— Ce n'est toujours pas une date, ça ?

— Si, le 25 mars, jour de l'Annonciation faite à la Vierge Marie par l'archange Gabriel. »

Je sifflai d'admiration.

« Ça sert d'avoir fait des études d'art...

— Oui, ou tout simplement le catéchisme ! »

La porte s'ouvrit dans un délicieux cliquetis et une boîte rectangulaire en cuivre doré apparut. Dedans, un morceau d'étoffe. Bingo ! Nous nous regardâmes, incrédules, avant d'improviser une danse de la joie muette autour de la pièce.

Mais il ne fallait pas traîner ; je rangeai la boîte dans le sac, refermai le coffre vide et nous repartîmes par où nous étions venus. Les gants en latex furent jetés quelques kilomètres plus loin, sur la première aire d'autoroute. Nous l'avions fait ! Nous avions un premier morceau du saint voile avec nous.

Dans la voiture, Marie garda en main le trophée et ne se lassa pas de le toucher. Le vol ne serait découvert qu'à la mi-août, dans quatre mois. D'ici là, nous serions loin et toutes traces de notre venue auraient été oubliées ou effacées.

Le reste du trajet ne fut que chansons à tue-tête et regards de braise. Nous étions *Bonnie and Clyde* après le braquage d'une banque. Nous étions deux jeunes fous. Jamais je ne m'étais senti aussi vivant. J'avais envie de hurler ma joie sur le toit du monde, j'avais envie d'arrêter la voiture et de faire l'amour à Marie, là, sur le bas-côté. J'avais trouvé l'amour de ma vie, ma raison d'exister, mon âme sœur. Je me contentais de la regarder, d'imprimer dans ma rétine chaque détail, afin de ne jamais oublier ce moment.

Rendez-vous **au chapitre 36, page 243.**

Chapitre 36

Nous roulions sans nous presser vers Saint-Flour. Nous fîmes une pause à Chaudes-Aigues, dans le Cantal, où nous profitâmes des sources d'eau chaude. Le printemps se réveillait à peine et les vénérables volcans prenaient lentement leurs habits d'été. Nous passâmes une nuit merveilleuse, pleine d'espoir et de caresses. Longtemps je me souviendrais de Marie, nue sur le lit, avec pour seule tenue ce voile millénaire recouvrant son corps de reine. Elle me sourit et son visage exprima tant de choses inaccessibles aux mots. Si j'avais été peintre, j'aurais sorti ma palette et mes pinceaux pour l'immortaliser. J'aurais pris le temps, rehaussé les couleurs blafardes des draps, mis dans mon tracé tout l'amour que m'inspirait sa beauté. La peinture, c'est pouvoir insérer sa petite fourmi dans un morceau d'ambre, c'est se créer des toiles où les souvenirs sont intimement liés aux émotions par l'âme du pinceau. Je peins non pas ce que je vois, mais ce que je ressens ; là est le véritable secret que Marie m'avait enseigné.

Je la contemplai un temps infini. Je n'avais pas de pinceaux et ne savais pas peindre. Alors je m'avançai doucement vers elle, posai ma tête entre ses seins et respirai son odeur ; une autre façon d'immortaliser les souvenirs. Puis, ma bouche avança vers un téton et se referma délicatement sur lui. Je le sentis gonfler sous ma langue et mes papilles s'imprégnèrent de sa texture et de son goût si caractéristique. Il me fallait apprendre Marie par tous mes sens pour ériger un amour plus durable que l'airain.

Nous repartîmes en fin de journée et arrivâmes à Saint-Flour mardi soir, à la nuit tombée. Nous avions réservé un hôtel, mais nous passâmes d'abord voir l'église. Je me garai sur la place d'Armes, en face de l'imposante cathédrale Saint-Pierre, monument gothique fait de lave noire. L'endroit était désert ; seul un lampadaire éclairait le parvis. Je la regardai. *Et si c'était le moment ?*

Nous fîmes le tour de l'édifice. Nos lampes de poche éclairaient le chemin ; les maisons étaient toutes éteintes, volets fermés. Je chuchotai : « Trouvons le compteur électrique. »

Le modeste cadenas qui protégeait le boîtier en plastique d'EDF ne résista pas longtemps à ma pince-monseigneur. Marie se rapprocha et me souffla à l'oreille : « Drôle de nom pour une pince qui va permettre de voler une sainte relique... » Je me retins d'éclater de rire et lui flanquai un coup de coude. La clarté de la lune rendait son visage encore plus blanc, encore plus beau. Je pris le temps de l'embrasser. Nous aurions fait deux piètres commandos si à chaque pas nous nous étions ainsi enlacés.

Le reste fut un jeu d'enfant. Nous pénétrâmes par la porte de service, également protégée par un cadenas maladif. Sans électricité, les systèmes d'alarme étaient désactivés. Possible que la gendarmerie s'aperçoive d'une coupure, mais pas avant une demi-heure. Nous avions un créneau suffisant devant nous.

À cette heure, la cathédrale était plongée dans une quasi-obscurité ; seuls les vitraux distillaient des rayons de lune colorés. Dans deux chapelles, des bougies éclairaient faiblement les autels. C'était féerique. À l'entrée du chœur, un grand Christ noir en bois de noyer nous accueillit. Marie se campa devant lui et l'observa : « Impressionnant, je ne connaissais que les Vierges noires. » Nous vagabondâmes alors comme deux touristes. Le silence renforçait cette sensation de sérénité et de puissance. Je m'assis sur un banc, face à l'autel. Il craqua et je passai mon doigt sur le bois patiné. Je ressentis une bouffée de gratitude, je cherchai la main de Marie et la pris. C'est alors que je remarquai qu'à l'intérieur, la pierre était blanche. Le sol, les colonnes, les voûtes. Seul le marbre au pied de l'autel était polychrome, fait de dalles noires et blanches, rappelant la dualité de l'apparence externe. Quel sens donner à tout cela ? Le bien, le mal ? L'être, le paraître ? Marie semblait, elle aussi, plongée dans d'intenses réflexions.

Je tournai la tête et aperçus les reliques dans la chapelle du Tombeau. C'était une sorte de mini-confessionnal en bois, où les trois côtés étaient vitrés. Au centre, un reliquaire en bronze doré, richement sculpté. Quatre anges se recueillaient autour d'un trésor qui renfermait le voile. Cette châsse n'avait pas d'ouverture et n'était protégée que par les parois de verre sous alarme. Je chuchotai : « Cette fois-ci, notre vol sera découvert dès demain matin. Je ne vois pas d'autre solution que de briser la vitre. »

La dernière fois, ce n'était qu'un vulgaire cambriolage. Ici, je pressentais quelque chose de plus grand. Notre geste s'apparentait plus à une profanation qu'à un simple larcin. Je repensai à la tombe de Toutankhamon et à sa malédiction. Mon pouls s'accéléra. Je jetai à Marie un regard interrogateur : *et s'il n'était pas trop tard pour renoncer ?* Elle devina mes doutes et se pencha vers moi : « souviens-toi du voile hier soir ». Je fus aussitôt submergé par des images. Un large sourire se forma et je lui répondis par un lent baiser. Oui ! Nous avions déjà un premier morceau, il fallait continuer notre folle aventure.

Avec un tournevis, je forçai l'interstice entre la plaque de verre et le bois. La vitre de côté céda dans un grand fracas et des centaines de fragments de verre Securit s'éparpillèrent au sol. Quelques mètres plus loin, des dizaines de bougies illuminaient la chapelle Saint-Jean-Baptiste et renvoyaient une lueur oscillante. L'odeur flottante de l'encens et de la cire complétait cette ambiance romanesque. Mon cœur battait la chamade quand j'ouvris la précieuse boîte.

Le voile était similaire à celui volé à Coupiac, peut-être un peu plus long. Marie le fit délicatement tourner dans sa main et le rangea dans son sac. Je refermai le reliquaire, le couvercle se reposa dans un bruit sourd qui résonna dans tout l'édifice. Le vol serait détecté aux premières heures du matin.

Nous ressortîmes à pas rapides et sonores. Quand nous arrivâmes devant la porte, les cloches se mirent à sonner. Marie poussa un cri et je me collai contre le mur par réflexe. Mais ce n'étaient que les douze coups de minuit. Un instant, je crus que c'était la justice divine qui signalait au monde notre forfait. Une sorte de tocsin céleste, archangélique, volant au secours d'une alarme électronique défaillante. Mais non, rien d'anormal ; juste une grosse montée d'adrénaline qui, dans la voiture, nous déclencha un fou rire nerveux.

Nous repartîmes immédiatement de Saint-Flour sans passer par l'hôtel. Je préférai nous arrêter avant Issoire, dans un motel sans panache au bord d'une aire d'autoroute.

Allongés sur le lit, nous nous regardâmes. Nous étions nerveusement épuisés. Nous n'arrivions pas à nous endormir, nous n'avions même pas envie de faire l'amour. Une sensation étrange de profond malaise qui ne s'avoue pas. Ce vol n'avait pas la même saveur que celui de Coupiac. Loin de nous transporter, il nous avait abattus. Le plafond blafard de la chambre nous renvoyait à notre propre mélancolie. J'entendais encore résonner les cloches, Marie me reparla de ce Jésus noir géant, gardien fantomatique des lieux. Elle ferma les yeux, Son regard miséricordieux se posa sur elle. La jugeait-il ? Elle se colla à moi. Nous avions froid. Comme la cathédrale, l'hôtel était étrangement silencieux. Au loin résonnaient des bruits sourds indéfinissables. Je me relevai pour éclairer la salle de bains. La lumière blafarde rendait la pièce encore plus glauque.

« Je n'ai pas raconté à Gabriel notre périple. Tu crois que j'aurais dû ? »

Je savais que Marie et Gabriel se confiaient tout.

« Pourquoi ne lui en as-tu pas parlé ?

— Je l'ignore. Je ne lui ai pas parlé non plus de la Vierge de Barhofk.

— Tu as peur qu'il te juge ? »

Elle resta muette un moment.

« Non, je ne crois pas... Je ne sais pas. »

Nous restâmes serrés l'un à l'autre sans rien dire. J'écoutais sa respiration. Ce soir, il s'était clairement passé quelque chose.

Au bout de trente minutes, peut-être une heure, Marie rompit le silence.

« Lorenzo, tu te souviens de la toile *Ivan le Terrible devant le cadavre de son fils* ?

— Non.

— C'est un des tableaux les plus connus de Repine. J'adore l'expression du père accroupi, qui tient dans ses bras son fils, la tête ensanglantée. »

Je ne répondis rien. Elle continua à parler, allongée sur le dos, fixant le plafond.

« Ses yeux sont globuleux, terrifiés. Tout est dans le regard. On ne sait pas s'il a peur de la mort, peur de la solitude à venir, ou si c'est juste une infinie tristesse, de l'incompréhension, de la rage. »

Je regardai ma bien-aimée.

« Pourquoi penses-tu à ce tableau ? »

Elle soupira.

« Je ne sais pas. J'y pensais. C'est tout. »

Le lendemain, il fallait partir pour Verdun, notre nouvelle étape. Nous avions une bonne journée de route, il fallait dormir. Je revis toutes ces bougies qui oscillaient dans la nuit. Leur lumière jetait un voile pâle sur les pierres noires. Mes épaules se relâchèrent, mes paupières se fermèrent. Demain, l'Histoire nous attendait à Verdun.

Les bruits dans le couloir nous réveillèrent tôt. Le petit déjeuner du motel était miteux, à l'image de cet établissement premier prix. Quelques biscottes se battaient en duel avec des tranches de pain de mie même pas toastées. Côté confitures, ce n'était pas mieux. Un pot à la fraise, un pot à la figue.

Laquelle choisir ? Les journées commencent souvent par ce genre de décision futile.

Si vous choisissez la confiture de fraises, rendez-vous **au chapitre 46, page 289.**

Si vous choisissez la confiture de figues, rendez-vous **au chapitre 37, page 250.**

Chapitre 37

Je n'étais jamais venu à Verdun. Pourtant, je rêvais depuis longtemps de visiter l'ossuaire de Douaumont, les forêts interdites et les villages fantômes. Mon arrière-grand-père avait participé, de 1915 à 1917, à pratiquement toutes les batailles et en était revenu miraculeusement indemne. Quand j'allais le voir à Saint-Bourdasse-en-Brie, il me racontait des anecdotes étonnantes sur ses camarades du front. J'étais enfant, je m'amusais de ses histoires sans en percevoir les véritables enseignements. Il mourut dans son lit quand j'avais huit ans. Cette visite était une sorte d'hommage.

Nous ne connaissions pas non plus la cathédrale de Verdun. Contrairement à sa sœur de Saint-Flour, celle-ci était blanche et était accolée à un cloître. Mais où se trouvaient les reliques ? Avant de nous aventurer à l'intérieur, nous entrâmes dans la librairie du centre-ville pour nous renseigner. Le libraire, un grand chauve, vint à notre rencontre et me dévisagea par-dessus ses lunettes rondes.

« On se connaît déjà, non ?

— Je ne pense pas, c'est la première fois que je viens à Verdun. »

Il leva la tête et se gratta le menton.

« Je confonds sans doute. À moins que cela ne soit dans une vie parallèle... »

Le concept de vies parallèles me désespère. Si je devais avoir deux vies, j'espère bien qu'elles ne seraient jamais parallèles ! Quel ennui ! Quel manque de fantaisie ! J'aimerais que mes multiples vies se croisent et s'entrecroisent, explorent des recoins différents, s'enchevêtrent et se terminent dans des univers opposés.

« Nous cherchons des renseignements sur la cathédrale. »

Le libraire soupira et s'approcha de la vitrine.

« Vous tournez à droite et remontez par les escaliers. C'est un peu plus loin.

— Non, je veux dire, un livre, pour voir les plans. »

Les touristes et leurs questions récurrentes l'agaçaient. Il grimaça :

« Elle est à deux pas. Vous ne préférez pas découvrir tout ça sur place ? »

Son collègue vint à notre rescousse : « Suivez-moi, nous avons à l'étage un rayon sur le tourisme régional. »

Un beau livre consacré à l'art meusien nous apprit ce que nous voulions savoir. Le saint voile était conservé dans un tube en verre tenu par une statue en bronze à l'effigie de Notre-Dame de Verdun. Impossible, en revanche, de savoir dans laquelle des sept chapelles se trouvait le reliquaire. Une reconnaissance s'imposait.

À cette heure, notre effraction à Saint-Flour avait dû être remarquée. J'achetai le journal, mais n'y trouvai aucune mention sur un quelconque vol de sainte relique. Sans doute était-il encore trop tôt pour que l'information fût remontée et que les autres églises aient été informées. Mais il nous fallait tout de même agir rapidement.

Nous nous installâmes à la terrasse d'un café pour fomenter notre plan. Voilà une heure que la pluie s'était arrêtée. Devant nous, la Meuse coulait au pied du quai de Londres. Des flâneurs profitaient de la douceur matinale pour promener leur chien. Après cet épisode pluvieux, la journée s'annonçait ensoleillée. Les cafés avaient sorti les tables et quelques solitaires lisaient le journal devant leur tasse fumante. L'ambiance était sereine, le soleil chauffait timidement les visages. Cette douce quiétude me fit penser à notre merveilleuse histoire. Je nous voyais bien vivre dans une petite ville semblable. Finalement, pourquoi ce troisième vol ? Nos deux voiles étaient déjà suffisants pour se déguiser en Vierge Marie. Pourquoi prendre ce risque supplémentaire ?

De plus, je suspectais que la prochaine étape, Chartres, serait un sacré morceau. C'était l'endroit le plus célèbre pour le saint voile. La protection devait y être sophistiquée. Sans compter que, si les trois vols précédents étaient signalés, la sécurité y serait renforcée. Ne valait-il pas mieux s'arrêter maintenant ?

D'un autre côté, mon penchant d'aventurier me titillait : pourquoi renoncer aussi vite et ne pas s'en tenir au plan convenu ? Quelle était la vraie raison qui retenait mon bras ?

Sur ce quai, ce matin-là, je compris que Marie était la personne la plus importante de ma vie. Ce troisième voile était pour elle, mais ce vol risquait de foutre en l'air quelque chose d'encore plus grand. Je l'observai qui soufflait sur son café pour le refroidir. Paradoxalement, ses deux mains encerclaient la tasse pour se réchauffer. Elle sursauta à mes paroles : « Nos deux morceaux actuels sont suffisants pour coudre un joli voile. Et si on s'arrêtait là et qu'on rctournait à la maison ? »

Elle posa sa tasse et me regarda, interloquée.
« Jamais deux sans trois ! Que fais-tu de la Sainte-Trinité ? »
Puis, devant ma mine sérieuse, elle ajouta :
« Volons au moins celui-ci. C'est le dernier, promis. Après, on rentre à la maison. »
J'avais l'intuition que c'était une erreur, mais je voulus avant tout lui faire plaisir. « D'accord. Allons ensemble dans l'église pour un premier repérage. Avec notre bouquin, on passera pour de parfaits touristes. » Rendez-vous **au chapitre 38, page 254.**

Elle posa sa tasse et me sourit timidement : « Je n'osais pas te le proposer. J'ai hâte de rentrer à la maison et que tu me prennes en photo. »
Je lui saisis la main. Elle était à la fois chaude et froide. J'approchai ma bouche de son oreille et lui susurrai : « Je t'aime. » Elle baissa le visage, mais je vis aux plis sur son front qu'elle souriait. Rendez-vous **au chapitre 39, page 257.**

Chapitre 38

Nous entrâmes dans la cathédrale. Une centaine de chaises bien alignées attendaient la prochaine cérémonie. Quelques visiteurs erraient dans la nef. Une poignée de fidèles priaient devant l'autel. Malgré quelques grands vitraux colorés, la lumière était blanche et crue. Cela donnait à la pierre une couleur blafarde. Nos pas résonnèrent, mais rien ne vibrait. La magie céleste que l'on ressent dans ces vieilles bâtisses n'était pas au rendez-vous. Je levai les yeux et m'aperçus que les vitraux du haut étaient transparents. Sans doute avaient-ils été endommagés pendant la guerre et n'avaient jamais été restaurés à l'identique. Quel dommage ! L'âme d'une cathédrale est intrinsèquement liée à sa lumière. Il faut des clairs-obscurs, des reflets colorés, des rayons filtrés qui enluminent la poussière en suspension. Des coins d'ombre mystérieux pour que la magie des cierges opère. Rien de tout cela dans cette cathédrale.

Mon regard ne s'attarda pas davantage sur le décorum. Je remarquai la chapelle de droite, où se trouvait le saint voile. Nous fîmes rapidement le tour de la statue de Notre-Dame de Verdun. C'était conforme à l'illustration du livre. Sans m'attarder, je tirai Marie par le bras en prétextant le souhait d'allumer un cierge.

« C'est infesté de policiers en civil. Nous devons partir. »

Elle fronça les sourcils.

« Ne te retourne pas et cherche une pièce dans ton sac. On achète une bougie et on s'en va. »

Elle chuchota.

« Comment le sais-tu ?

— Au pied des trois hommes au premier rang, il y a une petite flaque d'eau. Ça veut dire qu'ils sont rentrés mouillés alors qu'il pleuvait, donc ça fait plus d'une heure. On ne prie pas pendant autant de temps. Ils attendent quelque chose.

Elle ne put s'empêcher de jeter un rapide regard. Je rajoutai : « D'autant que, de là où ils sont, ils peuvent surveiller le saint voile ».

Elle jeta une pièce dans le tronc. Le cliquetis résonna dans toute la cathédrale et les faux pénitents se retournèrent. Je lui pris le bras, l'embrassai dans le cou. Se faire remarquer et avoir l'air de touristes. Elle me repoussa, jouant l'amoureuse flattée, mais offusquée de ce baiser dans un lieu saint. Nous rebroussâmes chemin en prenant le temps de lever la tête et de chuchoter sur la laideur des vitraux.

Une fois dehors, je poussai un long soupir.

« Et si nous rentrions à la maison ? »

Elle se blottit contre moi.

« C'est incroyable, tu l'avais pressenti. J'aurais dû t'écouter. »

Nous nous embrassâmes longuement avant de monter dans la voiture. Je tremblais sans savoir si c'était lié au stress qui retombait ou à un frisson d'amour. Dans tous les cas, la police pouvait toujours guetter ; nous étions désormais à l'abri.

Rendez-vous **au chapitre 39, page 257.**

Chapitre 39

Pour la millième fois, Marie regarda la reproduction de *La Vierge de l'Annonciation,* peinture d'Antonello da Messina.

« C'est incroyable, les dimensions du tableau sont de trente-quatre par quarante-cinq centimètres. C'est exactement les mêmes proportions que le format photo 30 x 40. À croire que cette toile était prédestinée à ce que nous la mettions en scène !

— Oui, c'est une coïncidence improbable. »

Elle se rapprocha et toucha du doigt le papier.

« C'est dingue ! Quand il a peint ça, en 1474, il était totalement à contre-courant. Regarde cette simplicité ! »

Elle se retourna vers moi et, devant mon regard interrogateur, elle reprit doctement :

« À l'époque, la Vierge Marie était représentée dans des drapés luxueux avec de l'or partout. L'ange Gabriel était systématiquement présent, comme dans la toile de Léonard de Vinci, qui date à peu près de la même époque.

— Et le livre, il représente quoi ?

— C'est le signe de la sagesse et du logos, le Verbe de Dieu, tu sais, le fameux "Au commencement était le Verbe". »

Les yeux de Marie brillaient ; la peinture était la grande histoire de sa vie. Son deuxième grand amour, avant ou après moi. Je haussai les épaules :

« Heureusement que l'ange Gabriel n'est pas représenté. Nous aurions été embêtés pour en trouver un... Et surtout, ne me parle pas de ton copain ! »

Elle rit devant cette jalousie feinte.

« Mais, c'est là tout le génie d'Antonello ! L'archange est à la gauche du spectateur, en dehors du tableau, et Marie le regarde dans les yeux. C'est une sorte de métapeinture, avec un triptyque de personnages : Marie, la personne peinte, le spectateur en chair et en os, l'ange en participant virtuel. Le spectateur regarde Marie, qui regarde l'ange.

— Et nous qui allons en faire une photo, c'est une mise en abyme supplémentaire. »

Elle sourit. J'osai lui poser une question bête.

« Au fait, c'est quoi, un archange ?

— C'est comme un ange, mais en plus gradé.

— En tout cas, elle a l'air surprise.

— Tu m'étonnes ! Elle était tranquillement chez elle, quand elle voit débarquer un archange qui lui annonce qu'elle est enceinte du Fils de Dieu. »

Je hochai la tête et terminai mon verre de bourgogne.

« C'est sûr... Allez, assez causé ! En place pour la photo, mademoiselle la Vierge ! »

Elle gloussa et murmura en me regardant : « Pas vraiment, mais on va faire comme si... » Je repensai à notre folle nuit avec le voile, où Marie avait eu cette animalité inhabituelle. Elle piocha une dernière fraise et se prépara.

Un drap noir était accroché au mur. Devant, une planche en bois faisait office de bureau. Dessus, j'avais bricolé un petit pupitre incliné sur lequel était posé un vieux livre. Marie mit lentement le voile et le tint fermé par sa main gauche, comme sur la peinture. Dessous, un petit haut noir identique à celui de la toile.

« Très bien. Soulève un peu ta main droite. Là, encore, stop ! ne bouge plus. Écarte légèrement les doigts. Pivote un poil sur ta droite... »

Je m'installai derrière le viseur et calai la hauteur du trépied pour être face à ses yeux. Quelle étrange émotion de voir Marie, revêtue du saint voile, dans la même posture que cette peinture de 1473 ! Malgré le jeu, malgré notre excitation, flottait une étrange solennité. Elle, d'habitude si gaie et si rieuse, arborait à ce moment un visage de circonstance, un peu fermé, mystérieux. Elle incarnait parfaitement Marie au moment de l'Annonciation.

« Regarde un peu vers ta droite. Baisse la tête. »

Elle tourna légèrement les yeux et son regard se posa sur une photo prise quelques années plus tôt par Gabriel.

La ressemblance était troublante, la photo serait superbe. Dans l'appartement d'à côté, un voisin joua quelques notes de trompette. Je contemplai dans le viseur l'amour de ma vie avec cette admiration simple que l'on porte aux êtres aimés.

Je repensai alors à une croyance que m'avait un jour inculquée mon père : une boule de neige, quelle que soit sa genèse ou son histoire, finira toujours par s'écraser en bas de la montagne.

C'était faux.

Je n'avais pas pensé qu'une boule de neige pouvait fondre avant d'arriver en bas ; que la chaleur du soleil ou celle de l'amour lui permettait de s'écarter de cette fin prédéterminée. Ainsi, en s'évaporant, une boule de neige échappe à son destin en devenant une réalité gazeuse ; elle change de trajectoire et de vie.

« Il n'y a pas de fatalité », dis-je à haute voix au moment où je pris la photo. Marie me sourit et, comme si elle avait suivi mon cheminement intellectuel, ajouta cette très belle phrase de Simone de Beauvoir : « La fatalité triomphe dès que l'on croit en elle. »

Clic, l'obturateur se ferma et se rouvrit sur ma nouvelle vie.

FIN

Chapitre 40

J'aime ces moments de paix intérieure. Au milieu de la place, des oiseaux amoureux gazouillaient dans les platanes. Je les entendais sans les voir. Il était tôt et quelques chiens promenaient leur maître. L'air était encore frais, mais le ciel annonçait une belle journée. J'allongeai mes jambes et savourai l'instant présent.

J'attrapai le journal et l'ouvris au hasard. Je tombai sur les petites annonces, rubrique que j'affectionne tout particulièrement. À la rubrique « Recherche d'emploi », je lis : « Elle appelle dans un sempiternel silence. Baleinier recherche matelot pour expédition scientifique dans l'océan Pacifique Nord. Débutant aimant thébaïde bienvenu. »

Thébaïde. Le mot me plut. « Lieu sauvage, isolé et paisible, où l'on mène une vie retirée et calme », selon le dictionnaire. Cette annonce originale et poétique m'intrigua. Je répondis l'après-midi même et fus convoqué le jeudi.

L'entretien se passa dans un café du 7e arrondissement de Paris. Une dame charmante, à l'accent sud-américain, vêtue d'un tailleur chocolat très élégant, m'accueillit. Il s'agissait d'embarquer sur l'*Hirundo*, un bateau affrété par un laboratoire scientifique pour rechercher la fameuse « baleine 52 ». Je n'avais jamais entendu parler de cette baleine. La dame commanda deux cafés et se lança dans des explications détaillées. « C'est une baleine bleue unique au monde qui chante à une fréquence de cinquante-deux hertz, là où toutes ses camarades chantent entre douze et vingt-cinq hertz. »

Pour un béotien comme moi, cela ne signifiait pas grand-chose. La recruteuse m'expliqua alors la portée dramatique de cette différence. Les baleines chantent pour retrouver leurs congénères et pour s'accoupler. L'océan est vaste, mais leur chant porte loin. Elles se retrouvent ainsi. Cette baleine 52 n'émettait pas à la bonne fréquence. Aussi, aucune autre baleine dans l'océan ne percevait ses appels. Elle criait depuis des années dans le vide, solitaire et abandonnée de ses pairs. Malgré son chant, personne n'arrivait à la localiser exactement.

La baleine 52 était déjà une star aux États-Unis. Son isolement, largement médiatisé, avait ému des millions d'Américains. Des documentaires télévisés larmoyants racontaient sa solitude et ses complaintes ignorées lancées depuis les profondeurs de l'océan. Tout ce battage médiatique avait facilité la collecte de fonds pour des missions de repérage afin de comprendre quel mystère se cachait derrière une telle anomalie de la nature. J'éprouvai instantanément de l'empathie pour cette baleine. J'étais suspendu aux lèvres de ma recruteuse, sans même toucher à mon café. « L'*Hirundo* est un bateau affrété par le Samaritano Institute of Research. Sa mission est de retrouver la baleine 52 et d'y placer un traceur GPS sous-cutané pour suivre ses déplacements ultérieurs. Le baleinier part pour une campagne de six mois au large de l'Alaska. »

La femme au tailleur chocolat me dévisagea et conclut : « Une occasion unique, pour un jeune diplômé comme vous, de voir du pays et de contribuer à une noble cause écologique. » Elle m'avait bien cerné. Les conditions proposées étaient compatibles avec un statut d'objecteur de conscience et j'aimais déjà cette baleine sœur. Le départ aurait lieu dans un mois.

Si vous voulez connaître mes aventures sur l'*Hirundo,* **lisez** *La Baleine thébaïde,* du même auteur. Ainsi, nous éviterons de couper des arbres et de gaspiller du papier à recopier ce qui est déjà écrit ailleurs. Après tout, nous sommes dans le chapitre « Mission écologique » et chacun doit contribuer un petit peu.

FIN

Si vous avez déjà lu ce roman, et que vous vous souvenez de la fin, ou si vous refusez ce placement de produit honteux, indigne de l'intégrité littéraire de son éditeur, alors, à titre tout à fait exceptionnel, vous pouvez revenir sur votre choix, ce fameux matin où les oiseaux piaillaient dans les platanes. Rendez-vous **au chapitre 43, page 270.**

Chapitre 41

Ce chapitre n'existe pas dans l'histoire de Lorenzo. Si vous lisez ces lignes, c'est que vous n'avez pas respecté les consignes de fin de chapitre ou que vous vous êtes volontairement égaré, le nez au vent, la démarche badine, comme l'on flâne dans les rues piétonnes un premier samedi de mai.

Ce chapitre est isolé de la narration, c'est un îlot de mots détaché du récit, une salle sans porte dans le plan labyrinthique de ce roman-château.

Il y a quelques années, j'ai écrit un roman sur un jeune homme embarqué sur un baleinier. J'avais son sort entre mes mains, ou plutôt sous ma plume. J'aurais pu l'épargner, lui faire connaître gloire et fortune. Lui faire rencontrer l'amour, la trahison, la paternité. J'étais son Dieu, son créateur, son phare dans l'obscurité. Il était ma marionnette qui se pliait à mes moindres désirs. J'ai écrit une belle fin, où il vivait heureux avec Margaux, une jeune femme rencontrée dans la vallée de Chantebrie. Cette fin n'a jamais été imprimée. Elle moisit quelque part sur mon disque dur, à supposer que les octets informatiques puissent moisir. À la place, j'ai été cruel ; je les ai fait mourir tous les deux sous les balles d'une affreuse espionne brésilienne. Mais mon éditeur a été clément. Il a suffi qu'il lève son pouce d'empereur pour que Margaux se transforme en libraire anonyme et qu'elle échappe à la mort. En quelques jours, deux histoires, deux chemins venaient de disparaître de l'univers dans le silence et l'impunité la plus totale. Seul lui devait périr.

C'est une triste fin, un choix parmi des dizaines. Certaines lectrices m'en ont voulu pour cela. « Pourquoi l'avoir fait mourir alors qu'il venait enfin de connaître l'amour ? »

C'est vrai. Au fond, peut-on vraiment jouer avec le destin de ses personnages de façon si légère ?

Je ne sais pas quoi répondre à ce genre de question, alors je reprends un verre de vin et je souris. Ce que vous ne savez pas, Madame, c'est que j'ai en tête mille autres chemins où notre gentil héros continue de vivre. Ne valent-elles pas autant que celle qui a été écrite ? Après tout, il y a des milliers de livres que vous n'avez pas lus, des millions d'histoires que nous ne connaissons pas. Est-ce pour autant qu'elles n'existent pas ? Qu'elles n'ont pas d'importance ? Le monde cesse-t-il d'exister quand nous fermons les yeux ? Il existe des centaines de variantes où ce jeune homme ne meurt pas et vit une idylle avec sa libraire. Il suffit de les imaginer.

Voilà d'où est née l'idée de ce livre. Permettre à mes lecteurs, à mes lectrices, de devenir auteur le temps d'un roman. D'être son propre scénariste et de choisir le meilleur chemin narratif. Lire et relire le même livre qui, en fonction de son humeur du jour, prendra une saveur différente.

Il me plaît à imaginer qu'un jour, dans le club de lecture d'une médiathèque, les participants parleront de ce roman sans se comprendre. Chacun racontant l'anecdote qui l'a marqué, passage secret que les autres n'auront pas exploré. La présidente de l'association, une ancienne pharmacienne à la retraite, commencerait : « J'ai beaucoup aimé cette histoire d'amour avec Marie... »

Sa collègue de droite, celle qui a apporté la quiche aux poireaux, s'indignerait :

« Quelle Marie ? Vous devez confondre avec Flor, à El Templo.

— Mais de quoi parlez-vous, enfin ? Il n'y a pas de Flor dans ce livre ! Et je trouve que cette Marie est une créature manipulatrice », rajoutera un vieux monsieur en col roulé, des miettes dans sa barbe.

Alors ils reposeront ce livre en concluant que personne n'y a rien compris. Le monsieur en col roulé reprendra du gâteau au chocolat, spécialité de la bibliothécaire, et ils choisiront le roman pour la prochaine rencontre : « Un bouquin très simple, mais bien écrit, sans prise de tête. Une autofiction bienveillante racontée à la première personne du présent. »

Je sais alors que Marie se lèvera la dernière. De cette apparente complexité, elle ressortira la tête pleine de doutes, d'hypothèses et de rêves. Elle pensera à sa propre histoire. N'est-ce pas trop tard pour réparer sa vie ? Et si elle empruntait un chemin de traverse ? Et si elle recommençait tout ?

Ce soir, en sortant de cette médiathèque, Marie aura envie de construire son propre roman, de remodeler ses prochains chapitres.

Elle aura envie de mettre des *si* dans son futur, de violer la grammaire et de ne plus conjuguer cette conjonction de subordination au passé.

CHAPITRE 42

Ce chapitre n'existe pas dans l'histoire de Lorenzo. Si vous lisez ces lignes, c'est que vous n'avez pas respecté les consignes de fin de chapitre ou que vous vous êtes volontairement égaré, le nez au vent, la démarche badine, comme l'on flâne dans les rues piétonnes un premier samedi de mai.

Ce chapitre est isolé de la narration, c'est un îlot de mots détaché du récit, une salle sans porte dans le plan labyrinthique de ce roman-château.

Quelle est la vocation première d'un labyrinthe ?

Probablement de garder prisonniers en son sein ses visiteurs, les empêcher de trouver la sortie, afin de décourager les pilleurs de tombes égyptiennes ou d'assurer la pitance d'un Minotaure. Dans *Dune*, ce concept est illustré par la planète-prison Salusa Secundus, géniale invention reprise avec humour par Franquin dans une de ses *Idées noires*. Plus modestement, c'était aussi le cas de mes chenilles processionnaires.

Pourtant, il existe une famille de labyrinthes beaucoup plus subtile, ceux dont l'entrée et la sortie sont théoriquement laissées au libre arbitre des visiteurs. Ce sont ceux en rhizome, semblables à un réseau entrelacé de connexions, telles les synapses d'un cerveau ou les racines d'un arbre séculaire. On entre par sa propre volonté dans un embrouillamini de chemins qui devient rapidement le temple du hasard, où il est aisé de se perdre. Les carrefours se succèdent, ouvrant sur une infinité de chemins possibles que nulle croix ne balise. Ici, il faut faire des paris, des hypothèses, s'engager à l'instinct.

C'est le cas d'un échiquier, simple matrice de soixante-quatre cases où des millions de joueurs se perdent avec délice dans une infinité de possibles. Plus récemment, Internet est devenu un de ces labyrinthes rhizomiques emblématiques où le surfeur navigue sans fin, ballotté d'un lien à l'autre par sa simple curiosité.

Quelle analogie possible en littérature ? Se perdre dans l'œuvre d'un écrivain, dans la forêt des quatre-vingt-dix ouvrages de *La Comédie humaine* ? Cela ne serait pas suffisant. Il faut viser plus haut. Que faudrait-il pour qu'un lecteur tourne en rond, se perde sans trouver d'échappatoire aux mots ?

La question est plus ardue qu'elle n'y paraît. Pour tenter d'y répondre, Douglas Adams a dit : « La pertinence d'une réponse ne vaut que par la qualité de la question. » Je vous conseille de relire **le chapitre 32, page 219**, pour méditer cela et trouver enfin la clef de l'énigme.

CHAPITRE 43

J'aime ces moments de paix intérieure. Au milieu de la place, des oiseaux amoureux gazouillaient dans les platanes. Je les entendais sans les voir. Il était tôt et quelques chiens promenaient leur maître. L'air était encore frais, mais le ciel annonçait une belle journée. J'allongeai mes jambes et savourai l'instant présent.

Je regardai la une : « Mystérieuse disparition d'un curé de la vallée. » Je lus en diagonale l'article et tournai frénétiquement les pages à la recherche d'une nouvelle plus intéressante. Je me rabattis sur les avis de décès dans l'espoir malsain d'y trouver un nom connu, n'importe lequel ; un ami de mes parents, d'anciens voisins, de vieux professeurs. Rien. Je reposai ma tasse et soupirai. Le fond de la place commençait à s'animer. Les commerçants arrivaient et préparaient l'ouverture de leurs boutiques. Dépité, je tournai les pages « sport » et « international » sans trop les lire et terminai rapidement la lecture du journal. Pour une raison inconnue, ce genre de canard me faisait toujours fantasmer, alors que la lecture était régulièrement décevante. Un coup d'œil à la table d'à côté, une femme s'était installée et s'était emparée de *Libération*.

Je terminai mon café et mes yeux tombèrent sur la dernière page du journal. Il s'agissait d'un article sur la maison d'arrêt de la vallée. L'association culturelle de la prison cherchait un animateur pour « faire de la culture un moyen de réinsertion ». Pourquoi pas ? Je repensai à ma discussion avec Franz : travailler dans un centre pénitentiaire, était-ce vraiment un truc extraordinaire qui justifiait d'abandonner le Mexique ?

Objectivement non. Cela me condamnait à rester dans la vallée, chez mes parents. En plus, cela ne m'apporterait aucune valeur ajoutée pour mon futur poste. Je ne pourrais pas accrocher à mon CV une sacro-sainte « première expérience » cohérente avec ma formation.

J'aurais dû logiquement oublier cette idée et chercher autre chose. Pourtant, cette annonce me tarauda. Je jouais avec ma tasse, cherchant dans le marc de café à analyser le pourquoi du comment.

La place était maintenant tout à fait animée. La ville était réveillée et les oiseaux s'étaient tus. Un chien en laisse me frôla et je repris un expresso. J'étais attiré par l'univers carcéral sans que je puisse savoir pourquoi. Certes, mes deux grands-pères avaient fait de la prison : l'un avant la guerre pour d'obscures raisons, et l'autre au début des années 1950, dans l'Espagne de Franco. Mais je penchais pour une autre explication : la prison est un véritable microcosme, une sorte d'aquarium, ou de terrarium, pour les humains. Un monde fini, clos, tout à fait similaire aux mondes virtuels réduits que j'aimais modeler. Sans doute me voyais-je en directeur d'établissement pénitentiaire, régnant sur ce micro-univers.

Quoi qu'il en soit, à la seconde lecture de l'article, je fus convaincu que c'était mon destin, à moins que cela ne soit une impression de « déjà-vu » exhumée des multiples vies passées... Je n'en savais rien, mais je quittai la terrasse, convaincu de mon choix.

Deux semaines plus tard, la paperasserie était terminée. Ma copine avait trouvé un job en région parisienne et nous nous étions quittés dans un certain froid. Elle n'avait pas du tout apprécié, ni compris, que je reste ici, près de « papa et maman ». Elle exigea que j'aille la voir chaque week-end à Paris. Ce que je fis le week-end suivant son départ. Mais déjà nos routes divergeaient. Elle me raconta dans les grandes largeurs comment son poste, son entreprise et ses collègues étaient géniaux. Elle me traîna chez Ikea, en lointaine banlieue, choisir la couleur des moindres coussins de son minuscule appartement. Moi qui venais de commencer à la prison, je n'avais pas du tout la tête à ça. J'étais à mille lieues des préoccupations consuméristes d'une néolocataire parisienne, moi qui avais déjà entr'aperçu la misère des cellules de prison.

Le second week-end tomba mal ; mon emploi du temps, renouvelé chaque semaine, me faisait travailler le samedi. Elle fit la gueule jusqu'au mercredi d'après et, curieusement, ne me relança pas pour la suite. Elle m'envoya quelques messages, me parlant exclusivement de son boulot. Le troisième week-end, ce fut elle qui déclina, une histoire de « team building » avec son équipe en Normandie.

Je fis la connaissance de Denis, fraîchement muté dans la vallée de Chantebrie et qui avait monté l'association culturelle qui m'employait. Denis était gardien de prison la nuit, écrivain le jour. Ou inversement. Il était persuadé que l'art permettait aux prisonniers de toucher du doigt la beauté du monde, et que la beauté éloignait l'humanité de l'ennui et du vice.

Le directeur de la prison avait été réceptif, bien que moins ambitieux. Il voulait, selon ses mots, « mettre en place des activités culturelles et ludiques pour empêcher les détenus de tourner en rond ».

En tant qu'objecteur de conscience, j'eus pour mission d'animer le pôle ludique de l'association. Denis animait le pôle littérature, composé d'ateliers d'écriture et de lectures communes. Il avait l'ambition de créer aussi des sections dessin, musique et histoire de l'art, mais manquait cruellement d'animateurs. Aussi fut-il ravi de m'accueillir dans son giron.

Avant la vallée, Denis avait travaillé à Lille, où il avait eu la réputation d'un maton renfermé et hautain. « C'est de ma faute, me confia-t-il, j'étais concentré sur mon écriture, ne parlant pas à mes collègues. Pour eux, j'étais un écrivain les méprisant du haut de mon piédestal. »

Aussi, à peine arrivé ici, avait-il insisté pour faire partager largement sa passion aux autres fonctionnaires et aux prisonniers. « C'est justement en vase clos que les gens ont besoin de la culture. C'est une fenêtre formidable sur le monde. »

Le matin, je jouais aux échecs avec les prisonniers ; l'après-midi, au capateros. Nous pratiquions la variante danoise, qui a l'avantage d'avoir des règles beaucoup plus permissives que la variante chilienne, la plus répandue. Les parties se faisaient en mille points, par table de huit. Cette animation avait beaucoup de succès. Avec les règles danoises, il n'y avait généralement ni perdant ni vainqueur. On jouait pour jouer, presque en mode collaboratif. Par exemple, quand l'un de nous faisait un nord-nord sept, personne ne reprochait au quatrième joueur un capateros de dames. Bien que disgracieux (voire interdit, dans la variante grecque), le coup était toléré. Ce règlement nuageux permettait aux joueurs confinés de jouer sans se disputer. Cela explique le succès de cette variante dans les marines marchandes du monde entier ou dans le milieu carcéral.

Pendant l'atelier d'échecs, j'initiais les volontaires aux règles de ce jeu millénaire. Certains débutaient, d'autres avaient déjà un excellent niveau. C'était le cas de Molina, un détenu bolivien, incarcéré pour je ne sais quel trafic de produit illicite. La cinquantaine, plus large que haut, il posait ses coudes sur ses énormes cuisses et repliait sa tête dans son cou pour réfléchir. Il ressemblait à un taureau, mais ici tout le monde l'appelait « El Capitan », pour se foutre de sa gueule.

À son arrivée, il s'était vanté d'être capitaine de frégate dans la marine militaire bolivienne. Mais quelques esprits plus affûtés que d'autres soulignèrent qu'un pays sans littoral ne pouvait pas avoir de marine. Molina fit alors des moulinets avec ses petits bras dodus, expliquant à qui voulait l'entendre l'ineptie de cette croyance, mais personne ne l'écouta vraiment. En prison, tout le monde s'attache à ses réalités idéalisées et la moquerie est un rempart efficace contre la déprime.

Vexé, Molina refusa de s'inscrire aux tournois de capateros, exigeant comme prérequis que l'on reconnût son statut d'officier. Mais les autres joueurs continuèrent à le surnommer « El Capitan », sans le prendre au sérieux.

En tant que marin, Molina était pourtant expert de la variante danoise. On raconte même qu'il possédait un des rares exemplaires originaux de l'*Anthologie des parties de capateros* de Carlos Jose-Miguel Pilar-Pilar Gonzalez de Benitez, dans l'édition de 1916. Il aurait pu en apprendre à bien des joueurs. Se morfondant dans son orgueil, il restait assis des après-midi entiers à regarder la table de jeu et à pester intérieurement sur les mauvaises combinaisons de ses camarades. De nombreuses fois, de piètres coups lui déclenchèrent des quintes de toux. Les regards se portaient sur lui, mais il se contentait de secouer la tête, drapé dans son orgueil.

Un jour pourtant il eut un espoir. Un nouveau venu avait rejoint la prison et l'association : Florin. Soi-disant qu'ils s'étaient rencontrés lors d'une mission en Nouvelle-Zélande au milieu des années 1980. Il ameuta tout le cercle des joueurs et l'apostropha : « Souviens-toi, j'étais lieutenant à l'époque. On avait bu une bière en cachette dans ma cabine. C'était la veille de l'opération Arc-en-ciel ! Punaise, tu ne peux pas l'avoir oubliée ! » Mais ce Florin ne s'en souvenait pas. Il affirmait avoir des troubles de mémoire et s'excusait platement devant ce bonhomme râblé pour qui cette vérité semblait si importante.

Les autres hommes détournèrent le regard, un peu par pudeur, un peu par moquerie. El Capitan resta El Capitan et s'enferma dans un mutisme total. Il ne vint plus les après-midi se morfondre devant des parties de piètre qualité, mais resta fidèle à nos parties d'échecs matinales.

« Tu vois, petit, le malheur du monde se résume à ça : la vérité est toujours recouverte d'un kilo de merde, et personne ne veut y mettre les mains pour la découvrir. »

Et il enchaîna par un gambit du cavalier qui me fit perdre ma reine. Je ne sais pas si Molina était un vrai marin, mais je sais qu'il était un vrai philosophe. Et un sacré joueur d'échecs.

Rendez-vous **au chapitre 44, page 277.**

Chapitre 44

Molina ne dut sa réhabilitation qu'à Marie, une bénévole qui répondit à l'appel de Denis pour s'occuper du pôle histoire de l'art.

Elle avait fait l'École du Louvre et s'était spécialisée dans l'expertise et la restauration de toiles du XIXe. Elle travaillait à mi-temps au musée de la ville et conseillait des galeries d'art l'autre moitié du temps. Blonde, yeux noisette, élancée, elle avait sensiblement le même âge que moi. Malgré ses journées déjà bien remplies, elle s'était tournée vers l'associatif pour combler un manque.

« Ma vie entière tourne et tournera toujours autour de la peinture. Mais, tu vois, j'aimerais que l'art sorte des musées et des galeries, qu'il rencontre un plus large public. J'ai ressenti ce besoin-là... »

Ma décision de travailler ici ne puisait pas dans les mêmes racines qu'elle. Pourtant, je comprenais parfaitement de quoi elle parlait ; je lui expliquai mon engagement en tant qu'objecteur de conscience : « Avec mon diplôme, j'aurais pu faire mon service militaire dans une grosse boîte, n'importe où dans le monde. J'avais même une place au Mexique. Mais j'ai préféré travailler ici, aider les détenus. »

Je forçai le trait de mon humanisme pour revoir son joli sourire. Dans cette prison grise, elle était un tournesol de Van Gogh, rayonnante. Elle avait la passion contagieuse ; quand elle parlait d'un tableau, personne ne l'interrompait. Pour des raisons évidentes, les prisonniers l'adoraient et la respectaient. « C'est très rare, me confiait Denis. Normalement, les jolies femmes ont quelques difficultés ici. »

Quand elle parlait culture, elle avait une autorité naturelle, car l'art fait appel à l'intelligence de chacun. Tous les participants entendaient cette lumière du cœur et y répondaient avec déférence. Elle était leur mascotte et, rapidement, les cellules se tapissèrent de Vermeer, d'Ingres, de Caravage, de Dali et d'autres reproductions qui supplantèrent les pages centrales de magazines érotiques. Il y avait toujours des modèles nus, mais le traitement artistique n'était plus le même.

Je la croisais le matin avant son cours. Nous prenions le café ensemble, discutions des prisonniers, des choses du monde, puis nous allions dans des salles séparées.

Un jour, elle me demanda de l'accompagner à son cours.

« Je ne peux pas, Molina m'attend.

— Fais-le venir. J'ai une surprise pour lui. »

Une huitaine de détenus étaient assis en demicercle face à elle. Elle les salua d'un mouvement de tête et commença sans préambule. Molina était appuyé contre le mur, méfiant et distant.

« Hier soir, j'ai fait la connaissance de Barnabé. Vous savez qui c'est ? »

Les têtes se secouèrent.

« Barnabé fait du porte-à-porte dans la vallée de Chantebrie pour vendre des encyclopédies. Cela fait plus de trente ans qu'il fait ce métier. Des fois, quand il s'ennuie, il ouvre un des volumes au hasard et il lit un chapitre. »

Elle fit une pause. Tous les yeux étaient rivés sur elle.

« Pendant toutes ces années, vous imaginez tout le savoir qu'il a pu emmagasiner ? »

Mais où voulait-elle en venir ?

« Je lui ai donc demandé : "Barnabé, que pouvez-vous me dire de la marine militaire bolivienne ?" »

À ces mots, El Capitan redressa la tête. Je jetai un rapide coup d'œil vers lui. L'attention était palpable parmi tous les prisonniers. Encore une fois, Marie avait su capter l'auditoire.

« Barnabé a soulevé son béret, s'est gratté la tête et m'a répondu d'un ton encyclopédique : "C'est une vraie curiosité. Il y a quelques pays comme cela qui, sans avoir un accès à la mer ou à l'océan, possèdent pourtant des forces navales. C'est le cas de l'Ouganda, qui exerce dans le lac Victoria, du Paraguay, qui flotte sur le río Paraguay, ou de la Bolivie, qui dispose d'une armada sur le lac Titicaca, un des plus grands du monde." »

Molina fit un pas en avant, ouvrit la bouche, mais ne dit rien. Tous les regards se tournèrent vers lui. La prêtresse avait parlé, et c'était parole d'Évangile. Elle conclut : « La marine bolivienne est très importante pour lutter contre les narcotrafiquants péruviens. »

Alors un murmure s'éleva et, comme un seul homme, les prisonniers scandèrent, d'abord doucement, puis de plus en plus fort : « El Capitan, El Capitan... »

Molina avança sous l'œil abasourdi du gardien. Il se mit à côté de Marie et fit un salut militaire. Une avalanche d'applaudissements accompagna ce geste. Tout le monde l'entoura et, chacun son tour, lui serra la main : « Je l'ai toujours su, Molina, que tu étais un vrai marin » ; « Mais pourquoi tu ne nous as pas dit que c'était vrai, Molina ? » ; « Tu nous raconteras, El Capitan, les histoires de filles dans les ports ? », et ainsi de suite.

Un sourire que je ne connaissais pas déforma le visage de Molina. Sa fine barbe blanche se teinta de mille feux et ses yeux se plissèrent d'une joie manifeste. Pour la première fois depuis qu'il avait franchi les portes de cet établissement, El Capitan était heureux. Il perdit en quelques secondes dix kilos, son corps se redressa, son allure se fit plus martiale. Jamais autant qu'à ce moment-là il ne porta si bien son surnom. Ses yeux brillaient et il entoura Marie de ses bras trapus pour cacher quelques larmes.

Le fait qu'un officier chargé de la lutte antidrogue tombe pour trafic de drogue paracheva sa popularité. Il était cet infiltré, la taupe, cet agent double qui, de l'intérieur, aidait les confrères truands. Longtemps après cet événement les murs de la prison retentirent des exploits de ce Robin des bois des mers boliviennes, que l'on se racontait, de prisonnier en prisonnier, les soirs de grande solitude. La légende veut qu'à lui seul il détournât plus de mille tonnes de cannabis. Depuis ce jour, tous les matins, les prisonniers accueillent Molina par un salut militaire et il les rejoint à la table de capateros. Sa compréhension du jeu, la finesse de ses analyses et la pertinence de ses conseils ont doublé son aura. C'est ainsi qu'El Capitan devint réellement El Capitan.

Et Marie conclut cette cérémonie improvisée : « En hommage à notre camarade capitaine de frégate Molina, nous allons étudier aujourd'hui le tableau *Le Marin,* du peintre russe Vladimir Tatline. »

Le lendemain, lors de notre partie d'échecs, Molina n'était plus le même homme. Il me surprit par une défense hollandaise, celle jouée par Petrossian contre Kasparov en 1983. Une de ces défenses très difficiles à mener jusqu'au bout pour celui qui ne maîtrise pas la théorie. Bien campé sur sa chaise, il avait les épaules droites, redressées. Rajeuni. Il était toujours aussi mastoc, mais il arborait désormais un je-ne-sais-quoi de différent, une forme de confiance divine, une prestance d'officier.

Je croisai Marie le midi, à la cantine, et voulus lui en toucher deux mots. Elle était pressée, avait un rendez-vous dans une galerie. M'évitait-elle ?

« On peut en parler ce soir devant un verre », me dit-elle.

Je n'osai l'espérer.

« Oui. Quand tu veux. Appelle-moi. »

Je lui laissai mon numéro, elle déguerpit et me laissa sur mon petit nuage. À quelques tables de là,

Molina observait la scène. Il me fit un clin d'œil qui me remplit d'espérance. Si El Capitan veillait sur nous, rien ne pourrait jamais nous arriver.

Avec ma copine, les choses s'étaient taries naturellement. Après deux ou trois séjours poussifs passés à la capitale, nous avions conclu que nos routes se séparaient ici. Elle me reprocha ma décision absurde de faire le service national, et omis certainement de me parler d'un de ses collègues de bureaux. C'est vrai que je ne lui avais pas non plus parlé de Marie. Balle au centre. Je me dis que Franz n'avait pas tout à fait tort : quelques mois d'absence avaient suffi à désunir notre couple. Contrôle destructif positif. Que se serait-il passé si j'avais accepté sa proposition de venir m'installer à Paris avec elle pour chercher du travail ? Combien de temps aurions-nous vécu dans cette fausse harmonie ?

Marie et moi nous retrouvâmes dans un pub irlandais, un des rares ouverts en semaine. La salle était aux trois quarts vide, plongée dans la pénombre. Dans un coin, une télévision diffusait un match de football en silencieux. Là-bas, un juke-box clignotait à vide. Au fond, dans la pénombre, un jeune geek pianotait sur un ordinateur. Au comptoir, un serveur en gilet vert lavait consciencieusement des verres. Marie avait choisi l'endroit, elle y allait de temps en temps avec une amie.

Elle commanda une pinte de bière blanche ; moi, une stout. Elle sortit un petit carnet et gribouilla quelque chose. Je me penchai spontanément vers elle. Elle mit son index sur mon nez et me repoussa gentiment.

« Pas touche à mon carnet ! J'y note toutes mes pensées secrètes et mes idées.

— Que viens-tu d'écrire ? »

Elle sourit.

« La date et le lieu de notre première rencontre. »

Je ne sus trop quoi dire, alors je ne dis rien, me contentant de sourire en retour. J'étais absorbé par le doigt qu'elle venait de poser sur mon nez.

Je crois que deux jours plus tard elle nota sur son carnet les date et lieu de notre premier baiser. C'était en sortant du restaurant, j'avais mangé un fondant au chocolat particulièrement épicé et une envie furieuse de l'embrasser me prit sur le trottoir. Était-ce le légendaire pouvoir du gingembre ou notre complicité évidente qui me fit faire le premier pas ?

À partir de ce soir-là, je ne passai plus un seul jour sans voir Marie. Elle m'était tout aussi indispensable que l'air et que l'eau. Les mardis et les jeudis, nous partions ensemble à la prison et je bénissais le ciel de m'y avoir fait objecteur de conscience. Les autres jours de la semaine, c'était un déchirement de quitter son lit encore chaud et de faire la route seul.

Deux semaines après, je quittai le domicile parental. Ma mère était à la fois ravie et un peu triste de mon départ. Mon père masquait davantage ses sentiments. Je promis de leur présenter ma fiancée dans quelque temps. Pour l'instant, je voulais la garder rien que pour moi. Ma mère, tout émoustillée, voulut tout savoir sur notre rencontre.

« Rencontrer son amoureuse en prison, j'avoue que ce n'est pas banal... Mais, ça ne vaut pas notre histoire ! »

Elle fit un clin d'œil à mon père. Je la taquinai volontiers :

« Allez, tu vas encore me sortir une nouvelle version où papa était chauffeur de taxi ou livreur de pizza ? »

Elle gloussa.

« Non, celle-ci, c'est la vraie, je te le promets. Les collègues de papa avaient mis dans toutes les boîtes aux lettres de la ville une invitation du genre Cendrillon : un prince charmant serait au parc floral le dimanche, et toutes les jeunes filles en âge de se marier pouvaient s'y rendre pour tenter leur chance.

— Marrant !

— Oui, ça m'avait fait rire. À l'époque, je ne savais pas si c'était une coutume française que je ne connaissais pas ou une blague potache. J'y étais allée comme ça, pour voir, par curiosité. Et ton père m'a choisie, moi, entre toutes ces belles filles !

— Il faut dire qu'elle était la plus belle ! »

Je souris et embrassai ma mère. C'était une belle histoire, sans doute la meilleure de toutes.

Rendez-vous **au chapitre 34, page 230.**

CHAPITRE 45

Ce chapitre n'existe pas dans l'histoire de Lorenzo. Si vous lisez ces lignes, c'est que vous n'avez pas respecté les consignes de fin de chapitre ou que vous vous êtes volontairement égaré, le nez au vent, la démarche badine, comme l'on flâne dans les rues piétonnes un premier samedi de mai.

Ce chapitre est isolé de la narration, c'est un îlot de mots détaché du récit, une salle sans porte dans le plan labyrinthique de ce roman-château.

« La vie oscille comme un pendule, de la souffrance à l'ennui. » Quand il écrit cette phrase, Schopenhauer fait référence à un mécanisme inévitable de notre triste condition. Le désir incessant et insatisfait nous conduit à la souffrance. J'ai faim et je n'ai rien à manger. J'ai envie d'acheter cette voiture, mais je n'ai pas l'argent. Je suis amoureux de cette femme inaccessible. Souffrances.

Mais, sitôt assouvis, nous nous désintéressons bien vite de cet objet de convoitise et sombrons dans l'ennui. Il nous faut alors retrouver une raison de bouger sa carcasse, un nouveau désir qui éclairera nos espérances, nos rêves et nos pas. Ainsi oscille le pendule.

Comment lutter ?

Charles Bukowski parlait d'alcool. Selon lui, l'ivresse (ou plutôt l'ivrognerie) lui avait permis de vivre dix mille vies différentes. Ses romans et poèmes sont pleins de ses aventures picaresques.

Luke Rhinehart avait trouvé une autre solution avec son *Homme-Dé* : le hasard comme dieu divertissant. Il suffit de lui confier ses décisions pour perturber le mouvement du pendule. Pour Rhinehart, obéir à cette divinité-dé était la façon la plus simple de se détourner de l'ennui ; le courage nécessaire pour suivre ces ordres aléatoires fait gonfler l'excitation et entretient le désir.

La théorie du chaos abonde dans le sens de Schopenhauer. Les attracteurs sont des puits où s'échouent nos destins et nos désirs. Un mur où viennent s'écraser nos mirages. Un trou noir où gravitent nos illusions. Ce pendule de vie n'est qu'une représentation de ce double attracteur de Lorenz, dont les trajectoires dessinent des ailes de papillons.

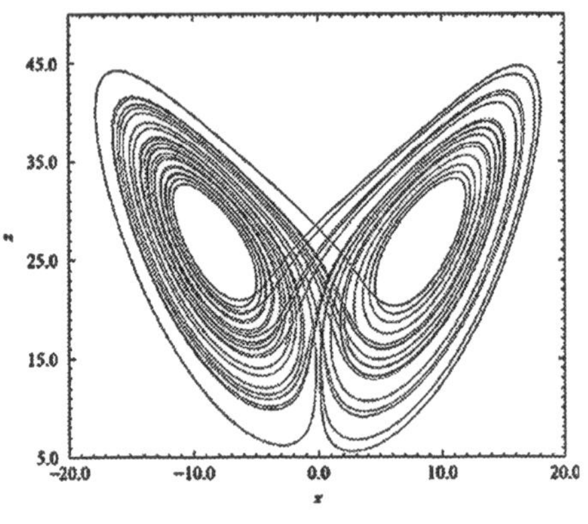

Dans ce roman, le lecteur joue avec ce pendule comme un jongleur d'assiettes chinoises. En multipliant les choix, les chemins de vie, Lorenzo va vivre plusieurs vies, connaître le désir, l'ennui, et repartir dans une histoire parallèle où les ennuis sont désirs. Lorenzo ne souffrira pas de ce pendule maudit, mais, sublime mise en abyme, il sera cette marionnette dont le rôle est précisément d'éviter l'ennui du lecteur. La combinatoire de ses tribulations prolongera le désir de lecture de ce roman, comme jadis Shéhérazade égrenait chaque nuit une nouvelle histoire pour maintenir la curiosité du cruel sultan.

Le lecteur, acteur de ce livre. Après tout, n'est-ce pas la promesse de tout bon roman où l'on s'identifie au protagoniste ? Une sorte d'extracorporalité où l'on vit les aventures du héros, quelque part entre le papier et notre imagination ; expérience similaire à celle du jeu vidéo et de l'incarnation de nos avatars numériques. Souvenez-vous de cette drogue hallucinogène prise par Lorenzo lors de la cérémonie d'assemblage des années. Là aussi, il avait vécu une expérience extracorporelle, mais dans laquelle, tel le Pinocchio désarticulé d'un dieu, il avait glissé sur son destin par manque de maîtrise. La lecture permet cela : diriger nos vies fictives et reprendre le contrôle de notre vie réelle.

Ceci est un roman-pendule, un roman-papillon, de ceux qui retardent l'ennui à force de passes différentes. Pourtant, je sais qu'il finira un jour sur une étagère de bibliothèque. L'ultime ironie, l'ultime attracteur des livres, sans doute le plus puissant et le plus universel.

Chapitre 46

Je me dirigeais vers la dernière barquette de confiture de fraises, quand un gamin s'inséra devant moi et s'en empara. Il avait un T-shirt *IMAGINE SOFTWARE* et me nargua du haut de son mètre vingt. Je me rabattis sur celle de figues, après tout, cette confiture n'a jamais tué personne.

Et puis, fraises, abricots, myrtilles, prunes, coings, figues ; quelle importance, après tout ? Le choix aurait pu être entre deux marques de céréales, est-ce que ça aurait vraiment changé l'histoire ?

À l'heure où nous avions rendez-vous à Verdun avec l'Histoire, il y avait d'autres priorités !

Rendez-vous vite à Verdun, **chapitre 37, page 250.**

Chapitre 47

« C'est le numéro de mon ex. Tu sais, celle qui m'a plaqué pendant mon service militaire. »

Je lui avais déjà parlé d'elle et Marie opina sans rien dire.

« Je l'ai croisée hier, en sortant de la bibliothèque. Elle a trouvé un boulot dans la vallée.

— Et pourquoi elle t'a refilé son numéro ? »

Je haussai les épaules.

« Elle s'installe ici. Elle ne connaît personne, j'imagine que je suis un bon point de départ pour rencontrer des gens.

— Mais c'est bizarre, tu ne trouves pas, d'utiliser le mot "princesse" ? »

Je rigolai.

« C'est comme ça que je l'appelais quand on était ensemble. Elle doit vouloir se recaser avec moi, qui sait ? Que veux-tu, je suis irrésistible… »

Marie tordit la bouche.

« Lorenzo, ce n'est pas le genre de blague qui me fait rire. »

J'enserrai sa taille.

« En tout cas, elle est mal barrée, car j'aime de tout mon cœur une femme. Une très jolie femme, qui me fait découvrir plein de choses et m'ouvre les yeux sur la beauté du monde. »

Elle gloussa.

« Arrête, tu en fais trop ! »

Je l'embrassai.

« Tu sais quoi ? Je vais l'inviter à la maison ; comme ça, elle verra que c'est chasse gardée et que tu veilles au grain !

— Pas la peine, ça nous mettrait mal à l'aise. Je posais juste la question, comme ça, parce que je suis tombée sur le papier, c'est tout.

— Elle est moche, en plus, elle ressemble à une peinture de Masaccio. »

Marie éclata de rire.

« Monsieur est cultivé, mais il en fait vraiment trop ! Comment connais-tu ce peintre ? »

J'attrapai un livre sur le XVe siècle :

« Je suis tombé sur lui en cherchant une Vierge pour toi... Enfin, pour ta photo. *La Vierge à l'Enfant avec sainte Anne,* regarde-moi ce bébé, avec ses yeux globuleux !

— Il fait peur, oui ! Mais, à l'époque, ils n'étaient pas très fortiches pour peindre les bébés et les anges. »

Deux semaines plus tard, nous la croisâmes au marché. Je lui présentai Marie comme la femme de ma vie. Elles se firent la bise et nous nous promîmes de nous téléphoner pour organiser un repas, ce que nous ne fîmes jamais. Ainsi va la vie.

Au final, cette mini-crise fut positive pour notre relation. Elle s'excusa d'avoir surréagi et m'expliqua qu'elle avait beaucoup discuté avec son ami d'enfance, un certain Gabriel. Il avait plaidé ma cause, expliqué la psychologie masculine, notamment la délicate question des ex. Je ne connaissais pas ce Gabriel, mais il m'apparut immédiatement sympathique.

« Pourquoi ne m'as-tu jamais parlé de lui ?

— Je ne sais pas, je n'étais pas prête. Ou j'avais peur que tu ne comprennes pas. Que tu sois jaloux. »

Quelques jours plus tard, elle organisait une soirée au restaurant avec lui et sa compagne. C'était un brun frisé, sympathique, un regard d'artiste. Sa femme était d'origine indienne et ils allaient très bien ensemble. Je vis cela comme un beau symbole : mon intronisation officielle dans sa vie. Quand une femme partage avec un homme son passé, elle est prête à partager son futur avec lui.

Dans la foulée, j'emménageai chez elle. Elle me réserva royalement deux tiroirs et un quart d'armoire dans la chambre à coucher. J'emportai mon ordinateur et quelques livres d'informatique, que j'arrivai à caser dans un coin de son bureau. Enfin, de « notre bureau ».

Je me souviendrai longtemps de la première nuit qui suivit. Ce n'était, bien entendu, pas la première fois que je restais dormir chez elle. Mais cette nuit-là, alors qu'un chien aboyait quelque part dans la rue, je restai les yeux ouverts, à contempler le néant du plafond. Marie dormait à ma droite et une excitation nouvelle empêchait mon esprit de sombrer. Je revoyais défiler les portraits un à un, comme des diapositives imaginaires. Lequel incarnerait le mieux Marie ? Vingt fois j'eus envie de la réveiller pour lui demander son avis, cinquante fois j'eus envie de lui raconter dans son sommeil des anecdotes futiles de ma vie. Cent fois j'eus envie de me coller à elle, d'envelopper son corps chaud et d'embrasser sa nuque. Ce que je fis au petit matin, après avoir enfin trouvé le modèle pour la photo que je lui avais promise.

Durant cette nuit d'insomnie, j'avais arrêté mon choix sur *La Dame au voile,* une peinture de 1768, d'Alexander Roslin. Elle observa longuement la reproduction.

« C'est presque le XIXe, je te l'accorde. »

Nous restâmes un certain temps à contempler la toile. Puis, elle me dévisagea.

« Sais-tu pourquoi tu as choisi cette toile ? »

Les mots me manquaient. Rien de rationnel, de précis. Il s'agissait plutôt d'une sensation, un sentiment de déjà-vu qui émanait de cette femme.

« J'adore son regard. Un mélange de pudeur et d'espièglerie ; tout toi.

— C'était son épouse. Marie-Suzanne Roslin. »

Je trouvai la coïncidence belle et le symbole fort : j'avais choisi le portrait qu'un peintre avait fait de sa femme. Une prémonition ?

Mon amour pour Marie absorbait toute mon énergie. En journée, je continuais à animer mes ateliers et, quand j'avais le temps, c'est-à-dire rarement, je cherchais mollement du travail dans la vallée. Mais rien ne correspondait à mes qualifications. Ma mère me conseillait d'élargir ma recherche aux grandes villes. Mais plus les jours passaient et moins j'avais envie de m'éloigner de mon amoureuse. Du moins pas tout de suite. Avec Marie, nous avions un plan à moyen terme : s'installer à Lyon ou à Paris, où je pourrais trouver un travail satisfaisant, et elle, une place dans un musée national. Mais nous n'étions pas pressés. Sans doute voulions-nous laisser du temps à notre amour pour qu'il s'enracine convenablement. Dans l'immédiat, ma vie tournait autour d'elle. Rien d'autre n'existait.

Depuis que ma mère avait rencontré Marie, je crois qu'elle avait compris notre situation, car elle n'insistait plus beaucoup. Entre elles, le courant était très bien passé et nous allions régulièrement déjeuner chez mes parents. Mon père, fidèle à lui-même, nous révélait alors ses dernières thèses gauchistes de prof d'histoire-géo. Encouragé par une bonne bouteille de vin, il en rajoutait des tonnes et cela faisait rire Marie. Ma mère le rappelait tendrement à l'ordre, craignant que ses propos extravagants ne choquent ma fiancée.

« Ton père, c'est un véritable personnage de Renoir », me répétait-elle en sortant de chez eux. « Ah ! Le peintre des boîtes de chocolats... » Cette réflexion la faisait enrager.

Le portrait de Marie-Suzanne Roslin mit trois mois à être prêt. La difficulté ne vint pas de la robe, largement couverte par un voile noir, mais par l'éventail richement décoré. « C'est du néoclassicisme tout craché ! », s'amusait Marie. Le résultat était splendide et nous l'accrochâmes au milieu du salon, à côté de la bibliothèque.

Cette photo n'était sans doute pas la plus réussie de sa galerie, mais elle marquait un symbole fichtrement important pour nous. Un jour, alors que nous contemplions inlassablement cette nouvelle venue, Marie me fit une confidence.

« Lorenzo, il y a quelque chose dont je ne t'ai jamais parlé. »

Les phrases qui commencent par un prénom sont généralement annonciatrices de choses d'importance. Je ressentis instinctivement dans la gorge un sentiment mêlé de crainte et d'excitation.

« Je t'écoute.

— Il faut que tu me promettes de ne rien dire. C'est une grande marque de confiance que je te fais là. »

Je déglutis et lui pris la main.

« Je te le promets, mon amour. »

Elle se leva et je la suivis dans sa chambre. Elle se pencha et retira de sous son lit une valise métallique fermée. Elle la posa sur le lit, composa deux codes secrets et l'ouvrit. Dedans, une toile de petite taille où s'entrelaçaient des traits géométriques bleus. Je dus me reculer pour m'apercevoir qu'il s'agissait d'une représentation de la Vierge Marie. Elle me regarda et murmura.

« C'est une Vierge de Barhofk. »

Mon ignorance dut se lire sur mon visage. Pour une fois, cela ne l'amusa pas. Elle prit un ton grave.

« Barhofk est un peintre hyper célèbre qui s'est spécialisé dans des portraits de la Vierge Marie. Leur originalité vient du fait que ces peintures ne peuvent pas être prises en photo.

— Comment cela ?

— L'autofocus n'arrive pas à faire la mise au point. C'est ce qui a fait son succès international.

— Il est si connu que ça ? Je n'ai jamais entendu parler de lui. »

Elle haussa les épaules.

« C'est un peintre contemporain. C'est vrai que le grand public met rarement le pied dans une galerie d'art. »

C'était un sujet récurrent de raillerie entre nous : « l'accessibilité de l'art ». Mais son visage fermé m'incita à me taire.

« La cote d'un tableau comme celui-ci dépasse largement le demi-million de dollars. »

Je toussai d'étonnement.

« Attends ! Tu es en train de me dire que tu as, chez toi, un tableau de maître hors de prix ? »

Elle hocha la tête.

« Mais comment l'as-tu eu ?

— C'était pendant mon stage de dernière année. J'aidais à organiser une vente aux enchères d'un lot de Vierges de Barhofk. Quand le commissaire de l'exposition a pris en photo les toiles, celle-ci est carrément apparue toute blanche au tirage. Du coup, le gars du catalogue a écrit qu'il y avait quatre toiles et non pas cinq. Une erreur. Moi, je ne savais pas tous les détails de l'expo, alors j'ai mis seulement les quatre dans le coffre pour constituer le lot. J'ai gardé la cinquième dans un coin pour demander quoi en faire.

— Et alors ?

— Alors, personne n'est venu réclamer quoi que ce soit. Les quatre ont été adjugées à deux millions de dollars. Tout le monde était content et ça s'est terminé au Fouquet's. J'ai récupéré la cinquième toile dans mon cartable en partant et je l'ai gardée chez moi.

— Personne ne l'a cherchée ?

— Non. Cela fait quatre ans maintenant. À cette époque, Barhofk peignait à tour de bras. Lui-même avait dû perdre le compte de ses toiles. Je crois que tout le monde l'a oubliée.

— C'est un vol, non ? »

Marie dodelina de la tête.

« Techniquement, non. Je voulais demander quoi en faire, mais personne n'était là. C'est une forme de vol par omission, si tu préfères. »

C'était une façon élégante d'expliquer la chose, mais j'étais surtout très flatté qu'elle me confie ce secret.

« Qui d'autre est au courant ? Tes parents ? Gabriel ?

— Non. Juste toi. »

Elle ne pouvait pas me faire plus beau cadeau.

« Que vas-tu en faire ? »

Ses yeux s'illuminèrent.

« J'ai une Vierge de Barhofk chez moi, tu t'en rends compte ? Parfois, j'ouvre la valise et je la contemple, rien que pour le plaisir des yeux. Ça me remplit de joie. »

L'émotion était perceptible dans sa voix.

« Tu ne penses pas la vendre ? »

Elle marqua un temps d'arrêt, fit la moue d'un chat.

« Non. Elle me plaît trop. De toute façon, elle va certainement prendre de la valeur. »

Nous restâmes quelques instants silencieux, à observer la peinture exposée sur le lit.

« J'y pense. C'est une Marie, comme toi. »

Elle haussa les épaules.

« Certes, mais malheureusement cette peinture ne peut pas être prise en photo, donc je ne pourrai pas en faire une imitation, à moins de faire un cliché volontairement flou ! »

Elle rit de sa plaisanterie. Je l'enlaçai amoureusement et lui susurrai :

« Ne t'inquiète pas, je te trouverai une nouvelle peinture, une représentation de la Vierge Marie qui ne soit ni nue, ni grassouillette, ni trop nunuche.

— Post XVIIIe ? Bon courage ! Tant qu'à faire, choisis-la avec le saint voile... »

Nous ne savions pas qu'avec cette discussion nous scellions notre destin.

Rendez-vous **au chapitre 35, page 236.**

Chapitre 48

Je bafouillai.

« C'est le numéro de mon ex, tu sais, celle qui m'a largué pendant mon service militaire. »

Je lui avais déjà parlé d'elle et Marie opina sans rien dire.

« Je l'ai croisée hier, en sortant de la bibliothèque. Elle a trouvé un boulot dans la vallée. On a juste discuté, c'est tout.

— Et pourquoi elle t'a refilé son numéro ? »

Je haussai les épaules.

« Je ne sais pas.

— Comment ça, tu ne sais pas ?

— Ben, je ne sais pas ! Elle s'installe ici, c'est naturel qu'elle me donne son numéro de téléphone... si jamais elle a besoin d'un coup de main...

— D'un coup de main ?

— Pour déménager ou, je n'en sais rien, moi ! réparer un truc. On a été ensemble presque trois ans, c'est normal que l'on se revoie, non ?

— Non, Lorenzo, ce n'est pas normal. Genre, tu vas souvent réparer le radiateur de toutes tes ex ? »

Marie montait sur ses grands chevaux. J'essayai de désamorcer la situation.

« Attends, elle m'a donné son numéro en toute simplicité, comme une simple amie. C'est tout.

— D'accord. Alors, toi, tu appelles une simple amie “ma princesse” ?

— Elle a écrit ça parce que c'est comme ça que je l'appelais quand on était ensemble.

— Oui, et c'est bien ça qui m'inquiète. »

Je levai les yeux au ciel et poussai un soupir. Cette crise m'agaçait. Je haussai le ton malgré moi.

« Écoute, ce n'est rien. Je ne compte pas la rappeler, de toute façon, passons à autre chose. »

Je voulus caresser sa joue, mais elle me repoussa :

« Mais tu as quand même gardé son numéro de téléphone dans ton portefeuille. On ne sait jamais, des fois qu'elle te ferait une petite pipe pour fêter vos retrouvailles ? »

Je restai un temps muet, ne sachant quoi répondre devant tant d'absurdités.

« Et tu ne m'en as pas parlé non plus. Tu aurais pu me dire : “Tiens, aujourd'hui, j'ai croisé mon ex.” Ne sois pas naïf. Non, ce n'est pas anodin de croiser une ex qui est censée vivre en région parisienne à cinq cents kilomètres de là ! Tu ne crois pas ?

— ...

— Surtout après trois ans de vie commune et avec, soi-disant, aucune attache dans la vallée.

— ...

— Tu lui as parlé de moi ? »

Je ne sus quoi dire. Je ne lui avais effectivement pas parlé de Marie, mais ce n'était pas par malice.

« Écoute, j'étais surpris de la revoir, je ne suis resté que cinq minutes avec elle et je n'ai dit que le principal...

— Le principal ? Je vois. Je ne fais donc pas partie de ton “principal” ?

— Arrête, tu me fatigues ! Il n’y a rien autour de ce numéro de téléphone, pas la peine de me prendre la tête ! Je ne vais pas l’appeler. Fin de la discussion. »

Elle me dévisagea, secoua la tête et me montra la porte.

Deux jours après, je sonnai chez elle avec une bouteille de vin. Elle ouvrit la porte et s’effaça pour me laisser entrer. Le nez dans nos verres, personne ne reparla de « Princesse ». Je ne sus pas trouver les mots pour lui expliquer mon silence des derniers jours. J’avais trop peur de relancer la discussion. Ces quarante-huit heures d’absence avaient gommé des semaines de complicité. Après avoir picoré la moitié des olives, je lui reparlai de ma photo. J’avais sélectionné six toiles et lui demandai son avis. Elle recracha un noyau et répondit d’un ton froid que je ne lui connaissais pas.

« Je te laisse choisir. C’est ton choix, pas le mien.

— Mais que penses-tu de celles-ci ?

— Rien ne presse, prend le temps qu’il faut pour décider. »

Son manque d’enthousiasme ne m’aida pas. Je décidai de retourner à la bibliothèque municipale pour consulter d’autres ouvrages. Mais le choix écrasant dilua davantage l’univers des possibles. Découragé, je passai le reste de l’après-midi à lire des bandes dessinées.

Marie était de plus en plus absente. Ses séances d’histoire de l’art à la prison l’occupaient tous les matins. L'après-midi elle travaillait au musée, et elle consacrait de plus en plus de soirées aux visites-conseils des galeries d'art. Elle rentrait exténuée. Elle prenait une douche, nous dînions rapidement, elle me racontait en deux mots sa journée, puis elle se couchait. Je restais une heure ou deux à regarder la télévision avant de la rejoindre.

Elle s'absenta cinq jours pour une exposition itinérante. J'avais proposé de l'accompagner, mais c'était compliqué : le logement était payé par l'exposant et elle ne voulait pas abuser.

À son retour, le vendredi soir, elle me retrouva chez moi. J'avais préparé un dîner aux chandelles, mais nous fîmes l'amour avant de passer à table. Tandis que je me rhabillais, je la vis m'observer, allongée sur le lit.

« Qu'as-tu ? Tu me regardes bizarrement. »

Elle sourit et secoua la tête.

« Rien. Je te regarde. C'est tout. »

Mais je vis à ses yeux rougis que quelque chose n'allait pas. Je voulus comprendre quoi, mais elle s'enferma dans la salle de bains et prit une longue douche.

Je sortis le vin blanc du frigidaire et lançai la délicate cuisson des noix de Saint-Jacques. Elle apparut dans la commissure de la porte, son manteau sur elle.

« Que fais-tu ? On passe à table dans deux minutes.

— Je rentre chez moi, je ne me sens pas bien. »

Je coupai le feu, le crépitement s'arrêta.

« Tu ne restes pas dormir ici ? »

Elle secoua la tête et serra son sac à main contre elle.

« Non, il faut que je rentre. Désolée pour le dîner, mais je n'ai vraiment pas faim. »

À compter de cette soirée, elle ne m'invita plus chez elle, mais elle continua à venir dîner chez moi trois jours par semaine, puis un seul. Des fois nous faisions l'amour, des fois nous discutions. Rarement les deux.

Ma mère me demandait de temps en temps de ses nouvelles, j'étais embarrassé. Du salon, mon père lui criait d'arrêter de m'embêter avec ses questions indiscrètes. Dans son bureau, il me racontait le destin de tous ces grands hommes, gâché par leur femme. Il me disait de ne pas m'en faire en me touchant l'épaule. Sa façon maladroite, à lui, de me consoler, mais qui ne me plaisait pas du tout. Il projetait seulement leur fade cohabitation dans mon histoire.

Après des semaines de recherche, j'avais enfin trouvé une photo pour elle : *La Vierge au long cou* de Girolamo Francesco Mazzola, dit « le Parmesan ». J'avoue que c'est ce surnom rigolo qui m'avait fait choisir la toile.

« Je ne pense pas que cela soit une bonne idée, Lorenzo.

— Mais pourquoi ? On avait dit que l'on ferait cette photo, que tu te déguiserais, pour ta collection... Regarde, elle a la même cape bleue que celle que tu as déjà.

— C'est une toile du XVIe siècle. Je t'avais demandé de ne pas trop t'écarter du XIXe.

— Quelle importance ? »

Elle soupira.

« Comme tu dis... quelle importance ? »

Et il ne fut plus jamais question de la photo.

Et puis un jour elle partit. Où ? Pour combien de temps ? Avec qui ? Je n'en sus rien. À la prison, ils me signalèrent que c'était prévu depuis longtemps, qu'elle avait posé un congé. Au musée, pareil. J'étais visiblement le seul à ne pas être informé de son break. Il faut dire qu'entre nous ça n'allait pas bien fort. Ces dernières semaines, j'avais dû la voir deux ou trois fois maximum et nous n'avions plus fait l'amour depuis des lustres. Je voyais bien qu'elle avait besoin de temps. Moi, j'étais pourtant toujours amoureux, mais je ne savais pas comment le lui montrer. Comme si un ressort s'était cassé, elle n'avait plus cette étincelle dans le regard quand elle me parlait d'un peintre. Était-ce moi ? Était-ce la peinture ? Avait-elle des problèmes personnels qu'elle ne m'avait pas avoués ? Elle refusait d'en parler.

Je décapsulai une bière, contemplai la mousse évanescente et je compris que je me faisais gentiment larguer. Rendez-vous **au chapitre 49, page 306.**

Je décapsulai une bière et les trois quarts de la bouteille dégoulinèrent le long du goulot pour atterrir sur le plancher. Belle illustration de mon manque de contrôle sur ma vie. Quel enchaînement d'événements nous avait-il conduits à cette triste situation ? À bien y réfléchir, cette histoire de numéro de téléphone avait été un carrefour dans notre relation. Je regrettais d'avoir réagi ainsi. Je bus rapidement le fond de la bouteille et en ouvris une deuxième. Je méritais une seconde chance. Et là, il ne faudrait pas que je déconne à nouveau. Rendez-vous **au chapitre 34, page 230.**

Chapitre 49

Et puis Marie réapparut un jour, en fin d'après-midi, sans prévenir. J'étais chez moi, en train de bouquiner un livre sur le capateros que m'avait conseillé un collègue. Elle était bronzée, visiblement en pleine forme. Elle déboula dans mon appartement et effaça d'un sourire magique mes semaines de déprime. Je n'avais plus rien à boire chez moi alors nous descendîmes fêter nos retrouvailles au café du coin.

Elle me raconta ses jours passés, elle s'excusa, me prit la main, me dévora des yeux. Elle avait sa petite robe à pois que j'aimais tant. Elle s'était maquillée, mais ce que je remarquai le plus fut cette étincelle dans le regard, qui m'avait tant manquée. « J'avais besoin de temps pour moi, de faire le point. Je voulais être sûre. »

Ce revirement de situation était surprenant, mais je ne réfléchis pas plus loin ; je dis oui à toutes ses paroles. L'ivresse m'envahit. Je nous commandais un second mojito. Nous étions en terrasse, à cette heure de la journée où la lumière est si belle. Elle se toucha les cheveux, j'eus l'impression qu'ils étaient plus longs qu'avant. Elle me demanda ce que j'avais fait sans elle. Pas grand-chose. « Pas de princesse, alors ? » me taquina-t-elle. « Aucune ! À part celle qui est assise en face de moi ! » Elle fit la moue, se pencha vers moi et déposa un baiser sur mes lèvres. Et si son absence avait été un test pour éprouver ma fidélité ?

Elle me reparla de ses peintures, de ses galeries, elle avait plein de nouveaux projets en tête. J'étais content pour elle et pour nous. Après le deuxième verre, nous remontâmes chez moi.

À peine la porte refermée, elle fit glisser sa robe et m'enlaça fiévreusement. Elle me retira mon T-shirt, je me débarrassai de mon pantalon. Nous nous jetâmes sur le canapé et mes mains s'égarèrent là où il faut. Le désir était là, impératif et ardent. J'étais sur elle, ses cheveux formaient une étoile blonde sur le cuir blanc du canapé. Je la regardais dans les yeux et fis de lents mouvements de bassin. Elle y répondit en plissant doucement les yeux, je retrouvai le parfum enivrant de la Marie que j'aimais.

La pénombre avalait désormais la moitié du salon, nos corps et nos sens étaient apaisés. Je ramassai les habits jonchant le sol tandis qu'elle filait sous la douche. Je sifflotai en préparant le repas, une simple omelette aux champignons ; la vie allait reprendre comme avant. À table, je tentai d'effacer ces derniers mois désastreux. Recommencer là où nous en étions.

« Et si nous reprenions notre projet de tableau-photo ? »

Dans un grand sourire, elle murmura :

« Non, j'ai une meilleure idée. »

Intrigué, je l'invitai de ma fourchette à en dire plus.

« J'ai trouvé la peinture parfaite. Une Marie moderne, un peu abstraite, mais sublime. Je suis tombée amoureuse de ce tableau.

— D'accord, peut-on imiter le décor facilement ? »

Elle secoua la tête.

« Non, c'est de l'art abstrait, impossible à reproduire. Je veux la toile originale dans mon salon.

— Pourquoi pas, je peux te l'offrir ? »

Elle éclata de rire.

« Je ne pense pas, non ; elle vaut une petite fortune. C'est une toile exposée dans une des galeries lyonnaises pour lesquelles je travaille. Elle a été peinte par un artiste hollandais dont la cote est en train de flamber. Elle vaudra sans doute le double ou le triple dans un an, mais même aujourd'hui, elle est déjà inabordable.

— Tant que ça ?

— Un prix à cinq chiffres. Une petite berline allemande. Au moins. »

Je mâchai mon morceau de pain en grimaçant. Dommage, j'aurais bien aimé lui faire ce plaisir-là.

« Mais on fait quoi alors ? Je ne comprends pas. »

Elle reposa ses couverts et but une gorgée de vin rouge, du bordeaux, ça va bien avec les champignons.

« Il y a deux options. La première consiste à acheter la toile.

— Oui, mais j'ai compris que c'était impossible.

— Exact. La seconde est de se l'offrir... »

Je n'étais pas certain de saisir.

« Comment ça, se l'offrir ?

— Disons que le Hollandais a tendance à prendre le melon. Il a placé ses toiles un peu partout à Berlin,

Amsterdam, Lyon et Paris. Ça flambe de partout, mais je pense qu'il ne sait plus très bien où sont toutes ses peintures. Il y en a au moins une trentaine en vente, si l'une manque à l'appel, il ne s'en apercevra même pas.

— Tu veux voler cette peinture ? »

Elle hocha frénétiquement la tête et arbora un large sourire.

« Oui ! Ce serait notre petit secret ! »

Je retrouvais ma Marie, gaie, pleine d'idées folles. Néanmoins, cela restait un vol. Je n'étais pas certain d'aimer ça.

« Ce n'est pas un peu risqué ? »

Elle reprit son sérieux et baissa la voix.

« J'ai bien étudié la question. La galerie a une alarme, mais la patronne, une véritable tête en l'air, oublie de l'enclencher un soir sur deux. Dans les toilettes, il y a une fenêtre qui donne sur une impasse déserte. Pas de protection particulière. Il suffit de casser la vitre pour l'ouvrir de l'extérieur. »

J'arrêtai de manger pour l'écouter.

« Je guette la fermeture depuis la rue. J'observe si la patronne enclenche l'alarme, c'est sur le boîtier à côté du volet métallique roulant. Si elle ne le fait pas, on revient la nuit. L'un de nous deux va dans l'impasse et passe par les toilettes. Il décroche la toile, l'enveloppe dans un drap et ressort par où il est venu. Ça prend au maximum trois minutes et c'est sans risque. »

Ce plan était dingue, trop simple, trop fantaisiste. Je me servis un autre verre et lui lançai : « Tu plaisantes ou pas ? » Elle posa sa main sur la mienne et se rapprocha. Je sentis son haleine caresser mon visage. Elle fronça les sourcils et rangea une mèche folle.

« Non. Pas du tout. J'aimerais que ce soit notre histoire, un secret qui nous unisse. Mon cadeau de retour : une belle marque de confiance, tu ne trouves pas ? »

Elle marqua un temps et je baissai les yeux : elle faisait allusion à l'histoire du numéro de téléphone de Princesse et ce n'était pas le moment de rouvrir le débat. Je réfléchis un court instant. Après tout, pourquoi pas ? Cela n'avait pas l'air si risqué, et elle avait l'air de tenir énormément à cette peinture. Marie me fixait, suspendue à ma réponse, et je vis là l'occasion de redorer mon blason. De devenir non pas l'égal des autres, de ceux qui l'ont prise en photo, mais de me hisser à un niveau supérieur. Le premier homme à lui offrir une vraie toile. Quel meilleur cadeau pour une passionnée comme elle ? Quel meilleur symbole pour sceller notre amour ?

« Personne ne s'apercevra de la disparition de la toile ?

— Si, moi, le lendemain, à l'ouverture. J'avertirai la propriétaire et la police. Même s'ils me suspectent, ils ne trouveront rien, tu cacheras la peinture chez toi, ou ailleurs, pendant quelques jours, le temps que l'enquête se tasse. »

Et comme pour enfoncer le clou : « De toute façon, la galerie a une assurance contre le vol et le Hollandais se fait déjà un fric de dingue. Personne ne sera lésé, crois-moi. »

Qu'auriez-vous fait à ma place ?

Foncer tête baissée vers cette occasion unique de faire plaisir à Marie ? Des fois, dans la vie, ça ne sert à rien de trop réfléchir. Rendez-vous **au chapitre 50, page 312.**

Ou réfléchir davantage, peser le pour et le contre, imaginer vivre sans Marie, envisager le scénario catastrophe, entrevoir aussi la réussite de ce projet, pondérer les risques, les gains, boire une bière, s'interroger sur le sens de la vie, demander l'avis d'un ami, comparer, mesurer, ne pas trouver d'alternative plus intéressante, regarder encore une fois ce petit bout de femme bandante à souhait, boire une autre bière, ne pas se rendre compte qu'elle est manipulatrice. Être aveuglé, par cette évidence : « C'est la femme de ma vie. » Puis décider finalement que le jeu en vaut la chandelle. Rendez-vous **au chapitre 50, page 312.**

CHAPITRE 50

La galerie d'art était accolée à une banque et faisait l'angle entre une rue marchande et une impasse de service destinée à stocker les poubelles. À partir de 19 heures, les rideaux s'abaissaient et le quartier devenait désert. Trois heures plus tard, c'étaient les volets des appartements des étages qui se fermaient les uns après les autres et la rue s'endormait véritablement.

La préparation de cette expédition fut une période très excitante. Marie vint chez moi tous les soirs pour le « cours de cambriolage ». J'épinglai sur le mur de ma chambre le plan du quartier, celui de la boutique, une photo floue de la peinture convoitée, le portrait de la patronne de la galerie, les horaires des camions poubelles. J'adorais ça, on se serait cru dans un film policier où l'enquêteur relie par des ficelles tous les indices punaisés au mur. Tout ce qui pouvait présenter un risque fut analysé. Marie me surprit par son sens de l'organisation : difficile de croire que c'était son premier casse ! Et pourtant, elle revenait chaque soir avec une nouvelle idée, fruit de sa réflexion de la journée : « Le commissariat est à trois kilomètres. Même si quelqu'un nous signalait, il faudrait plus de dix minutes aux policiers pour être sur place. »

À un moment, il fallut bien trancher la délicate question des rôles : qui attendrait dans la voiture, qui entrerait par effraction dans la galerie.

« Je veux bien que tu m'attendes dans la voiture, me proposa Marie. Comme ça, si ça tourne mal, tu pourras partir sans être inquiété. »

Elle était assise, j'étais debout. Des fossettes se dessinèrent quand elle leva la tête. Elle était adorable, mais je ne pouvais pas laisser un bout de femme comme elle prendre tous les risques. Je proposai mon aide, à moi de me montrer à la hauteur de mon amour.

« Non, c'est moi qui vais y aller.

— Tu es sûr ? Tu n'es pas obligé, tu sais... Après tout, c'est mon idée.

— Je le ferai avec grand plaisir. »

Après tout, cette toile était mon cadeau : à moi de prendre le risque principal. Elle n'insista pas, se releva et me donna un chaste baiser.

Le lendemain, elle fixa dans ma cuisine un tableau avec le même type de crochets qu'à la galerie. Elle éteignit l'appartement et me chronométra.

« Il faut que tu t'entraînes dans le noir, pas de lampe de poche qui se repère de trop loin. Tu resteras un moment dans l'impasse pour que tes yeux s'habituent à l'obscurité.

— Il n'y a pas d'éclairage public ?

— À l'entrée de l'impasse, mais le lampadaire sera cassé, j'y veillerai. »

Après ces exercices, nous dînions sur le pouce. Pendant mon entraînement, elle commandait un plat à domicile pour que ça aille plus vite. Je me souviens que nous avions toujours des choix opposés : quand je voulais manger chinois, elle voulait manger indien, et je finissais toujours par me ranger du côté de son choix. Le soir, elle retournait chez elle : « Je travaille beaucoup en ce moment, j'ai besoin de dormir beaucoup. » De fait, nous n'avions pas beaucoup, et c'est un euphémisme, de moments consacrés aux câlins. Elle n'était pas encore prête pour une vie à deux, mais je comprenais. Il fallait que je lui laisse un peu de temps, et que je regagne sa confiance. Ce cambriolage allait aider, il serait une sorte de bague de fiançailles. Je comptais beaucoup là-dessus, car je la sentais toujours distante, nous n'avions pas encore retrouvé cette complicité d'avant « l'incident du numéro de téléphone ».

On se disputa une ou deux fois, rien de grave, pour des broutilles qui nous auraient fait rire voici quelques mois. Dans ces moments, je voyais bien qu'elle faisait des efforts, elle respirait lentement, puis revenait toujours à cette peinture, comme une obsession. J'avais l'impression que cette toile lui importait plus que moi. Puis, à d'autres moments, je me disais que c'était justement parce que cette peinture était importante pour elle qu'il fallait que je me surpasse. Que je lui prouve la profondeur de mon amour et de ma dévotion.

Le jour J arriva.

La veille, j'étais allé m'acheter un pantalon et un sweat noirs. Je portais un masque en tissu noir et je ressemblais à un ninja des dessins animés de mon enfance. Marie avait gloussé en voyant mes achats, mais m'avait finalement dit que c'était très bien.

22 h 30. Je lui vole un baiser qui atterrit sur sa joue. Je descends de la voiture, garée cinquante mètres en contrebas, et me dirige vers la galerie. J'ai un morceau de drap caché sous mon pull. Il est convenu que je quitte mon masque en sortant et que je me dirige le plus naturellement possible vers la voiture avec la toile sous le bras. Marie m'y attend.

22 h 35. Je suis dans l'impasse. Je dois attendre un certain temps pour que mes yeux s'habituent à l'obscurité. Le lampadaire du bout est effectivement brisé. Marie est très forte et je l'aime.

22 h 52. J'entends un bref coup de klaxon. C'est le signal, je peux y aller. Elle a vérifié l'alarme, elle est bien désactivée sur la grille principale.

22 h 53. Je sors une bougie d'allumage de ma poche. La céramique est très dure et je brise la vitre des toilettes d'un coup sec. Je passe ma main gantée à l'intérieur et actionne la poignée. La fenêtre s'ouvre vers l'intérieur.

22 h 55. Me voilà dans les toilettes. On a répété les sept étapes avec Marie. J'en suis déjà à l'étape trois.

22 h 55. Je rentre dans la galerie plongée dans l'obscurité. Un mince filet de lumière perle des volants roulants ; c'est parfait. Étape quatre, je repère la toile sur un des murs.

22 h 56. Étape cinq, je soulève délicatement la toile et la tire vers moi. Je sens un mouvement de résistance imprévu. Je tire davantage et la toile se libère d'un coup. Je bascule vers l'arrière, mais arrive à me

stabiliser. Une alarme stridente retentit, incroyablement forte et stressante. Je comprends que la toile était accrochée par un dispositif anti-arrachement que Marie ne connaissait pas. J'enveloppe la toile dans le drap, étape six. J'imagine que depuis la rue le niveau sonore est tout aussi élevé. J'ai le temps, mais il ne faut pas traîner si je ne veux pas croiser les gendarmes.

22 h 57. Je retourne aux toilettes et l'évidence me tombe dessus : nous avons pensé à tout, sauf à ça ! Comment est-ce possible ? La fenêtre est trop petite, sans doute du soixante par soixante, alors que la peinture fait bien un mètre de côté.

22 h 59. J'ai retourné la toile dans tous les sens ; même en diagonale, ça ne passe pas. Elle est montée sur un cadre en bois, il faudrait que je la retire, mais j'ai peur de tout déchirer si je force. Je vais derrière le comptoir et cherche un outil pour m'aider. La sirène stridente m'empêche de réfléchir, j'aurais dû apporter des bouchons d'oreille.

23 h 01. Pas de cutter, mais j'ai trouvé un tournevis. L'alarme me vrille toujours la tête. Je retire une à une les agrafes qui tendent la toile sur le cadre. Il y en a une vingtaine et j'avance lentement pour ne rien abîmer.

23 h 05. La dernière agrafe roule par terre et l'alarme s'arrête enfin. Je souffle un grand coup, je vais pouvoir me tirer de là.

23 h 06. La toile est roulée, j'ai même trouvé un élastique, c'est pratique, même pas besoin de drap. Étape sept, je saute par la fenêtre pour rejoindre la rue. Mission accomplie ! Marie va m'adorer !

23 h 07. Comité d'accueil. Trois policiers m'attendent. Les lampes de poche m'aveuglent.

23 h 11. Ils m'emmènent vers leur véhicule, stationné devant la banque. Un rapide coup d'œil discret m'indique que la voiture de Marie n'est plus là, je suis seul. Elle a dû s'enfuir au moment de l'alarme ou à l'arrivée de la police. C'est un soulagement.

La suite fut tout aussi peu glorieuse.

Pris en flagrant délit de cambriolage, je fus conduit au commissariat. Je poireautai toute la nuit dans une cellule austère. Ils attendaient certainement le matin pour discuter avec la patronne de la galerie et évaluer le préjudice. En attendant, je me sentais fatigué, fourbu, sale. Je ne réussis pas à dormir sur le banc et n'osai pas dormir par terre, à même le béton brut. À chaque bruit, j'espérais que c'était pour moi.

Vers 8 heures, j'eus droit à un café, un verre d'eau et deux biscottes sous emballage plastique. Puis, à 11 heures, je fus entendu par deux policiers. Que dire ? Que faire ?

« Monsieur est amateur d'art ?

— J'aime beaucoup cette toile, mais je n'ai pas les moyens de me l'offrir.

— Et donc, vous vous êtes dit : “Vu que je ne peux pas l'acheter, si je la volais ?” C'est pratique, non ? On devrait pouvoir faire ça pour tout : une voiture, un appartement, un bijou… »

Je baissai la tête.

« Vous faites quoi dans la vie ? »

Je leur expliquai mon petit boulot, que c'était dans l'attente de trouver un emploi plus pérenne dans la simulation numérique. Ils ne comprirent pas tout, mais tiquèrent sur ce dernier mot.

« Simulation numérique ? Et vous aimez la peinture ? C'est curieux, mais je trouve que ça ne colle pas. »

J'aurais pu entrer dans des débats philosophiques, leur demander pourquoi un informaticien ne pouvait pas aimer l'art, mais j'étais fatigué. Je me contentai de hausser les épaules et d'ignorer ce cliché. Le plus gradé des policiers regarda son collègue, nota quelque chose et se pencha vers moi.

« Voyez-vous, moi, je pense que vous êtes autant amateur d'art que moi de broderie berrichonne. »

L'autre embraya.

« Un cambriolage comme ça, ça ne se prépare pas tout seul. Qui sont vos complices ? Est-ce une commande ? »

Je passai mes mains sur mon visage et me frottai les yeux. Au moins, ils ne voyaient pas mon trouble. Que dire ? Devais-je avouer que Marie m'avait inspiré tout cela ?

Je regardai l'officier le plus gradé dans les yeux : « Je n'ai besoin de personne pour faire des conneries. J'avais vraiment envie de ce tableau, il représente beaucoup pour moi. J'ai tenté et j'ai perdu. Je suis le seul responsable et je n'en suis pas très fier. Il ne faut pas chercher plus loin. » Rendez-vous **au chapitre 51, page 320.**

Je baissai les yeux et lâchai : « Oui. J'ai une complice. C'est elle qui m'a demandé de faire tout cela ; je n'ai fait que lui obéir. » Rendez-vous **au chapitre 52, page 329.**

CHAPITRE 51

La première semaine, personne ne vint me voir à la maison d'arrêt. À chaque pas dans le couloir, je m'attendais à une lettre, à une invitation au parloir, mais non. Aucune nouvelle de Marie, je me demandais ce qu'elle faisait. Pourquoi ce silence ? Avait-elle été arrêtée à la suite d'une enquête ? En tout cas, personne ne m'en avait parlé durant les interrogatoires.

Le neuvième jour, on m'annonça enfin ma première visite. Je marchai dans les couloirs, fébrile, me demandant si le parloir permettrait quand même l'échange d'un bref baiser. Grosse déception en arrivant dans la pièce, où se trouvait un jeune homme brun, frisé, une tête d'artiste un peu bohème.

« Je suis Gabriel, c'est Marie qui m'envoie. »

Il avait l'air tout aussi gêné que moi.

« Elle ne peut pas venir ici, pour pas qu'ils ne fassent le lien entre la galerie, sa mission de consultante là-bas, et toi. Rapport au vol, tu comprends ? »

Bien sûr que je comprenais, je n'étais pas débile, mais je comprenais surtout que je ne la reverrais pas de sitôt. Et puis, pourquoi ce play-boy était-il au courant de notre secret ? Qui était-il ? Je restai assis, les yeux perdus sur son col roulé.

« Elle va bien ?

— Très bien, elle te salue et te remercie pour la tentative. »

« Elle me salue ? » fis-je incrédule. Mais qui étais-je vraiment pour elle ? Un copain que l'on salue de loin, d'un geste de la main ? L'autre haussa les épaules.

« Je ne sais pas quoi te dire. »

J'allais lui raconter notre histoire, notre amour, notre délicieuse complicité, mais un doute me retint.

« Qui es-tu, en fait ?

— Un ami de Marie.

— Tu la connais depuis longtemps ?

— Depuis le collège. »

Je repensai aux photos-tableaux sur son mur. Elle ne m'avait jamais dit qui les avait prises. Et si c'était lui ? Pourquoi ne m'avait-elle jamais parlé de lui ? Avaient-ils été amants ? Étaient-ils amants ?

« Vous êtes ensemble ? »

Il sourit et secoua la tête.

« Non, je suis son ami d'enfance. Je suis juste son messager de confiance, elle m'a tout raconté. »

Puis, après un long silence :

« Marie ne viendra pas, trop risqué. Ne lui écris pas non plus. Tu veux que je lui passe un message ? »

Je ne sus quoi répondre. Tout cela était tellement rapide, si décevant. J'attendais sa visite depuis cette fameuse nuit et, à la place, j'avais droit à un meilleur ami sorti de nulle part. Pourquoi ne m'avait-elle jamais parlé de lui ? Quelle déception ! Quelle tristesse ! Quelle trahison... J'avais les larmes aux yeux et une grande lassitude s'abattit sur moi.

« Dis-lui que je pense à elle. Que je ne regrette rien. »

Il opina et se redressa.

« C'est beau, mais je ne sais pas si elle le mérite. »

Et il me quitta sur ces paroles énigmatiques.

Je retournai dans ma cellule, déprimé. Depuis mon arrestation, je m'accrochais à quelques images : Marie me serrant dans ses bras, comme un preux chevalier après un duel en son honneur. Marie remerciant son vaillant héros. Marie me promettant des « toujours » et des « jamais ». Mais non, j'avais juste droit à un « salut » par garçon interposé. Se foutait-elle de ma gueule ?

Et si elle s'était toujours foutue de ma gueule ?

À bien y réfléchir, elle pouvait parfaitement venir. Les enquêteurs allaient tôt ou tard faire le rapprochement entre nous et venir me voir aurait été un gage d'innocence de sa part. Elle était censée ne rien savoir, je lui avais soutiré les informations sur la galerie en abusant de sa naïveté et de son grand amour pour moi. Voilà ce que je comptais baratiner aux enquêteurs afin de la disculper. Là, j'avais la désagréable impression qu'elle ne cherchait qu'à se couvrir, se protéger, comme s'il n'y avait rien entre nous. Comme si je n'avais été qu'un pion jetable dans sa stratégie de vol.

Mon camarade de cellule, un certain Claude, se redressa sur son lit et s'assit en face de moi.

« Ça n'a pas l'air d'aller fort, fiston. »

Il avait la soixantaine, un vieux monsieur sec et ratatiné qui ne parlait pas beaucoup. Il était tombé pour trafic d'ivoire. Quand il avait su pour mon vol, il avait rigolé : « Très bien ! Ils mettent les voleurs ensemble ; comme ça, on pourra s'échanger nos petits trucs. »

Claude était taxidermiste à Paris et profitait des bêtes empaillées pour écouler la précieuse corne dérobée en Afrique. Il vendait des animaux du coin en remplaçant les crocs de rats-taupes ou les cornes de vaches par de l'ivoire fourni illégalement par le commanditaire. Une sorte de blanchiment de matière première qui permettait aux chasseurs de safaris d'exhiber leurs pièces en plein milieu du salon. Quand le riche client voyait ce lapin de garenne aux longues dents, il repensait à cet éléphant tué d'une seule balle au Kenya durant l'été 1986. Il caressait alors l'ivoire lisse en se souvenant de la peau de cette sauvageonne qu'il s'était offerte le même soir.

« Ma visite n'était pas celle que j'attendais. »

Le taxidermiste fit une moue, ses lèvres disparurent et, l'espace d'une seconde, il ressembla à un raton laveur ridé.

« Tu t'attendais à une femme, mais elle n'est pas venue.

— Effectivement ! Comment le sais-tu ? »

Il plissa les yeux et ressembla cette fois-ci à un castor.

« Ce sont toujours les mêmes histoires, tu sais ; la vie se répète. Quand ce n'est pas l'argent, ce sont les femmes. Toi, tu n'as pas la tête d'un gamin qui volerait un tableau pour de l'argent. Donc tu l'as fait pour une femme. Et vu que tu n'as pas l'air bien, j'en conclus qu'elle n'est pas venue.

— C'est ça. Bravo. »

Il sourit ; ne lui manquaient plus qu'un béret et des bretelles pour devenir l'archétype du vieux malicieux.

« Et, à la place, tu as vu au parloir un homme, beau comme un dieu, un ami d'enfance sorti de nulle part. »

Je restai abasourdi par sa prescience. Il vint s'asseoir à côté de moi.

« Oh ! je ne suis pas devin, c'est juste que l'histoire se répète. On croit vivre des choses inédites, incroyables, mais en vieillissant on s'aperçoit que l'on est un simple pantin qui tourne dans son manège en bois pour la millième fois. »

Je n'étais pas d'accord avec lui.

« Tu as eu l'impression d'avoir une vie de pantin, toi ? Avec ton histoire incroyable de trafic d'ivoire ?

— Ce n'est pas ça, gamin. Je dis juste qu'entre deux péripéties « incroyables », je retourne toujours à l'ombre. À chaque fois, je promets de m'assagir, et je replonge. C'est comme ça, je suis attiré par ce grand attracteur. Cela fait presque cinquante ans que ça dure. C'est une force invisible qui nous attire dans des cycles indomptables ; quoi qu'on fasse, on revient toujours au même endroit. “Tu es poussière et tu redeviendras poussière.” »

Claude était volontiers fataliste. La même année, il s'était fait arrêter et son meilleur ami, celui qui l'avait aidé de nombreuses années à l'atelier, avait été retrouvé calciné dans la carcasse d'une voiture. Il couvait une sévère dépression qu'il soignait par petits aphorismes. Il lisait beaucoup, parlait peu et m'écoutait : sa présence était apaisante.

Comme moi, il attendait son procès, sauf que

cette fois-ci il risquait gros : le gouvernement ne plaisantait plus avec le trafic d'ivoire et il était multi-récidiviste. Il risquait de ne plus jamais revoir ni sa boutique ni sa rue. Moi, c'était différent, mon avocat m'avait rassuré. Casier judiciaire vierge, tentative de vol non aboutie, amateurisme flagrant (cette phrase m'avait blessé, mais je n'avais pas réagi), bon diplôme et bonne employabilité : on plaiderait l'erreur de jeunesse. À tout casser, je m'en sortirais avec quelques mois de conditionnelle.

Cette conversation fut le début d'une longue introspection. Cela me prit une quinzaine de jours pour comprendre puis digérer cette traîtrise. La peur de la perdre m'avait illusionné sur la véritable nature de notre relation. Je m'étais fait manipuler ; voilà la simple et triste vérité. Je n'étais pas le premier, ni certainement le dernier. Maintenant, il s'agissait de rebondir, mon avocat avait raison.

Claude fut un excellent compagnon pour m'accompagner dans toutes ces phases de réflexion. Avec lui, nous débattions sans jugement et, un jour, je lui exposai ma théorie.

« Je vois la vie comme un jeu vidéo. »

Il haussa les épaules.

« C'est un rayon où je ne connais pas grand-chose.

— Dans un jeu vidéo, tu incarnes un personnage qui prend des risques. Pour sauver une princesse, pour tuer des extraterrestres, pour conquérir des terres, pour devenir riche, etc.

— Tu as raison, c'est comme dans la vie, les extraterrestres en moins... »

Je souris à sa plaisanterie et nous restâmes un moment silencieux. J'aimais ces instants de solitude à deux, où la parole libère nos doutes et nos angoisses. Claude savait écouter, mais il savait surtout expliquer le monde avec ses mots à lui. C'était un regard précieux. Il humecta ses lèvres, leva les yeux au plafond et dit :

« Dans ma modeste vie, j'ai quand même observé quelque chose. Certes, on tourne en rond, on s'agite et on revient toujours dans ce bocal. Mais j'ai remarqué qu'entre deux séjours à l'ombre je portais davantage d'attention aux petits détails de la vie. Comme la beauté d'une feuille qui tombe d'un arbre, ou l'odeur de l'herbe au petit matin. Je relis des livres et je remarque certains mots, certaines phrases comme si c'était la première fois que je les croisais, j'apprécie de plus en plus les chemins secondaires, insignifiants, que je méprisais avant. J'ai appris à me satisfaire de peu, d'un gramme de beauté, là où, plus jeune, il m'en fallait des tonnes. Dans l'idéal, faudrait toujours revivre deux fois ses journées : une première fois pour l'action, la seconde pour observation.

— Oui, j'ai aussi remarqué ça dans les jeux vidéo. À chaque fois que je rejoue une partie, j'ai souvent un regard neuf et je découvre de nouvelles choses. Comme si la première fois j'étais trop obnubilé par la mission principale pour voir la beauté des décors, ou découvrir des indices qui mènent à des passages secrets...

— Tu peux refaire plusieurs fois la même partie ?

— Oui, en général, tu as trois vies. Si tu meurs, tu renais au même endroit, ou un peu avant, et tu retentes ta chance. »

Il opina et ferma lentement les yeux pour mieux m'écouter.

« C'est pratique, ça.

— Donc, là, on est d'accord, je viens de perdre une vie, mais j'en ai encore deux pour me rattraper et construire quelque chose. »

Il passa sa main sur son visage et appuya sur ses yeux.

« Un peu comme les neuf vies des chats. Sans parler de leur dixième vie, celle où ils ont le plus de succès, une fois empaillés et élevés au rang de souvenir. »

Je souris à cette image ; effectivement, ma tante avait un affreux chat empaillé dans sa chambre. Il plissa les yeux et continua.

« Ça me fait penser au cycle des réincarnations dans le bouddhisme. Les êtres non éveillés vivent plusieurs vies de souffrances, plus ou moins grandes suivant leur karma. Et puis un jour, quand ils atteignent le détachement global, fin de partie, la roue de l'existence s'arrête et ils disparaissent dans le nirvana. »

La comparaison était bonne.

« C'est comme Mario. Il se casse la gueule et meurt plein de fois, jusqu'à la toute fin, quand il gagne et qu'on éteint la console.

— Sans doute.

— Dans les jeux vidéo, pour la réincarnation, on dit "*Same player, play again.*" »

Alors Claude releva la tête et me fixa de ses yeux bleus fatigués.

« Oui, *same player*, c'est bien cela le problème. Toujours le même joueur... »

Son fatalisme me déstabilisa.

Je ne sais pas si l'on refait toujours les mêmes choix, si notre libre arbitre est influencé par une force supérieure. Je ne crois pas. Moi, je pense que ma seconde vie sera différente, bien meilleure. J'ai appris de cette expérience. Et puis, il suffit de le vouloir, non ?

Same player, play again…

Pour recommencer l'expérience avec le même joueur, rendez-vous **au chapitre 1, page 9.**

Pour revenir à la dernière sauvegarde de votre marque-page, rendez-vous **au chapitre 34, page 230.**

Chapitre 52

L'officier regarda son collègue et sourit.

« J'en étais sûr. Je savais que ça ne collait pas. »

L'autre attrapa un stylo.

« Je vous écoute. Qui est ce cerveau génial qui ignore que les alentours des banques sont particulièrement surveillés et que les alarmes existent ? »

Effectivement, Marie n'avait pas pensé à la banque voisine. Je déglutis. La vérité était difficile à avouer.

« Ma connerie.

— Pardon ?

— Ma complice, c'est ma connerie. C'est elle qui m'a obligé à faire tout cela. Je voulais absolument ce tableau, je l'adore. Et j'ai merdé. Pour ça, je n'ai besoin de personne, je m'en sors très bien tout seul. Ma vie n'est qu'une succession de choix ratés. »

Les deux policiers se regardèrent. L'un se gratta les poils de barbe, s'avança vers moi et baissa la voix.

« Ça ne sert à rien de mentir, petit. Tu n'es pas obligé de trinquer pour les autres. »

Je ne répondis rien. L'un d'eux sortit une enveloppe marron de nulle part.

« Regarde ces portraits. Est-ce que tu as déjà croisé l'un d'eux ? »

Ils me montrèrent des photos de gars plus ou moins patibulaires. Certains avaient l'air de cadres de la finance, propres sur eux, d'autres avaient des figures de truands marseillais. Je pris le temps de les observer, je jouai le jeu, c'était comme dans un film. J'imagine qu'ils recherchaient des trafiquants d'art. Tant qu'ils étaient sur cette piste, ils ne cherchaient pas ailleurs, ça m'allait.

« Aucun. Jamais vu. Désolé. »

Je leur répétai mon histoire : « J'ai monté cette opération tout seul. Vérifiez à la bibliothèque municipale, j'ai emprunté des tas d'ouvrages sur la peinture ces derniers mois. Allez chez moi, tout est sur encore sur mes murs. » Les deux policiers s'éloignèrent et murmurèrent quelque chose, puis le plus jeune s'avança vers moi.

« D'accord, comme tu veux. De toute façon, il y aura une enquête. »

Intérieurement, je poussai un soupir de soulagement. « Pourvu qu'ils ne remontent pas jusqu'à Marie. Pourvu qu'elle n'avoue rien de son côté si elle est interrogée. Pourvu qu'elle ne m'oublie pas. » Toutes mes pensées étaient tournées vers elle, dans combien de temps pourrais-je la voir ? Est-ce qu'elle me pardonnerait cette maladresse ?

Rendez-vous **au chapitre 51, page 320.**

Chapitre 53

J'utilisai l'annuaire de l'entreprise pour retrouver les coordonnées de monsieur B. Il terminait désormais sa carrière aux ressources humaines, au siège social, à Paris. Après quelques secondes de flottement, il se souvint de moi et fut très heureux de mon appel. Il me posa mille questions sur mon parcours et me félicita chaudement pour mon futur diplôme d'ingénieur.

« Alors comme ça, tu fais ton stage à la centrale de Chantebrie ?

— Oui, là où tu travaillais. »

Un blanc au téléphone. Sa voix se fit cassante.

« Mais, Lorenzo, pourquoi diantre as-tu choisi ce stage ? C'était l'occasion unique de partir, de découvrir d'autres choses ! »

Je ne sus quoi répondre. La raison principale était la proximité de chez mes parents. Mais ce n'était pas une bonne réponse pour monsieur B., qui m'avait toujours encouragé à ouvrir les yeux sur le monde et à faire preuve de curiosité. J'eus honte de moi.

« Je ne sais pas, ça s'est fait comme ça. »

Il ne perçut pas ma gêne et continua sur un ton professoral.

« Cela va faire bizarre sur ton CV, un stage chez papa-maman. Faudra que tu trouves une raison crédible à cette flemmardise. Promets-moi que la prochaine fois tu lèveras le nez de ta vallée de Chantebrie ? C'est un endroit magnifique, mais le monde est rempli d'endroits splendides, crois-moi. »

J'acquiesçai muettement mais, au fond de moi, je fus agacé par cette ultime leçon de morale. Je n'avais plus huit ans, et je n'avais pas besoin que quelqu'un me dise quoi faire. Il n'avait même pas parlé de mes simulations numériques ! Faut dire que, désormais, il était certainement dépassé par la technologie.

Dans mes propos, il n'avait vu que le verre à moitié vide et m'avait sermonné comme un gamin. Pourtant, dans mon souvenir, monsieur B. avait toujours été bienveillant à mon égard, encourageant, positif. Cet appel me laissa un goût amer dans la bouche. Je regrettai de l'avoir recontacté et m'empressai d'oublier ses conseils. Rendez-vous **au chapitre 4, page 36.**

Je me souvins alors des conseils du monsieur B. de mon enfance. À l'époque, je ne jugeais pas la parole des adultes et il m'avait emmené bien plus loin que tous les autres. Derrière ce ton maladroit, presque professoral, je compris ce qu'il voulait me dire. C'est vrai que j'aurais pu trouver mieux ; l'école nous avait proposé une liste de stages, dont certains en Allemagne ou au Royaume-Uni. Je n'avais même pas pris la peine de les consulter, persuadé que le cocon familial était mon seul port d'attache. Je me sentis un peu bête et balbutiai quelques mots de remerciements.

Ce fut mon dernier contact avec monsieur B., et son dernier conseil. Il partit ensuite à la retraite et je perdis sa trace. Avec le temps, j'oubliai même ce coup de fil qui changea pourtant tant de choses.

Rendez-vous **au chapitre 56, page 340.**

Chapitre 54

Une histoire se définit par des péripéties ; il doit se passer quelque chose. Que voulez-vous que je raconte si Lorenzo reste avec sa copine ? Je pourrais écrire sur une centaine de pages la vie trépidante de ce couple citadin : le café matinal, la voiture, le boulot, la voiture, les devoirs des enfants, les plats surgelés, le téléfilm policier et le court dodo. Mais je préfère m'en tenir aux conventions et résumer tout cela en « Ils vécurent heureux et eurent beaucoup d'enfants ». Après tout, c'est la formule usuelle des contes quand les aventures se terminent et que les héros se marient.

Mais souhaitez-vous vraiment que l'aventure se termine ici, bêtement, dans la pénombre de cette taverne, alors que Franz tient littéralement le destin de Lorenzo dans sa main ?

« Ils vécurent heureux et eurent beaucoup d'enfants. »

Précisons que dans certains pays les enfants ne sont même pas indispensables au bonheur des héros. Même pas l'occasion de les perdre en forêt afin de pimenter le récit. Les contes anglais se terminent par « *And they all lived happily ever after* » et les contes allemands par « *Und wenn sie nicht gestorben sind, dann leben sie noch heute* », ce que l'on pourrait traduire par « Et ils furent éternellement heureux après ça » et « Et, s'ils ne sont pas morts, ils sont encore vivants aujourd'hui ».

Je ne vois rien d'excitant dans ces archétypes de conclusion.

Par ailleurs, Lorenzo a prononcé la locution *Alea jacta est*. On imagine mal César franchir le Rubicon, puis, soudainement pris de remords, rebrousser chemin pour déposer les armes. Il y a des paroles d'airain, et Lorenzo, en acceptant le jeu de son ami, s'est engagé à respecter le choix divin.

Pour toutes ces raisons, je vous propose d'accompagner Lorenzo dans sa décision.

Si la pièce tombe côté face, Lorenzo cherche une mission écologique **au chapitre 5, page 44**.

Si la pièce tombe côté pile, Lorenzo part au Mexique **au chapitre 6, page 46.**

Chapitre 55

Denis travaillait comme gardien au centre pénitentiaire de la vallée, où il alternait des gardes de jour et de nuit. Il préférait l'équipe de nuit, car le rythme était plus calme et il pouvait s'adonner à sa passion, l'écriture. Denis aimait s'installer à son bureau austère, dans une ambiance noire où son imagination s'évadait. Il sortait son cahier d'écolier, son stylo-bille à la pointe bleue et il écrivait par séances de trois quarts d'heure, interrompues par ses rondes nocturnes. De temps en temps, des cris sporadiques de détenus rompaient le charme. Il fixait la feuille blanche et attendait : cela ne durait jamais longtemps. Cette routine d'écriture était devenue tellement naturelle que Denis était incapable d'écrire ailleurs que dans un environnement confiné et peuplé de fantômes mugissants. Un été, il avait écrit quelques chapitres sur la côte bretonne, dans une vaste demeure face à l'océan. Une fois rentré chez lui, il avait tout jeté ; ce n'était qu'un ramassis de mièvreries inspirées par une nature bien trop démonstrative.

Un journaliste sans imagination l'accuserait de s'imprégner de la noirceur des murs de sa prison. Lui préférait dire que ses histoires fleurissaient mieux dans un terreau composé de drames, de sang et de regrets. Pourtant, il ne s'inspirait jamais des récits racontés par les prisonniers ; il n'avait pas besoin de cela pour inventer des meurtres originaux. À ce titre, il ne supportait plus cette remarque récurrente de ses lecteurs : « Avec tout ce que vous voyez dans votre métier, vous ne devez jamais avoir le syndrome de la page blanche ! »

Avec le temps, il s'était forgé cette déontologie de geôlier et d'écrivain : en savoir le moins possible sur ses pensionnaires, au risque de s'en inspirer par inadvertance. Dans son ancienne prison à Lille, ce détachement lui valut la réputation d'un maton hautain avec qui on ne discutait guère. Ses collègues se méfiaient de ce scribouillard qui préférait noircir des feuilles plutôt que de jouer aux cartes. Aussi, quand il fut muté dans la vallée, il ne refit pas la même erreur et transforma cette passion solitaire en un atout : il proposa au directeur de la prison d'animer un atelier d'écriture.

Cette semaine, il était de jour, synonyme de deux ateliers avec les prisonniers, mais aussi de sept longues journées sans écriture. Cela le contrariait, car il était à ce moment de l'œuvre où la continuité de la plume est indispensable au réalisme psychologique du héros. Heureusement que ce soir-là sa femme sortait « entre copines » ; il ferait une exception à son rite d'écriture et tenterait de terminer chez lui son précieux chapitre.

À 18 heures, il regarda une nouvelle fois la pendule : plus qu'une heure à attendre. Cent fois dans la journée, il avait imaginé les mots et les phrases. Ne lui manquait plus que le temps pour les immortaliser. 18 h 20 : l'interphone sonna, on le demandait à l'accueil pour une nouvelle admission.

« Il est 18 h 30 ! On ne fait pas de nouvelle entrée à cette heure-ci ! »

Le policier haussa les épaules.

« Je le fais dormir dans le couloir, alors ?

— Attendez au moins le changement d'équipe, à 19 heures !

— Moi, je dois y aller. Je le fais patienter dans le couloir tout seul ? »

Denis secoua la tête.

« C'est pour quoi ? »

Le fonctionnaire regarda sa fiche sans même jeter un œil au jeune prévenu, menotté et pensif.

« Il y a juste marqué "homicide". »

Denis ouvrit la grille ; il était bien entendu interdit de laisser un criminel sans surveillance. Il soupira : on ne pouvait pas interrompre une procédure d'admission, même pour changer d'équipe. Cela voulait dire qu'il resterait coincé ici plus de deux heures et qu'il pouvait dire adieu à sa soirée d'écriture. Dépité, il regarda le nouveau venu ; un jeune homme de bonne famille qui ne semblait pas bien méchant. Jusqu'à présent, son instinct ne l'avait jamais trompé. Il évalua mentalement les risques : *Il n'a pas la tête de quelqu'un qui va faire des problèmes. Peut-être que je peux court-circuiter la procédure de compatibilité et l'affecter dans la première cellule disponible.* L'idée était tentante : il gagnerait au moins trois quarts d'heure. *Si la nuit se passe mal, je pourrai toujours le changer de piaule demain.* Il fourra le dossier dans le tiroir et repoussa au lendemain l'entretien et toute la paperasse. Il marmonna victorieusement : « La littérature avant toute chose ! » Il consulta son registre, compulsa rapidement les dernières pages et conclut : « On va le mettre en cellule 1337 avec Dmitri. »

À 19 h 20, l'imprimante cracha le bordereau en trois exemplaires et la nouvelle équipe fut informée ; ce fut l'admission la plus rapide de tous les temps

Et si l'imprimante avait eu un problème à ce moment-là ? Après tout, Zeus joue peut-être désormais avec le toner comme jadis avec le tonnerre. Mais ce type de fatalité a déjà été rencontré dans ce récit. Tant qu'à faire, il nous faut retourner **au chapitre 11, page 81** pour corriger ce problème d'imprimante à sa racine.

Si Zeus est occupé ailleurs, rendez-vous **au chapitre 19, page 135** pour faire connaissance avec ce Dmitri.

Chapitre 56

Le 10 juin 1996, mes parents assistèrent à la cérémonie de remise de diplôme avec cette fierté non dissimulée de voir leur enfant correctement armé pour affronter la vie. Mon père, dans une retenue tout en pudeur, mélange d'une méfiance viscérale envers les élites et d'une satisfaction paternelle. Ma mère, tout en exubérance latine, me serrant dans ses bras et parlant à mon amie presque comme à une belle fille.

Pour nous, l'avenir s'annonçait sous les meilleurs auspices. J'étais désormais sur les rails de la vie et je n'avais qu'à poursuivre mon petit bonhomme de chemin comme mes parents l'avaient fait vingt-cinq ans auparavant en épousant leur carrière de fonctionnaire. Nous allions chercher du travail en région parisienne et, une fois installés, rien ne pourrait nous faire dérailler.

Ne restait que la question du service militaire. En février dernier, Jacques Chirac venait d'annoncer la professionnalisation des armées, mais les garçons nés avant 1979 devaient tout de même remplir leurs obligations militaires. Nous étions pratiquement la dernière génération à partir sous les drapeaux et la plupart de mes camarades de promotion cherchaient une excuse pour se dérober. Les dispenses s'obtenaient de plus en plus facilement. Il suffisait de négocier avec le médecin, d'arguer d'un emploi en CDI, de prolonger les études d'une ou deux années pour être réformé.

Pour moi, la question ne se posa pas ; l'échange avec monsieur B. m'avait convaincu. Il avait raison, comme toujours. À part l'intérêt du sujet, ce stage dans la vallée ne m'avait pas beaucoup ouvert les yeux. Cette histoire de service militaire me permettait de retarder mon entrée dans la vie active et de découvrir autre chose, vivre une autre expérience.

J'en discutai avec ma mère, qui fut enthousiaste. À l'époque, on pouvait remplacer le service militaire par un service civil à l'étranger. L'idée était de trouver une entreprise qui veuille bien vous envoyer dans un pays où elle avait une filiale pour y travailler seize mois. C'était gagnant-gagnant, la société bénéficiait d'aides fiscales et le jeune diplômé trouvait une première expérience internationale tous frais payés. Elle s'activa et dénicha par son réseau hispanophone une copine dont le frère travaillait au Mexique. Il pouvait me pistonner pour entrer à l'aéroport d'El Sauz, dans l'état de Chihuahua. En tant qu'informaticien, il m'avait assuré que j'aurais une mission intéressante. Ma mère était clairement du côté de monsieur B. : « Va découvrir le vaste monde, mon fils ! Tu vas rester les quarante prochaines années le cul vissé à une chaise. Profite de cette opportunité ! En plus, le Mexique, c'est un pays génial, celui d'Octavio Paz... »

Ma copine refusa ce projet. Pourquoi repousser l'entrée dans la vie active ? Ensemble, ce serait plus simple de trouver deux boulots dans la même ville et d'emménager dans un appartement à nous. Je lui répétai les arguments de monsieur B. Elle n'adhéra pas à cette théorie, mais concéda, en désespoir de cause, que le service militaire classique était une meilleure option. Elle cherchait déjà du boulot en région parisienne et m'encouragea à postuler pour n'importe quel régiment de n'importe quelle armée, marine, terre, air, gendarmerie, pourvu que je sois à moins de trente kilomètres d'elle. Quand je lui disais que jouer au simple soldat pendant dix mois n'était pas une perspective enthousiasmante, elle balayait mes réticences d'un revers de la main : « Faut savoir ce que tu veux ! Et puis tu dormiras chez nous, pas à la caserne... »

Les jours suivants, nous évitâmes la discussion. Je n'avais aucune envie de jouer au petit soldat en France. Sans lui avouer, je n'avais rempli qu'un seul dossier pour le service civil. Au pire, si je n'étais pas pris, je chercherais directement du travail et Princesse serait contente.

Le verdict tomba à la mi-septembre. J'étais accepté pour le service national de la coopération ; mon départ pour le Mexique était imminent. Mes parents, ravis, débouchèrent la bouteille de champagne initialement prévue pour la victoire de la gauche en 1995. Princesse me fit la gueule toute la soirée, et jusqu'au jour de mon départ.

Rendez-vous **au chapitre 6, page 46.**

Chapitre 57

Le pick-up m'emmena directement à l'aéroport. Le chauffeur m'informa que j'étais immédiatement transféré dans une maison d'arrêt à Mexico. Je lui demandai ce qui se passerait ensuite, mais il n'en savait rien. Il se contenta de me dire que là-bas il y avait l'ambassade de France, et que c'était sans doute mieux pour moi.

Menotté, j'attendis deux bonnes heures avant que l'on m'informe que l'avion ne partirait pas ce soir. Visiblement, Flor avait émis un bulletin d'alerte météorologique empêchant tout avion de décoller. Étrange, dans la journée, elle n'avait rien signalé, et j'interprétai ce retard comme une dernière tentative de sa part pour me tirer de là. Hypothèse sans doute puérile, mais qui me tint éveillé toute la nuit dans cette froide salle des douanes.

Au petit matin, un petit garde moustachu m'informa de mon départ imminent. Avant d'embarquer, il me demanda si je voulais un dernier café. La tournure résonna étrangement comme la dernière cigarette d'un condamné. Mais après tout, ne l'étais-je pas déjà ? J'entourai le gobelet de mes deux mains et regardai par-delà le tarmac. Là-haut, quelque part derrière ces bâtiments vitrés, un des effaroucheurs était déjà au boulot, sans doute Salina, c'était son tour. À quoi pensait-elle à ce moment-là ?

Le ciel était parfaitement dégagé et le soleil incendiait la piste d'une lumière rouge. L'avion militaire décolla à 7 h 07. Le nez contre le hublot, je regardai l'aéroport d'El Sauz disparaître petit à petit. Les hélices faisaient un boucan d'enfer et le garde assis en face de moi s'endormit rapidement.

Ils commencèrent à arriver au bout d'une petite demi-heure.

Un papillon vient se coller à mon nez, juste de l'autre côté du hublot. Je souris. Joli papillon monarque égaré lors de sa migration, bel hommage pour mon départ, bel écho à mon arrivée au Mexique. Puis un deuxième et un troisième. En un instant, le hublot fut recouvert d'ailes et la luminosité dans la cabine se colora de mille teintes. Je tournai la tête, l'autre hublot était également paré d'un rideau bariolé. Le soleil tapait dessus et, par transparence, je vis que des centaines, des milliers de papillons recouvraient toute l'aile. C'était un spectacle éblouissant, majestueux. En survolant la réserve naturelle de Mapimí, notre bimoteur était entré dans un nuage de papillons en pleine migration. Je me redressai, avide de cet arc-en-ciel lumineux qui s'opacifia rapidement. Soudain, le moteur à explosion hoqueta quatre ou cinq fois et les hélices arrêtèrent lentement leur danse ; la masse de papillons agglutinés avait obstrué les arrivées d'air.

L'espace d'un souffle, l'avion continua son vol cotonneux dans un silence monacal. Les hublots, devenus vitraux par la superposition d'ailes enluminées, transformèrent la cabine en chapelle.

L'avion se mit alors à piquer du nez et ce décrochage réveilla le garde. La bouche grande ouverte, il observa un court instant ce défilé polychromique, puis défit sa ceinture et se rua dans le cockpit. J'entendis des hurlements en espagnol, rapidement couverts par le vacarme de notre chute. L'avion en perdition tremblait maintenant de toute sa carlingue et tombait en spirale. Attaché à mon siège, j'avais le cœur renversé, les mains agrippées à mon accoudoir, incapable de penser ou de réfléchir à quoi que ce soit. Mes poumons étaient vidés par cette chute libre : impossible d'émettre le moindre son, le moindre cri.

Une grande sérénité m'envahit. On dit qu'avant de mourir, on revoit sa vie défiler. C'est faux. Là, je repensai curieusement à une anecdote lue quand j'étais enfant. Un condamné à mort montait sur l'échafaud. Hésitant, il gravissait une à une les cinq marches du petit escalier. À chaque pas, il s'appuyait lourdement sur la rampe en bois. Arrivé à la quatrième marche, il grimaça, souleva sa main et observa un doigt : une écharde s'était enfoncée dans son index. Le bourreau fronça les sourcils, sortit une trousse de secours, prit un sparadrap et l'appliqua avec un soin maternel. « Je vous mets ça, sinon ça va saigner un peu... » Trente secondes plus tard, l'homme avait la tête tranchée.

Enfant, je n'y avais vu que drôlerie, mais à cet instant précis, dans ce coucou militaire en perdition, la vérité m'éblouit. La dualité et le temps sont frère et sœur : le bourreau pouvait être à la fois attentionné et cruel, les papillons magnifiques et funestes. L'avion était à la fois la plus belle invention de l'homme, mais aussi la plus dangereuse. Il suffisait de laisser la roue du temps faire son office. La dualité comme le refus d'un choix, la coexistence naturelle de plusieurs états simultanés.

Les papillons-arapèdes continuaient à distiller leurs couleurs chatoyantes. Alors, au milieu d'eux, au centre du hublot, le visage d'Ometeotl, le dieu de la dualité, ma divinité-totem, apparut. Son long bras traversa la carlingue et il me tendit sa main. « Tu as enfin compris. Si tu me suis, tu pourras être à la fois mort et vivant. Tu apprendras à superposer tes états microscopique et macroscopique. L'incertitude deviendra ton alpha et ton oméga : tu seras onde et particule en même temps. Viens, mon fils. »

Sa parole emplit l'espace et les papillons se détachèrent de leur proie, chant d'action de grâces à la gloire d'Ometoetl, cantique des monarques.

La fin ressembla à un long miaulement. Je mourus comme on renaît, dans une parfaite inconscience de sa conscience. Une partie de moi se rendit **au chapitre 13, page 87**, tandis que l'autre flotta éternellement dans les limbes d'un oubli incertain.

Chapitre 58

Je me réveillai en sursaut. Quelqu'un tambourinait à ma porte. Où étais-je ? Quel jour étions-nous ?

Le soleil était déjà haut, et ma chambre inondée par cette chaude lumière. Quelle heure était-il ? Pourquoi n'avais-je pas entendu le réveil ? Je m'assis sur le lit et rassemblai mes esprits embrumés. La nuit avait été agitée, un vilain cauchemar où j'enterrais une femme en plein du désert. Une aventure ubuesque où se mêlaient des aigles, des divinités aztèques et beaucoup d'alcool. Mon pyjama était trempé de sueur.

Je me levai et massai instinctivement mon bras engourdi, j'avais dû m'endormir dessus. Les coups redoublèrent et je me hâtai vers la porte.

« Salut Lorenzo. Tu es prêt ? »

Salina était devant moi, habillée en treillis militaire. Derrière elle, le moteur du 4x4 tournait à bas régime.

« Excuse-moi, je viens de me réveiller. Prêt pour quoi ? »

Ellc inspira longuement.

« Tu te souviens de la soirée d'hier ? Tu as refusé de participer à l'assemblage des années...

— L'assemblage des années ?

— La cérémonie. Ramirez t'a donné le choix : participer ou partir. Tu as choisi de quitter le pays. Ton vol est à 15 heures. Fais ta valise, je t'attends. »

Effectivement, quelques bribes me revinrent en mémoire. Hier au soir, nous étions tous à El Templo. Je me souvins d'une fille, une professionnelle au regard vide que Ramirez avait invitée. Il nous avait présenté un jeu bizarre, malsain. Je me souvenais vaguement d'avoir protesté, mais sans me rappeler pourquoi. Sans doute avais-je bu beaucoup d'alcool, car mon sang tapait fort dans mes tempes et j'avais de la peine à rassembler mes souvenirs.

« Je dois vraiment partir aujourd'hui ? »

Salina s'approcha et me prit la main.

« Vous avez longuement discuté, avec Ramirez. Vous avez pas mal bu ensuite pour sceller cet accord. Toute l'équipe accepte ton choix, même si on ne le comprend pas. Maintenant, tu dois honorer ta promesse et quitter le pays. »

Je la regardai, incrédule. Elle baissa les yeux et ajouta :

« Lorenzo, j'aurais préféré... Nous aurions tous préféré une autre solution. Un départ moins... précipité. Mais Ramirez ne plaisante pas avec l'esprit des Anciens, tu le sais. »

Pendant les onze heures de vol, j'eus tout le temps de rassembler les pièces du puzzle. Les effaroucheurs célébraient une fête religieuse qui n'arrive que deux fois par siècle. Ils m'avaient proposé des épreuves dangereuses, que j'avais refusées. Quelles épreuves ? Pourquoi ? Aucun souvenir. Mais l'affaire semblait sérieuse ; en débarquant chez moi, Salina avait déjà mon plan de vol et ma carte d'embarcation. Malgré mes protestations et mes demandes d'explication, je compris que mon départ était ferme et définitif. Je devais partir comme ça, comme un voleur, laissant en plan mes simulations, mon appartement et, surtout, cette belle amitié avec mes collègues. Sans doute avais-je dû vexer Ramirez sans m'en rendre compte ? Peut-être l'alcool m'avait-il rendu trop téméraire ?

Je n'aurais pas dû le braquer, j'aurais dû accepter leur jeu ; après tout, cela n'était que du folklore, qu'un simple jeu... Mais il était trop tard pour les regrets. Mon avion filait à mille kilomètres à l'heure vers la France.

Au moins, mes parents furent heureux de mon retour précipité. Eux qui se plaignaient de n'avoir aucune nouvelle m'abreuvèrent de questions auxquelles je ne pus répondre : « Pourquoi ne nous as-tu pas prévenus de ton arrivée ? » ; « Pourquoi es-tu rentré ? » ; « As-tu bien mangé là-bas ? » ; « Que vas-tu faire maintenant ? »

Le retour fut rude.

Passer de l'ambiance festive d'El Templo aux repas familiaux devant le journal télévisé était un choc auquel je n'étais pas préparé. Je distillais quelques souvenirs racontables, déjà fatigué d'une cohabitation désormais impossible. Il me fallait au plus vite trouver un boulot et m'arracher de là. Malheureusement, le marché de l'emploi n'était pas au beau fixe. Ce n'était vraiment pas le moment idéal pour rentrer en France.

Je passai les trois premières semaines à éplucher les annonces et à essuyer des refus. Plus que jamais, je regrettais cette dispute avec Ramirez autour de ce stupide jeu. Si j'avais accepté, je n'aurais pas été là, coincé entre deux parents qui avaient pris un sacré coup de vieux en quelques années. Leurs petites manies m'étaient insupportables. Ils se chamaillaient tout le temps pour des choses vaines, me prenant à partie dans des débats futiles. Mon père délirait plus que jamais avec ses uchronies politiques et ma mère le fuyait autant que possible, passant la majeure partie de ses journées dehors. Mon père l'attendait avec des piques acerbes qui ne faisaient qu'envenimer la situation.

Aussi, chaque soir, fuyant cette ambiance toxique, j'entretenais ma flamme mexicaine en buvant des bières au pub irlandais, le seul bar à peu près potable de cette ville.

L'ambiance n'était pas folle, la salle rarement bondée, mais venir ici avait quelque chose de rassurant. Une sorte de routine qui me rappelait celle d'El Templo. J'aimais cette odeur de malt et de houblon qui accueillait le client. La pièce principale était plongée dans une demi-obscurité ravivée par un jukebox clignotant et une télévision d'angle qui diffusait silencieusement des matchs de foot. J'avais remarqué quelques habitués, notamment deux jeunes femmes, une brune et une blonde, qui venaient le mardi et quelquefois le jeudi. Je n'avais jamais osé les aborder, car c'étaient visiblement deux copines qui avaient toujours beaucoup de choses à se raconter. Elles s'isolaient dans un coin et papotaient une petite heure avant de partir en catimini.

Mais, un soir, quand je poussai la porte du bar, la blonde était toute seule au comptoir. Elle buvait une blanche et notait quelque chose dans un carnet. Après avoir commandé une stout, je me dis que c'était le moment ou jamais de faire connaissance…

Rendez-vous **au chapitre 33, page 221.**

Cet ouvrage a été achevé d'imprimer sur Roto-Page
pour le compte des éditions Aux forges de Vulcain
par l'Imprimerie Floch, à Mayenne,
en mars 2021.

Imprimé en France
Dépôt légal : mai 2021
N° d'édition : 1030 — N° d'impression : 98069